Nicole S. Valentin

Champagner für die Braut

Die Autorin
Nicole S. Valentin ist das Pseudonym einer Vierzigerin aus dem Ruhrgebiet, die neben ihrem eigentlichen Brotjob und ihrer Sucht nach Fernsehserien und guten Geschichten in gedruckter und digitaler Form selbst zum Stift gegriffen hat. Das Schreiben bedeutet für sie die Erfüllung eines Mädchentraums.

Das Buch
Nach dem Tod ihrer Schwester lässt Franziska ihr eigenes Leben hinter sich, um sich um deren Brautmodengeschäft und ihre siebzehnjährige Tochter Marie zu kümmern. Mit den widerspenstigen Bräuten und dem dickköpfigen Teenager hat sie alle Hände voll zu tun. Und dann wird Marie auch noch von einem Auto angefahren. Obwohl ihr nichts passiert ist, taucht der Schuldige, Max von Rothenburg, immer wieder in Franziskas Laden auf. Schließlich bezahlt er als Entschädigung für den Unfall heimlich Maries Tanzausbildung. Doch Franziska traut dem attraktiven Fremden nicht. Was will er von ihr? Als sie ein Telefonat zwischen ihm und seinem kranken Vater belauscht, kommt sie unvermittelt Max' Geheimnis auf die Spur …

Nicole S. Valentin

Champagner für die Braut

Roman

FOREVER

MIX
Papier aus verantwortungsvollen Quellen
FSC® C083411

Originalausgabe bei Forever
Forever ist ein Digitalverlag
der Ullstein Buchverlage GmbH, Berlin November 2017

Umschlaggestaltung: zero-media.net, München
Titelabbildung: © FinePic®
Autorenfoto: © privat
Satz: Pinkuin Satz und Datentechnik, Berlin
Druck- und Bindearbeiten: CPI books GmbH, Leck
ISBN 978-3-95818-918-8

Kapitel 1

Max sieht auf die Uhr am Armaturenbrett und stößt einen wilden Fluch aus, während er in der Innentasche seines Jacketts nach seinem Handy kramt. Die verflixte Gegensprechanlage funktioniert mal wieder nicht, weil er vergessen hat, Bluetooth zu aktivieren. Und zu allem Überfluss hat sich dieses Mistding von Handy auch noch im Stoff verhakt. Er hätte einfach im Bett bleiben sollen.

Ein süffisantes Grinsen schleicht sich auf sein Gesicht. Es war nicht sein Bett, in dem er heute Morgen aufgewacht ist. Auch wenn ihm der Name der Dame nicht mehr einfallen will, bei der er übernachtet hat, ihre Rundungen hat er noch sehr gut in Erinnerung.

Jetzt müsste er sich unbedingt im Hotel melden. Bescheid geben, dass er sich verspätet, aber das vermaledeite Telefon hängt irgendwo in seiner Jacke fest. »Verdammte Scheiße, jetzt komm doch da …« Ein Hupkonzert hinter ihm zwingt ihn, auch die zweite Hand wieder auf das Lenkrad zu legen. Er richtet den Blick auf die Straße, nur um unmittelbar auf die Bremse zu steigen.

Er hat die rote Ampel übersehen. Das Gesicht vor seiner Windschutzscheibe ist jung, zu sehr geschminkt, und die Lippen sind zu einem tonlosen »Oh« geformt. Als er knapp vor ihm zum Stehen kommt, schlägt das Mädchen mit den Handinnenflächen auf die Motorhaube seines Lexus und stiert ihn mit schreckgeweiteten schwarzumrandeten Augen an, ehe es aus seinem Sichtfeld verschwindet.

Max' Blut rauscht hinter seinen Ohren, und kalter Schweiß bricht ihm aus, als er sich abschnallt und sein Auto verlässt. »Hey, ist alles in Ordnung mit dir?« Das Mädchen sitzt mit angezogenen Knien auf der Straße.

Als er sich neben sie hockt, um sich zu vergewissern, dass sie nicht verletzt ist, giftet sie ihn an: »Na klar. Es ging mir noch nie besser. Müsst ihr Scheißtypen mit euren Bonzenkarren neuerdings nicht mehr auf die Straßenverkehrsordnung achten, oder was?« Sie schiebt seine helfenden Hände von sich und steht unbeholfen auf.

Unter anderen Umständen hätte er das Kind darauf hingewiesen, dass es sich ein wenig im Ton vergriffen hat, aber jetzt ist er wohl derjenige, der sich entschuldigen sollte. »Ich habe dich nicht gesehen, es tut mir leid.«

»Ach nee? Tatsächlich?« Eine Zornesfalte erscheint auf ihrer Stirn, als sie sich die schwarzen Jeans abklopft. »Da wäre ich allein gar nicht drauf gekommen. Ich lass mich nämlich gern überfahren.«

Sie inspiziert die Ellbogen ihrer Ärmel, als er das riesige Loch im Stoff ihrer Hose entdeckt. Direkt über ihrem Knie. Verschämt deutet er darauf. »Ich kaufe dir eine Neue.«

Sie bedenkt ihn mit einem vernichtenden Blick, ehe sie seinem Fingerzeig folgt und ihr Bein betrachtet. »Die ist so, Schlaumeier. Mir fehlt nichts. Du kannst wieder in deine Scheißkarre steigen.« Sie nickt in Richtung seines Wagens, hinter dem sich bereits eine ordentliche Schlange gebildet hat. Fußgänger bilden eine Traube am Fußgängerüberweg und beobachten die Szene. Teils kopfschüttelnd, teils schadenfroh.

Hilflos kratzt er sich über den Hinterkopf. »Wo musst du denn hin? Dann bringe ich dich.«

Sie lacht verächtlich auf. »Du glaubst nicht wirklich, dass ich in dein Auto steige, oder?«

Langsam verliert er die Geduld mit dem verzogenen Gör. Er streckt den Rücken durch, als ihm bewusst wird, dass er mit

Freundlichkeit nicht weiterkommt. »Du steigst augenblicklich in das Auto. Entweder bringe ich dich ins nächste Krankenhaus, um sicherzugehen, dass du tatsächlich unverletzt bist, oder ich bringe dich nach Hause.« Seine Stimme hat einen bedrohlichen Ton angenommen. Er kann Kinder eigentlich gut leiden, wenn sie sich zu benehmen wissen. Aber dieser Teenager gehört ganz offensichtlich nicht in diese Kategorie. Zumal das Mädchen jetzt Anstalten macht, sich die Kopfhörer, die aus ihrem Jackenkragen hängen, wieder in die Ohren zu stöpseln. Demonstrativ stellt sie die Musik derart laut, dass sogar er das Gebrülle hören kann, das jetzt ihre Ohren beschallt. Mit einem spöttischen Blick fährt sie sich durch das schwarzgefärbte Haar und streckt ihm den Mittelfinger entgegen, als sie ihren Weg fortsetzt. Und er steht wie ein Idiot auf dem Fußgängerüberweg und kann ihr nur hinterhersehen.

So ein Früchtchen!

»Machen Sie sich nichts daraus. Die kleine Mölling ist, wie sie ist.« Eine ältere Frau läuft an ihm vorbei, um ebenfalls die Straße zu überqueren, nicht ohne ihm verständnisvoll auf den Oberarm zu klopfen.

Erstaunt sieht er sie an. »Sie kennen das Mädchen?« Ein Nicken, dann geht sie weiter. Er hadert mit sich. Soll er einfach wieder einsteigen und weiterfahren?

Die Ampel steht für die Autofahrer schon wieder auf Rot, also nimmt er die Verfolgung auf. »Entschuldigen Sie bitte, aber Sie wissen nicht zufällig, wo das Mädchen wohnt? Dann könnte ich mich später selbst davon überzeugen, dass es ihr gutgeht.«

Etwas skeptisch betrachtet die ältere Dame ihn von oben bis unten, ehe sie antwortet. »Na ja, es wäre sicherlich nicht das Schlechteste, wenn Sie Franziska davon erzählten, was Marie so treibt.« Sie atmet tief ein. »Wo sie wohnt, weiß ich leider nicht, aber das Brautmodengeschäft der Möllings ist die Straße runter, auf der linken Seite. Eigentlich können Sie es nicht verfehlen.« Dann wendet sie sich ab.

Er widmet sich wieder dem ungeduldig hupenden Verkehr, indem er sein Auto endlich wegfährt.

* * *

»Finden Sie nicht auch, dass das Kleid zu sehr aufträgt? Ich sehe fett darin aus.« Die zukünftige Braut dreht sich vor dem Spiegel, der Tüll ihres Unterrockes raschelt, während ihre Brüste den Anschein erwecken, als wollten sie lieber aus dem Mieder heraus als hinein. Sie sieht aus wie das Sahnebaiser auf der Hochzeitstorte.

Aber zumindest verschließt sie nicht ihre Augen davor. Ich hasse es, wenn Frauen sich für ihren Tag der Tage einbilden, über Nacht in eine Kleidergröße 36 zu passen, obwohl sie in einer Kleidergröße 38 einer Prinzessin sehr viel näherkommen würden. Und bei Frau Kreutzer wäre wohl eine Größe 44 angebracht. Und ganz sicher kein Herzbustier. Oder ein Meerjungfrauenschnitt.

Meine Mitarbeiterin und beste Freundin Susanne wirft mir einen amüsierten Blick zu. Ich bewege mich auf einem schmalen Grat. Es ist der große Tag der Braut, sie muss sich wunderschön und sexy fühlen. Und wenn das in einem zu kleinen oder unvorteilhaften Kleid der Fall ist, muss ich lächeln und es für gut befinden. In diesem Fall habe ich anscheinend noch ein Mitspracherecht.

»Nun ja, es schmeichelt Ihnen nicht sonderlich. Aber meine Vorschläge haben Ihnen nicht gefallen, Frau Kreutzer. Warten Sie, vielleicht sollten Sie sich das Kleid wenigstens ansehen, das mir für Sie vorschwebt. Wirklich, es ist wie für Sie gemacht und liegt im Budget.« Ich drehe ihr den Rücken zu und atme tief in den Brustkorb ein. Heute fühle ich mich so gar nicht nach Brautkleid. Es ist mal wieder einer dieser Tage, an denen man lieber im Bett bleiben sollte. ICH sollte lieber im Bett bleiben, die Vorhänge zuziehen und mich unter der Bettdecke verkriechen, bis es draußen dunkel wird.

Denk an Sina. Du tust das nur für Sina, Franziska.

Ich ziehe die Schutzhülle meines Favoriten von der Stange. Es hat kleine Ärmelchen, statt eines Bustiers ein ausgearbeitetes Oberteil und besticht durch seine dezente Perlenstickerei. Und vor allen Dingen hat es durch seine A-Form die Gabe, Problemzonen einfach wegzuzaubern. Es macht eine lange Silhouette und lenkt die Aufmerksamkeit auf das Gesicht. Und doch ist der Rock ordentlich berüscht, wie Frau Kreutzer es gern hätte.

Mit einem angestrengten Lächeln reiche ich Susanne den Traum aus elfenbeinfarbenem Satin und hoffe, dass es Frau Kreutzer ebenso gut gefällt, wie es mir an ihr gefallen wird. An meine Kundin gerichtet, gebe ich mich gewohnt professionell. »Bevor Sie etwas dagegen sagen, probieren Sie es erstmal an. Wir können es noch entsprechend ändern, sollte es zu lang oder zu weit sein. Und ich habe einen wunderschönen Petticoat aus Tüll, der perfekt dazu passt.«

Ihr Blick ist äußerst skeptisch, aber sie nickt. Sie hat niemanden mitgebracht, der ihr bei der Auswahl behilflich sein könnte, was an sich schon traurig ist und wirklich äußerst selten vorkommt. In der Regel bevölkern beste Freundinnen, Mütter und Schwiegermütter neben der Braut mein Geschäft. Eine jede mit einer anderen Meinung und einem eigenen Geschmack. Daher muss ich in diesem Fall besonders sensibel mit der Braut umgehen.

»Das ist Ihr Kleid, Frau Kreutzer, glauben Sie mir.«

»Ich kann es ja wenigstens mal anziehen, nicht wahr?« Ergeben klettert sie vom Podest mit dem ausladenden Spiegel. Und ich bete, dass sie nicht über den Saum des sündhaft teuren Kleides fällt oder gar die Spitze zerreißt, sollte sie sich nicht von allein aus dem viel zu engen Mieder befreien können. Ich gebe Susanne ein Zeichen, und sie greift ihr sofort helfend unter die Arme. Ich seufze erleichtert auf, als sich die beiden Frauen in die Umkleidekabine zurückziehen. Selbstverständlich nicht, ohne dass sich Frau Kreutzer ein weiteres Gläschen Champagner gönnt, den wir kostenlos bereitstellen.

Manchmal hege ich den Verdacht, dass sich manche Damen einen Spaß daraus machen, unzählige Brautkleider zu probieren und sich zu betrinken, nur um dann einfach wieder zu entschwinden, natürlich ohne sich für eines der Kleider zu entscheiden.

Aber so ist das Geschäft, das gehört zum Service dazu.

Und meine Schwester Sina ist … war eine hoffnungslose Romantikerin. Niemals würde ich diese kleine Geste des Hauses aus dem Angebot nehmen oder den Champagner gegen einen Prosecco tauschen.

Franziska, wenn sich eine Frau ein Brautkleid kauft, weil sich ein Mann für sie entschieden hat, dann hat sie sich auch einen ordentlichen Champagner verdient.

Meinen dezenten Hinweis, dass sich die Frau auch für den Mann entscheiden muss und es ein guter Sekt auch tun würde, hat sie lediglich mit einem Schulterzucken quittiert und grinsend meine Wange geküsst.

Heute stelle ich ihre Entscheidung nicht mehr in Frage. Es ist, wie es ist, weil das eben Sinas Wunsch gewesen ist.

Wie alles in meinem Leben richte ich auch die Arbeit im Laden nach Möglichkeit nach ihren Wünschen aus. Immerhin darf ich leben. Somit ist der Champagner nur ein kleines Opfer, welches ich zu bringen habe.

Und eben aus diesem Grund genehmige ich mir selbst ein Gläschen.

Jetzt, in diesem Moment, in dem ich ein albernes Kichern aus der Umkleidekabine hören kann und Sina gerade so präsent für mich ist. Zu allem Überfluss stehe ich unmittelbar vor dem riesigen Spiegel. Mir bleibt gar nichts anderes übrig, als mich selbst zu betrachten. Eine desillusionierte ehemalige Tänzerin, die mit dem Brautladengeschäft ihrer Schwester krampfhaft versucht, den kläglichen Rest ihres Lebens … Maries Leben einigermaßen erträglich zu gestalten.

Was in Gottes Namen hast du dir nur dabei gedacht, du sentimentale Ziege?

Ich kippe den Schampus hastig in einem Zug hinunter, als die zierliche Türklingel eine Besucherin ankündigt. Erschrocken fahre ich zusammen, verschlucke mich hustend und kann überhaupt nichts gegen die Tränen tun, die mir in die Augen schießen.

Genauso sieht sie aus ... die Frau, von der ich mein Brautkleid kaufen möchte. Die mich in einen Männertraum verwandeln wird. Wie eine keuchende, tränenverschmierte Säuferin.

Ehe ich den Blick zur Tür richte, versuche ich, mich wieder zu fangen. Ich hebe entschuldigend eine Hand in die Luft und ringe nach Sauerstoff. Dann wische ich die Tränen von meinen Wangen und entsorge das leere Glas in eine Nische meiner Regale mit den Brautschuhen, bevor ich mich umdrehe, um die Kundin zu begrüßen. Und mir stockt der Atem.

Kapitel 2

Max muss sich ein Grinsen verkneifen. Dieser Hustenanfall ist filmreif. Der Rotschopf wedelt mit einer Hand in der Gegend herum und bemüht sich vergeblich, eine Sektflöte vor seinen Augen verschwinden zu lassen.

Sollte das die Mutter der Rotznase von heute Mittag sein, brauchte sich niemand mehr darüber zu wundern, dass es mit der Jugend immer mehr den Bach runtergeht.

Na ja, eine nette Figur hat sie … zumindest nach dem, was er von ihrer Kehrseite sehen kann. Der Hintern ist klein, und die Beine sind lang. Allerdings trägt sie diese flachen Schuhe … Ballerinas nennt man sie wohl. Er ist der Meinung, man sollte Frauen diese Schuhe verbieten.

Und dann dreht sie sich um, sieht ihn an. Und er wünschte, er könnte die Farbe ihrer Augen trotz der Entfernung zwischen ihnen erkennen. Sommersprossen tanzen durch ihr Gesicht, und sie sieht definitiv zu jung aus, um bereits Mutter eines Teenagers zu sein. Er bemerkt die Überraschung, die ihr ins Gesicht geschrieben steht.

»Oje, Sie sind zu früh. Ihre Verlobte probiert noch ein Kleid an. Vielleicht sollten Sie lieber vor der Tür warten?«

Seine Verlobte? … Vor der Tür? …

Dann hört er das Gekicher aus dem hinteren Teil des Geschäfts. Seine Mundwinkel ziehen sich unweigerlich nach oben. *Klar, aus welchem anderen Grund sollte sich ein Mann auch in ein Brautgeschäft verirren, als um zu bezahlen?*

Lächelnd macht Max einen Schritt auf sie zu. »Ich fürchte, da liegt ein Irrtum vor. Ich wollte wissen, wie es Ihrer …«

In diesem Moment betreten zwei weitere Frauen giggelnd den Raum, und der Rotschopf wird plötzlich hektisch. »Frau Kreutzer, warten Sie einen Moment. Ich muss zuerst Ihren Verlobten nach draußen begleiten. Er darf das Kleid doch noch nicht sehen.«

Besagte Frau Kreutzer wird auf Max aufmerksam. Er schenkt ihr sein schönstes Zahnpastalächeln und kann der Röte regelrecht dabei zusehen, wie sie von ihrem Gesicht Besitz ergreift, während die Rothaarige die Braut in spe unaufhaltsam wieder in den hinteren Bereich des Ladens drängt. Die Blondine, die der Braut anscheinend bis eben zur Hand gegangen ist, fischt nach der ausladenden Schleppe, damit niemand darüber stolpern kann.

Was für ein törichter Gedanke, zu glauben, er wäre in irgendeiner Form, Art oder Weise mit dieser Frau verbunden.

»Das ist nicht mein Verlobter, Frau Mölling.« Sie linst über die Schulter der Besitzerin des Ladens, um ihn noch einmal ansehen zu können, und er widersteht dem Drang, seine Augenbrauen mit den Fingern nachzufahren. Einfach mal so. Nur um zu sehen, wie die Damen reagieren. Die Blondine mustert ihn zumindest interessiert, die Schleppe noch immer in der Hand.

»Ach nein? Aber warum …?« Fragend wendet sich Frau Mölling wieder in seine Richtung, gibt die Braut frei, die unverzüglich an ihr vorbeirauscht, mit einem Ruck das Kleid aus den Händen der dritten Frau befreit und ein Podest mit Spiegel ersteigt. Wohl auch, um so einen besseren Blick auf die Szene zu bekommen.

»Sie haben mich ja nicht ausreden lassen.« Amüsiert steckt er die Hände in die Hosentaschen seiner Stoffhose. *Was für ein Hühnerstall.* »Ich hatte heute Morgen einen Zusammenstoß mit einem jungen Mädchen, das wohl irgendwie zu diesem Laden zu gehören scheint. Zumindest sagte man mir das.« *Ihre Augen sind grün.* »Und jetzt wollte ich mich lediglich nach ihrem Befinden erkundigen.« Er zuckt mit den Schultern, wagt sich einen weiteren Schritt vor.

»Mit Marie? Ist alles in Ordnung mit ihr? Was hat sie denn jetzt wieder angestellt?« Ihm entgeht der leicht verzweifelte Unterton in ihrer Stimme nicht.

»Ich fürchte, ich habe etwas angestellt. Sie ist mir vor das Auto gelaufen …«

»Vor das Auto? Um Gottes willen.« Sie läuft um eine Theke herum, greift nach einem Telefon, wählt eine Nummer. »Aber davon hat sie mir gar nichts erzählt. Geht es ihr gut?« Ihr ängstlicher Blick trifft den seinen, und seine Nackenhaare stellen sich senkrecht.

Fast tut es ihm leid, dass er sie damit derart überfallen hat. Er nimmt die Hände aus den Taschen und probiert sich in einer beruhigenden Geste. »Ja, es ging ihr gut. Sie ist direkt weitergelaufen, nachdem sie mich liebreizend darauf hingewiesen hat, dass ich mich zum Teufel scheren soll.«

Wieder ein Blick aus diesen moosgrünen Augen, dann konzentriert sie sich auf das Telefonat. »Marie, ich bin's. Hier steht ein Mann, der behauptet, du wärest ihm vor das Auto gelaufen.« Sie sieht aus dem Fenster, zieht ihre Stirn kraus. »Aha. Ja. Und wie geht es dir?« Die Besorgnis in ihrer Stimme lässt sich so gar nicht in Einklang bringen mit dem bitterbösen Blick, den sie in seine Richtung schießt. »Dann ist es ja gut. Ich hatte schon Angst … nein, wir sehen uns nachher zu Hause. Komm nicht so spät.« Dann beendet sie das Gespräch. Die grünen Blitze, die aus ihren Augen zu schießen scheinen, erdolchen ihn regelrecht. »Sie ist Ihnen also vor das Auto gelaufen, he? Wie interessant. Oder war es nicht vielleicht eher so, dass Sie eine rote Ampel überfahren haben?«

»Ich habe mich dafür entschuldigt und wollte sie nach Hause bringen …«

»Wie ritterlich.«

»Sie hat mir den Mittelfinger gezeigt. Das spricht nicht unbedingt für eine gute Erziehung.«

Dass er einen Schritt zu weit gegangen ist, wird ihm augenblicklich klar, als sich Frau Mölling vor ihm aufbaut und ihren Finger in seine Brust bohrt. »Ach, und Sie haben Ihren Führerschein in einer Tombola gewonnen? Rot ist immer im oberen Bereich einer Ampel. Das kann man sich sogar merken, wenn man eine Rot-Grün-Schwäche hat.« Sie schnaubt abfällig. »Ich hätte Ihnen noch etwas ganz anderes als nur den Mittelfinger gezeigt, seien Sie sich da sicher.«

Abwehrend greift er nach ihrem Finger und hält ihn fest. »Hören Sie, ich wollte nur …« Frau Mölling blickt auf seine Hand, die die ihre umfasst.

Als hätte er sich daran verbrannt, lässt er sie los.

Sie leckt sich über die vollen Lippen. Er folgt der Bewegung ihrer Zunge und spürt, wie sein Puls sich merklich erhöht. Sie sieht ihn nicht an, aber ihre Stimme klingt belegt, als sie die Hand zurückzieht und auf den Verkaufstresen deutet. »Lassen Sie Ihre Versicherungskarte da. Ich habe zu arbeiten.« Damit lässt sie ihn stehen und verschwindet in Richtung ihrer Kundin, die das Szenario nicht eine Sekunde aus den Augen gelassen hat.

* * *

Was, bitte, war denn das?????

Mir ist mit einem Mal unglaublich heiß, und das hat mit Sicherheit nichts mit dem Schlückchen Alkohol zu tun, das ich mir vor seinem Erscheinen gegönnt habe. Der Typ ist widerlich groß, unverschämt gutaussehend, nervtötend arrogant und hat meine Nichte angefahren! Und schiebt ihr auch noch die Schuld in die Schuhe. *Sie ist mir vor das Auto gelaufen …* dass ich nicht lache!

Ich weiß schon, warum ich keinen Wert auf einen Kerl in meinem Leben lege. Sie halten sich allesamt für Gottes Geschenk an uns Frauen. Und dieses Exemplar offenbar im Besonderen. Mit seinen dunklen Haaren, die ihm in den Nacken fallen. Den fast schwarzen Augen und dem Ohrloch für einen Ohrring … wo gibt es denn das bitte heutzutage noch?

Sicher, Schatz, wenn nicht du … wer dann?

Frau Kreutzer hat er jedenfalls über die Maßen beeindruckt. Sie fährt sich pausenlos durch die Haare, blinzelt unentwegt und klimpert mit ihren Wimpern. Wenn ich nicht genau wüsste, dass ich es mit einer erwachsenen Frau zu tun habe, würde ich auf pubertäre Hormone tippen.

Und dieser Fatzke macht sich auch noch einen Spaß daraus, derart attraktiv auf Frauen zu wirken. Dabei ist sein Lächeln einfach nur albern. Er sollte sich vielleicht selbst mal dabei beobachten. Pah.

Ich sehe ihn regelrecht vor dem Spiegel stehen, wie er sämtliche Facetten seiner Gesichtszüge perfektioniert. *Das kostet mich lediglich ein müdes Gähnen.* Und das habe ich perfektioniert, mein Freund.

Viel schlimmer ist die Tatsache, dass er den Laden nicht verlässt. Er folgt meiner Beratung, hängt an meinen Lippen, als würde ich ihm das Kleid verkaufen wollen. Lässig lehnt er sich gegen ein Regal und beobachtet uns interessiert. Mir platzt fast der Kragen. Und Susanne? Anstatt sich auf das Kleid zu konzentrieren, hat sie nur Augen für unseren ungebetenen Gast. Es reicht mir für heute mit Testosteron in diesem Laden.

Unwillig schenke ich dem Kerl noch einmal meine Aufmerksamkeit. »War noch etwas, Herr …?«

»… Rothenburg. Und nein, es ist nichts mehr. Ich höre Ihnen einfach gern zu, Frau Mölling.« Sein Lächeln bringt meine Kundin anscheinend zum Schmelzen. Sie blickt verträumt in seine Richtung.

Und er hat tatsächlich die Frechheit, noch eins obendrauf zu setzen. An die zukünftige Braut gewandt, fügt er hinzu: »Sie sehen wunderschön aus, wenn ich mir diese Bemerkung erlauben darf. Ihr Verlobter ist ein glücklicher Mann.« Er fängt sie ein mit seinem sprühenden Charme, den er sich meinetwegen gepflegt in den Allerwertesten schieben kann.

Ein verzücktes *Ohh* lässt mich ein wenig an ihrem Verstand zweifeln. Sogar ihre Ohren werden rot, und ich würde Rothenburg am liebsten mit irgendetwas bewerfen, damit er den Laden verlässt. Selbst Susanne spitzt die Lippen. Man könnte glatt auf die Idee kommen, sie sei schüchtern. Ich verdrehe innerlich die Augen. Er stört meine Ruhe empfindlich. Und das kann ich überhaupt nicht gebrauchen.

* * *

Max ist noch nicht bereit zu gehen. Irgendetwas hindert ihn daran. Vielleicht ist es nur ein Vorwand, aber er muss herausfinden, warum sich sein Puls erhöht hat, als er diese Frau berührte. Oder warum sie plötzlich derart einsilbig ist.

»Ich möchte mich gern selbst davon überzeugen, dass es Marie gutgeht.«

Ihr Kopf schnellt in seine Richtung. »Ich denke, das wird nicht nötig sein. Sollte meine Nichte bleibende Schäden davontragen, werde ich das mit Ihrer Versicherung klären.«

Ihre Nichte also …

»Leider habe ich die Daten nicht im Kopf. Das bedeutet wohl, ich muss noch einmal wiederkommen.« Ohne ihr die Chance einer Antwort einzuräumen, verlässt er das Brautgeschäft. Mit einem selbstzufriedenen Lächeln im Gesicht geht er zu seinem Wagen und verstaut die Versicherungskarte wieder im Handschuhfach.

Nein, Franziska Mölling braucht definitiv nicht nur seine Versicherungsdaten.

Kapitel 3

Ich schütte die Nudeln ab und lasse den Topf samt Inhalt scheppernd in die Spüle fallen, als mir das kochende Wasser über die Fingerspitzen läuft. »Verdammter Mist, verflucht noch mal!« Schnell drehe ich den Hahn auf und halte meine Hand unter das kalte Wasser, ungeachtet der Tatsache, dass die Nudeln nun überall verteilt sind.

Susanne erscheint im Türrahmen und schiebt mich zur Seite, um sich einen Überblick über die Sauerei zu verschaffen, die ich veranstaltet habe.

»Himmel, Ziska, geh aus der Küche. Ich räume schon auf.« Die tiefe Falte zwischen ihren Augen verrät mir die Anstrengung, mit der sie sich darum bemüht, nicht gänzlich aus der Haut zu fahren.

Aber auch ich muss mich beherrschen, um nicht an die Decke zu gehen. »Nein, ich kriege das auch allein hin. Du musst mich nicht immer retten.« Ich presse meine Lippen fest aufeinander. Meine Finger brennen, und Tränen schwimmen in meinen Augen.

»Anscheinend bin ich die Einzige, die dich vor dir selbst beschützen kann.«

Sie funkelt mich durch graue Augen an, und ich gebe nach. »Ich geh duschen.«

»Das ist eine gute Idee. Und dann schmeißt du dich in einen Fummel, und wir gehen tanzen.« Sie wirft die Nudeln aus der Spüle in das Sieb, nur um es danach im Abfalleimer zu entleeren.

»Hey, man kann sie noch essen!« Entsetzt versuche ich, sie

daran zu hindern. Die Nudeln sind doch nur in die Spüle gefallen. Und die ist sauber.

»Wir essen heute keine stärkehaltigen Kohlenhydrate. Zumindest nicht, bevor wir mindestens vier Stunden getanzt haben.«

»Ich gehe nicht tanzen, Suse. Auf keinen Fall.«

»Aber selbstverständlich wirst du mit mir tanzen gehen. Heute wäre dein fünfter Hochzeitstag. Und dass du nicht geheiratet hast, muss einfach gefeiert werden. Standesgemäß, mit lauter Musik und jeder Menge Tequila.« Wer braucht schon einen Ehemann, um einen anständigen Hochzeitstag zu feiern? Suse wird nicht müde, mich darauf hinzuweisen, dass Paul sowieso der falsche Mann für mich gewesen wäre. Mein ehemaliger Kollege und Fast-Ehemann, dem die Karriere wichtiger war als ich. Als Sina starb, hat er schnellstmöglich das Weite gesucht, nachdem ich ihm eröffnet hatte, dass ich die Verantwortung für meine Nichte übernehmen würde und mit dem Tanzen aufhören muss. Heute bin ich dankbar, dass das alles drei Monate vor der geplanten Hochzeit passiert ist. Ich habe die Einladungskarten wieder abbestellt und bin mit Marie in Suses Haus gezogen.

Heute ist Samstagabend. Das Geschäft ist morgen zu. Sie wird keine weiteren Ausflüchte von mir dulden, dennoch versuche ich es erneut.

»Aber Marie …«

»… wird heute nicht hier übernachten. Ich habe sie ausquartiert. Natürlich erst, nachdem ich mich persönlich davon überzeugt hatte, dass es ihr gutgeht und sie keine Verletzungen durch den Unfall davongetragen hat.«

Siegessicher grinst sie mir ins Gesicht. »Du siehst, es gibt einfach keine Ausreden, die ich gelten lassen werde. Also geh ins Bad und brezel dich auf. Du hast heute ein Date mit mir.«

* * *

Das Taxi hält vor dem Levantehaus. Ich blähe meine Wangen auf. »Da willst du rein? Scheiße, das kostet uns die Einnahmen eines ganzen Monats, Suse.«

Meine Freundin hat eindeutig einen Knall. Nicht nur, dass der Laden sauteuer ist, nein, ohne *Member* kommt man gar nicht erst rein. Jetzt wird mir zumindest klar, warum ich mich derart aufhübschen musste. Meine erste Wahl, enge Jeans und ein Seidentop, wurde unverzüglich moniert. Jetzt schäle ich mich also im klitzekleinen Schwarzen aus dem Taxi und krame in meinem Gedächtnis nach Informationen über die Geldmittel, die uns für den heutigen Abend zur Verfügung stehen.

»Beruhige dich, Ziska, Hannes lädt uns ein.« Sie kichert. Ich merke, wie sehr sie sich auf den Abend freut. Ihre Augenbrauen tanzen in ihrem Gesicht, als sie sich verschwörerisch unterhakt und mich zum Eingang zerrt.

Hannes ist ihre On-Off-Beziehung. Er hat genug Geld, um zwei Mädchen wie uns einen Abend lang auszuhalten. Eigentlich ist das so gar nicht meine Art, aber Suse zuliebe spiele ich mit. Ich werde einfach von vornherein klarstellen, dass ich meine Getränkerechnung selbst übernehme. Dann habe ich nicht das Gefühl, ihr Lover hält mich bei Laune, damit er sie heute Nacht abschleppen kann. Das wird er nämlich sowieso tun. Und ich komme erst gar nicht in Versuchung, mich sinnlos zu betrinken. Denn das könnte ich mir in diesem Schuppen gar nicht leisten.

Augen zu und durch, Franziska. Auch diese Nacht geht vorüber …

Der Einbauschrank an der Tür mustert uns kurz, nickt aber zustimmend, als Susanne ihm Hannes' Namen nennt. Und schon sind wir drin. Es dauert nicht lange, bis ich mich von ihrer Aufregung anstecken lasse. Wir waren lange nicht tanzen. Ich habe generell lange nicht mehr getanzt.

Aber es gibt keine *Barre*, also keine Übungsstange, wie ich sie aus dem Ballettunterricht kenne, und ich habe eindeutig die falschen Schuhe an für ein *Fouetté en tournant* oder ein *Grand jeté*.

Ich schüttele die Gedanken ab, hier ist kein Platz für Klassik. Im Gegenteil. Die Bässe wummern durch meinen Körper, und plötzlich kann ich es nicht mehr abwarten, endlich die Tanzfläche zu erobern.

Ungeduldig warten wir darauf, dass unsere Jacken sicher in der Garderobe verstaut werden. Und schon kann es losgehen. Suse ist ein Genie! Niemals wäre ich von allein auf die Idee gekommen, den Abend anders zu verbringen als deprimiert vor dem Fernseher, nur um anschließend noch deprimierter in mein Bett zu kriechen.

»Komm, wir holen uns etwas zu trinken.« Sie zerrt mich hinter sich her, an der Cocktailbar vorbei.

»Warte, hier bekommen wir doch …« Ich deute auf die Bar, aber sie schüttelt den Kopf, zieht mich weiter.

»Heute gibt es Schampus.« Sie schreit mir nahezu ins Gesicht, um die Lautstärke der Musik zu übertönen.

Ein Gläschen kann ich mir sicher leisten.

Der Club hat eine eigene Schampusbar. Suse bestellt uns zwei Champagner. Während wir warten, strahlt sie über das ganze Gesicht. Wippt mit den Füßen zum Beat von Ushers *Yeah!* und blickt sich um. »Da ist Hannes.« Unkoordiniert winkend stößt sie fast die Gläser um, die der nette junge Mann hinter der Theke vor uns abgestellt hat, nachdem Suse ihm die silbernen VIP-Karten vor die Nase gehalten hat. Ich frage sie erst gar nicht, wie lange sie diese schon mit sich rumträgt oder was die Dinger gekostet haben. Ich rette lieber mein Getränk vor ihren unkontrollierten Bewegungen und nippe an dem Moët rosé. Vorzüglich!

Hannes bahnt sich einen Weg zu uns und zieht meine Freundin in seine Arme. Er küsst sie ziemlich leidenschaftlich auf den Mund, und ich nehme direkt noch einen Schluck. Nicht, dass ich neidisch wäre, aber den beiden beim Trockensex zusehen zu müssen, steigert meine Laune ungemein.

Nach gefühlten zehn Minuten Zungenkrieg begrüßt Hannes mich flüchtig und flüstert Suse dann eine Schweinerei ins Ohr.

Ich kann ihn nicht verstehen, doch ihr Gesichtsausdruck spricht Bände. Und seine Hand auf ihrem Po verrät mir den Rest.

Ich nehme direkt noch einen Schluck aus dem Glas und wünsche mich zurück nach Hause, vor den Fernseher. Ich bin überflüssig. Das dritte Rad am Wagen zu sein, ist nicht unbedingt amüsant.

Ich drehe den beiden meinen Rücken zu und blicke direkt in die belustigten Augen des Barkeepers. Ich ziehe eine Augenbraue in die Höhe und proste ihm wortlos zu, ehe ich mein Glas in einem Zug austrinke. Er schiebt mir unaufgefordert ein ordentlich gefülltes über den Tresen, beugt sich zu mir herüber und sagt: »Ab 5 Uhr habe ich frei.«

Ich nehme das Prickelwasser dankend entgegen. »Das ist sehr schön für dich.«

Er lacht und wirft sich ein Tuch über die Schulter. Ich drehe mich wieder zu meiner Begleitung und stelle erleichtert fest, dass sie sich voneinander getrennt zu haben scheinen. Für den Moment zumindest.

Susanne greift nach meiner Hand. »Komm, wir haben eine Lounge.«

Auch das noch. Dann geht es im Sessel gleich weiter mit der Show. *Sie sollten Geld von den Zuschauern verlangen.* »Suse, soll ich nicht lieber nach Hause fahren? Ihr habt euch anscheinend ziemlich lange nicht gesehen.«

Sie straft mich mit einem vernichtenden Blick. »Jetzt werde mal nicht komisch. Du hast noch nicht getanzt.«

»Du dafür schon umso intensiver.« Ich sehe flüchtig auf Hannes' Rückseite. Sie schnauft abwertend. »Warum so genierlich, du Begine. Vielleicht sollten wir dir auch endlich mal was zum Befummeln suchen. Dir wächst ja noch das Jungfernhäutchen wieder zu, wenn du so weitermachst.«

Ja, Susanne Förster ist unglaublich feinfühlig und verständnisvoll. *Ich habe ja solches Glück.*

Ich lasse mich zu keiner Erwiderung herab. Suse ist der beste

Mensch, den ich kenne. Trotz ihrer spitzen Zunge. Und tief in meinem Inneren weiß ich, dass sie recht hat. Ich lebe tatsächlich wie eine Begine … wenn man die Geschichte mit Gott außer Acht lässt. Ich arbeite und lebe enthaltsam.

Hannes führt uns zu den dunkelgrünen Lounge-Sofas, und ich stelle mein Getränk auf den Tisch. »Ich gehe auf die Tanzfläche. Wenn ihr euer Begrüßungsritual beendet habt, kommt einfach nach.« Jetzt lasse ich sie stehen, spüre allerdings ihr Grinsen, welches mich begleitet.

Kapitel 4

Gelangweilt lässt Max seinen Blick umherschweifen. Er hätte nicht herkommen sollen. Janas Hand liegt besitzergreifend auf seinem Oberschenkel, während sie sich mit ihrer Freundin unterhält, deren Namen er bereits wieder vergessen hat.

Es ödet ihn an. Diese Clubs haben nichts mehr zu bieten, was ihn interessiert. Vielleicht ist er wirklich schon zu alt für diesen Scheiß. Philipp hat dem Partyleben schon vor langer Zeit den Rücken gekehrt. Noch bevor er seine jetzige Frau Hanna kennengelernt hat, mit der er zurzeit auf irgendeinem Luxusdampfer den Honeymoon zelebriert. Max hatte tatsächlich die Hoffnung, dass ihn dieser kleine Ausflug in Hamburgs Nachtleben von dem Stress der vergangenen Woche ablenkt. Immerhin hat er auch für die nächste Woche noch die alleinige Verantwortung für das Hotel, das er mit Philipp gemeinsam führt.

Ein Bier zu Hause wäre vielleicht besser gewesen, wenn er sich so umschaut. Selbst seiner heutigen Begleitung kann er nichts Positives abgewinnen. Er trifft sie schon zu lange. Ihre falschen Brüste quellen aus dem hautengen Kleid heraus, lenken eindeutig zu viele männliche Blicke auf sich. Und er ist sich ziemlich sicher, dass der eine oder andere durchaus bereits weiß, wie sie nackt aussieht. Ihre Vita ist fragwürdig, aber bisher hat ihn das nie gestört. Womöglich steckt er mitten in einer Midlife-Crisis.

»Ich hole mir einen Drink.« Er stößt Janas Hand gröber als ursprünglich gewollt von seiner Hose und ignoriert ihren fragenden Blick. Er hat eine Lounge reserviert, Getränke kommen an den Tisch. Dennoch hat er das Bedürfnis, sich die Beine zu vertreten.

Vielleicht sollte er einfach gehen. Der Tisch ist bezahlt, für die Ladys ist gesorgt. Und nach Sex steht ihm heute nicht der Sinn.

Er sollte wirklich einen Arzt aufsuchen.

In Gedenken an sein heimisches Sofa bestellt er sich ein Beck's und dreht sich in Richtung Tanzfläche. Er beobachtet die sich im Takt der Musik bewegenden Körper der tanzenden Frauen, während er einen tiefen Schluck aus seiner Flasche nimmt. Als sie ihm ins Auge fällt, verschluckt er sich fast.

Sieh an, der Rotschopf.

Mit geschlossenen Augen wiegt sie ihre Hüften. Langsam und verführerisch. Die Hände tief in den langen Haaren vergraben, scheint sie alles um sich herum vergessen zu haben. Die Lichtquader auf der Tanzfläche hüllen sie in ständig wechselnde Farb- und Lichtreflexe. Dennoch leuchtet ihr rotes Haar, und er ist sich sicher, seit langem nichts Sinnlicheres mehr gesehen zu haben als diese tanzende Frau. Seine Eier beginnen zu pochen, und eine Hitze kriecht über seine Wirbelsäule bei dem Gedanken daran, wie sie sich unter ihm winden würde. Die Frage, ob sie ein Höschen unter ihrem verdammt kurzen Kleid trägt, bringt sein Blut in Wallung. Es sammelt sich eindeutig zu tief unter seiner Gürtellinie. Er wirft einen Blick auf ihre Schuhe und grinst in sich hinein. Die hohen Absätze stehen ihr um so vieles besser als die flachen Kleinmädchenschuhe, die sie bei ihrem letzten Aufeinandertreffen getragen hat. Seinetwegen dürfte sie diese sexy Teile auch im Bett anbehalten.

Der Kerl unmittelbar hinter ihr scheint ähnliche Gedanken zu haben, denn er tanzt unaufhaltsam in ihre Richtung, reißt sie aus ihrem tranceartigen Zustand, indem er ihre Hüften umfasst und seinen Schwanz an ihrem Hintern reibt.

Max' Fingerknöchel treten um den Flaschenhals herum weiß hervor, und er stellt das noch halbvolle Bier auf die Theke, ehe es Scherben gibt. Zielstrebig drängt er Menschen aus dem Weg, ohne das Arschloch aus den Augen zu lassen, das es wagt, eine Frau gegen ihren Willen derart zu bedrängen. Denn dass der Wichser ihr Einverständnis nicht hat, zeigt ihm Franziska Möllings Reaktion. Sie zieht die deplatzierten Hände von ihrem Körper, um sich von ihm zu lösen. Jedoch ohne Erfolg. Wie eine Klette klebt er an ihrem Rücken, gibt sie nicht frei. Ihr wutverzerrtes Gesicht lässt keinen Zweifel, dass Max als Retter in der Not wie gerufen kommt.

»Wenn du nicht augenblicklich deine Drecksfinger von mir nimmst, dann …« Sie schreit ihrem Peiniger ins Ohr, was diesen nur noch mehr anstachelt, kann sie ihre Drohung doch nicht mehr zu Ende bringen. Franziska verliert fast das Gleichgewicht, als sich Max' Finger in den Nacken des anderen Mannes schrauben und ihn von der Tanzfläche schleifen. Er nimmt sich vor, sich später dafür zu entschuldigen, dass er sie fast umgeworfen hat.

Mit den Händen wild durch die Luft fuchtelnd, versucht sich dieser kleine Scheißkerl aus dem eisernen Griff des wesentlich größeren Mannes zu befreien. Mit fragwürdiger Wirkung. Max befürchtet, dass er ihm das Genick bricht, sollte der Pisser nicht aufhören zu zappeln.

»Ey man, beruhig dich. Ich wollte ihr doch nichts tun.« In einer abwehrenden Geste drückt er den Rücken durch, um Max abzuschütteln.

»Halts Maul, ehe ich mich vergesse.« Mit mahlendem Kiefer zieht Max ihn in Richtung Ausgang. Neugierige Augen folgen ihm, Gäste geben den Weg frei. Fast wehmütig übergibt er den Übeltäter dem Personal an der Tür. Zu gern hätte er die Sache auf seine Weise erledigt. Doch der Club ist nicht der richtige Ort. »Kümmert euch um den Abschaum. Er kann seine Finger nicht bei sich behalten.« Zum ersten Mal nimmt Max das Gesicht des anderen wahr. Ein blonder Wicht mit schweißnassem Hemd und gegelter Föhnfrisur, der unverzüglich hilfesuchend in den Schutz der Security tritt und verzweifelt den Abstand zwischen Max und sich selbst vergrößert. Doch er hat seine Rechnung ohne Max gemacht. Dieser zupft sein Hemd zurecht, ehe er sich zu seiner vollen Größe aufbaut und durch zusammengebissene

Zähne einen letzten gutgemeinten Rat an den Mann bringt. »Sollte ich dich noch einmal hier erwischen, oder sonst irgendwo, werde ich dich nicht so liebevoll hinausbegleiten. Ich hoffe, du merkst dir mein Gesicht. Denn ich werde deins nicht vergessen.« Aus dem Augenwinkel bekommt er noch mit, wie sich die Türsteher dieses Problems annehmen. Dann macht er sich auf die Suche nach dem Rotschopf.

* * *

Mein Herz klopft mir bis zum Hals. Mit zittrigen Knien verlasse ich die Tanzfläche. Ich bemerke die Blicke, die mir folgen. Ich brauche unbedingt etwas zu trinken. Mein Hals ist völlig ausgetrocknet, und meine Haare kleben mir im Nacken.

Es hat einen Moment gedauert, ehe ich Rothenburg als meinen Retter erkannt habe. Dieses Bild, wie er den widerlichen Typen im Genick gepackt hat, werde ich mein Leben lang sicher nicht mehr vergessen. Verdammt, ich konnte meinen Blick gar nicht von ihm nehmen. Selbst in diesem diffusen Licht war die Statur seines äußerst ansprechenden Körpers sehr wohl zu erkennen. Und wenn mein ungeübtes Auge das schon feststellt, wie mag es wohl den ganzen Goldgräberinnen in diesem Club ergehen? Denn machen wir uns nichts vor: Die Hälfte der anwesenden holden Weiblichkeit ist doch nur auf der Suche nach einem reichen Gönner. Und Rothenburg ist mit absoluter Sicherheit ein Objekt der Begierde.

Wenn auch nicht meiner eigenen.

Es ist Zeit, die Flucht anzutreten, ehe er noch auf den dummen Gedanken kommt, die Lorbeeren für seine Liebenswürdigkeit einzufordern. Es ist nicht so, dass ich ihm nicht dankbar wäre, dass er mich aus dieser brenzligen Situation befreit hat. Aber ich denke, sein Ego ist auch so schon groß genug. Und es gibt bestimmt genügend Frauen, die ihm seine Taten anständig vergelten. *Man muss ja nicht direkt jede Mode mitmachen.*

Aber ich habe meine Rechnung ohne Rothenburg gemacht.

Als ich zu unserem Tisch komme, ist er in ein anregendes Gespräch mit Suse vertieft, die sich bereits suchend nach mir umsieht. Und mich selbstverständlich auch umgehend entdeckt und freudestrahlend auf mich zeigt.

Verdammter Mist. Mir bleibt aber auch nichts erspart.

Unverzüglich setzt sich mein Retter in Bewegung und kommt mit geschmeidigen Schritten auf mich zu. Er ist schon ein umwerfender Anblick. Rothenburg überragt den Großteil der anwesenden Herren. Seine dunkle Hose schmiegt sich wie eine zweite Haut an seine wohlgeformten muskulösen Schenkel, die Ärmel seines Hemdes hat er lässig hochgekrempelt. Seine Haare sind vielleicht eine Spur zu lang, aber dadurch wirkt er nicht weniger attraktiv. Ganz im Gegenteil. Aktuell sind bei den Männern Kurzhaarschnitte in Mode, also ein weiterer Punkt, der ihn vom herkömmlichen Fußvolk unterscheidet.

Sein sinnlicher Mund beginnt zu lächeln, als er mich erblickt, und ich lächle zurück, ohne großartig darüber nachzudenken. *Hervorragend, Franziska. Das ist wahrscheinlich genau die Zustimmung, die er braucht …*

Ich beiße auf meine Zunge und verbiete mir das Lächeln.

»Es geht Ihnen gut.« Eine simple Feststellung, die er selbstverständlich seiner Ritterlichkeit zuspricht. Dass ich zu ihm aufsehen muss, verursacht ein namenloses Kribbeln in mir, was mich gleichzeitig irritiert und auch missgestimmt zurücklässt.

»Ja, vielen Dank. Es wäre doch nicht nötig gewesen, mir zu helfen. Das hätte ich durchaus auch allein geschafft.«

»Daran zweifle ich nicht eine Sekunde. Aber so waren Sie ihn schneller los.« Sein Lächeln vertieft sich, lässt seine weißen Zähne im vagen Licht förmlich leuchten.

Ich schlucke hart. »Denken Sie jetzt bloß nicht, ich sei Ihnen etwas schuldig.«

»Nicht im Traum …«

»Gut. Und jetzt werde ich wieder an meinen Platz …« Meine Hand deutet in Richtung Lounge.

»Lassen Sie sich durch mich bitte nicht aufhalten.« Doch er bewegt sich keinen Millimeter, was bedeutet, dass ich mich an ihm vorbeiquetschen muss, um zu Suse und Hannes zu gelangen. Und er ist sich dessen bewusst, denn ich bemerke das verräterische Funkeln seiner Augen, während er auf mich herabsieht, die Daumen lässig in den Taschen seiner Hose verhakt.

Das hat er sich ja fein ausgedacht …

»Ziska, Hannes und ich hauen ab. Du bist ja in guter Gesellschaft, wie es aussieht.«

Ich habe die beiden nicht kommen sehen, doch Suse schlingt ihre Arme von hinten um meine Mitte und presst sich kurz gegen meinen Rücken. Ehe ich überhaupt reagieren kann, drückt sie mir einen Kuss auf die Wange. »Bleib ruhig noch. Ich habe dir die VIP-Karte in deine Handtasche gesteckt. Du kannst trinken, was immer du möchtest.«

»Was soll das heißen? Ihr *haut ab*? Wir sind doch eben erst gekommen. Und überhaupt … ich werde selbstverständlich nicht allein hierbleiben.« Ich drehe mich in ihre Arme und betrachte sie fassungslos. Ich habe ja damit gerechnet, dass sie nicht mit mir nach Hause gehen wird, aber dass sie mich mitten in diesem überteuerten Club einfach stehen lässt, schlägt dem Fass den Boden aus.

»Aber du bist doch nicht allein.« Sie grinst ziemlich frech in Rothenburgs Richtung, der lediglich eine Augenbraue hebt.

»Susanne Förster, das kann doch nicht dein Ernst sein!« Wäre ich meine Nichte, würde ich meine Krallen ausfahren und ihr die Augen auskratzen. Wie kann sie es wagen, mich erst dazu zu überreden, sie hierher zu begleiten, und mich dann einfach den Wölfen zu überlassen. Gut, in meinem Fall ist es nur ein Wolf. Aber der reicht im Zweifel ja schon aus.

»Sei nicht so prüde, Ziska! Denk an dein Jungfernhäutchen.« Sie zwinkert mir zu. »Ich rufe dich morgen früh an.« Damit lässt sie mich einfach stehen. Mein Gesicht wird mit einem Mal siedend heiß. Vermutlich leuchte ich schillernd rot, ebenso wie die

Lichtquader auf der Tanzfläche. Ich schließe meine Lider und atme tief in den Brustkorb.

Das kann nur ein Traum sein. Ein fürchterlicher Alptraum!

»Subtilität ist nicht unbedingt die Stärke Ihrer Freundin, oder?« Die Belustigung in seiner Stimme ist nicht zu überhören.

Wütend funkele ich ihn an. »Aber Ihre, wie mir scheint!«

»Oh ja. Besonders in solchen Situationen. Ich könnte Ihnen auch gestehen, dass Sie wunderschön aussahen, als sie sich völlig versunken in die Musik auf der Tanzfläche bewegt haben. Oder dass es mich rasend hat werden lassen, wie dieser Kerl sich an Sie rangemacht hat.« Unschuldig zuckt er mit den Schultern, und mir bleibt förmlich die Spucke weg. »Andererseits kennen wir uns noch nicht lang genug, um derart offen mit Ihnen zu sprechen.«

Das hat er doch jetzt nicht wirklich von sich gegeben, oder? Mir ist eindeutig der Schampus nicht bekommen. Oder er hat vielleicht doch einen Schlag vor den Kopf kassiert …

Wie dem auch sei, ich werde der Ursache jetzt mit Sicherheit nicht auf den Grund gehen. Nein, denn ich gehe nach Hause. Unverzüglich. Ohne Umwege. Ich schnaube unwirsch und quetsche mich nun doch an ihm vorbei. Dabei spüre ich seinen durchdringenden Blick im Rücken. Ein zartes Lächeln schleicht sich in mein Gesicht. Jetzt, da er es nicht sehen kann.

* * *

Er überlegt kurz, ob er ihr anbieten soll, sie nach Hause zu begleiten. Allerdings ist er sich sicher, dass sie dieses Angebot rigoros abweisen wird.

Nein, seine Zeit ist noch nicht gekommen. Er lässt es sich dennoch nicht nehmen, aus dem Augenwinkel zu verfolgen, wie sie den Club verlässt und in ein Taxi steigt.

Danach macht er selbst sich ebenfalls auf den Heimweg. Es gibt nichts, was ihm dieser Abend noch zu bieten hätte.

Kapitel 5

Achtlos streife ich meine Schuhe ab und gehe barfuß hinüber in unsere Küche. Nach Kaffee steht mir nicht der Sinn, aber der Kühlschrank gibt nach kurzer Recherche noch ein Flasche Weißwein preis, die ich großzügig in ein Wasserglas umfülle. Auch wenn ich befürchte, das wird auf keinen Fall genügen, um mir den Abend schön zu saufen.

Einen Versuch ist es wert.

Meine Wut auf Suse ist morgen wieder verflogen. Sie ist eben wie sie ist. Ich würde sie nicht direkt als rücksichtslos bezeichnen, nein, vielmehr geht sie zu arglos mit ihren Mitmenschen um. Sie stammt aus gutem Hause und musste sich um das Leben und darum, wie es funktioniert, noch nie Gedanken machen. Wenn ich aber wirklich mal ihre Hilfe brauche, würde sie ihr Leben für mich geben, da bin ich sicher. Das hat sie bereits einmal getan, und ich vertraue niemandem mehr als ihr.

Wir wohnen in einer todschicken Hamburger Gegend, weil Suses Eltern in der Weltgeschichte herumtingeln und ihrer Tochter eine hübsche Vorstadtvilla überlassen haben. Nach Sinas Tod war ich gezwungen umzudenken. In meiner kleinen Wohnung wäre niemals Platz gewesen für Marie und mich. Ein Schulkind hat andere Ansprüche als deckenhohe Spiegel mit Ballettstange und einer Matratze auf dem Boden. Und in Sinas Wohnung zu leben … nein. Die Erinnerungen hätten mich erstickt. Außerdem brauchte Marie dringend eine Luftveränderung.

Suse hat uns ohne zu zögern einen Platz in ihrem Haus angeboten. Völlig selbstlos und ohne jeden Anspruch an mich.

Wahrscheinlich hätte sie es auch gar nicht nötig, mir im Geschäft zu helfen. Sie verdient sich lediglich ein kleines Taschengeld zu ihrem sowieso schon vorhandenen Vermögen dazu. Aber ich hinterfrage das nicht weiter, denn ich bin überzeugt, sie sieht es als ihren Beitrag zu unserer Freundschaft an. Sie greift mir unter die Arme, wo sie nur kann, und ich zeige ihr hin und wieder, wie das Leben funktioniert, wenn es mal wieder über sie hinwegrollt.

Dennoch. Gerade jetzt in diesem Moment würde ich ihr nur zu gern einen Denkzettel verpassen. Vielleicht gehe ich morgen einfach mal nicht ans Telefon, wenn sie anruft, um sich zu erkundigen, wie mein weiterer Abend verlaufen ist. Sie könnte durchaus einen Dämpfer vertragen. Immerhin konnte sie nicht wissen, dass Rothenburg mir wohlgesonnen ist. Es hätte auch böse enden können, in vielerlei Hinsicht. *Aber eines muss man ihm lassen. Er ist wirklich verdammt heiß.*

Ziemlich schnell ist das Glas leer, und ich habe endlich die nötige Bettschwere, um Ruhe zu finden. Die dunklen Augen, die mich bereits eine ganze Weile verfolgen, endlich loszuwerden. Zumindest für diese Nacht.

* * *

»Mensch, Ziska, ich hatte schon Angst, der Kerl hätte dir etwas angetan. Warum gehst du nicht an dein verdammtes Telefon?«

Ich zucke lediglich mit den Schultern. »Vielleicht hättest du dir darüber gestern den Kopf zerbrechen sollen, als du lieber deinen Trieben gefolgt bist, anstatt mich nach Hause zu begleiten.«

»Ich habe wenigstens noch Triebe.« Ärgerlich lässt sie ihr Jäckchen achtlos auf den Boden fallen. »Und jetzt brauche ich eine Dusche und einen Kaffee, und zwar in genau dieser Reihenfolge.«

Ich hebe die Jacke auf und hänge sie an die Garderobe, was

meine Freundin mit einem fragwürdigen Blick quittiert. »Hör auf, ständig hinter mir herzuräumen.«

»Pfff, ich wohne auch hier, und ich halte nichts davon, über Klamottenberge steigen zu müssen. Wie wär's, wenn du beim nächsten Mal deine Anziehsachen direkt anständig aufhängtest? Dann fühlen wir uns beide nicht schlecht, weil du mich ständig als Zimmermädchen missbrauchst.«

»Ziska, niemand zwingt dich dazu. Spätestens, wenn ich diese Jacke anziehen möchte, hebe ich sie wieder auf. Konzentrier dich doch mal auf andere Dinge. Mach etwas aus deinem Leben!«

Ich finde Susanne mehr als ätzend, wenn sie meint, sie wäre mir in irgendeiner Form überlegen. »Wenn für dich *etwas aus seinem Leben machen* bedeutet, mit jedem dahergelaufenen Mann ins Bett zu springen, dann vielen Dank. Ich verzichte.«

»Du musst dich ja nicht unbedingt von ihm vögeln lassen, aber du hättest durchaus ein wenig netter zu ihm sein können. Immerhin hat er dir diesen Schmierlappen vom Hals gehalten.« Sie geht in die Küche, greift sich eine Flasche Wasser aus dem Kühlschrank und nimmt einen kräftigen Schluck. Selbstverständlich ohne ein Glas zu benutzen.

»Ich kann mich nur wiederholen … ich verzichte.« Ich nehme ihr die Flasche aus der Hand. »Kannst du nicht ein Glas benutzen?«

Suse runzelt die Stirn. »Franziska Mölling, du strapazierst meine Nerven. Gehörig. Wann genau hast du damit begonnen, derart spießig zu sein?« Sie schüttelt verständnislos den Kopf und spaziert ins Bad.

Ich lasse mich mit einem Seufzen auf einen Küchenstuhl fallen und werfe einen Blick aus dem Fenster. Ja, wann habe ich nur damit begonnen? Als meine Schwester starb? Und ich plötzlich gezwungen war, Verantwortung zu übernehmen? Nicht nur für mich, sondern auch für Marie.

Unwillig streiche ich mein Haar aus der Stirn. Manchmal sehne ich mich in mein altes Leben zurück. Das Leben, was ich unweigerlich hinter mir gelassen habe. Hinter mir lassen musste. Das Tanzen. Ja verflucht, ich vermisse das Tanzen. Aber es gab keine Möglichkeit, das unstete Leben einer Tänzerin weiterzuführen. Ständig andere Arrangements, andere Städte, und man verdient einfach nicht genug, um noch für eine weitere Person sorgen zu können.

Und was wäre aus Marie geworden? Sie hatte gerade ihre Mutter verloren. Hätte ich von ihr erwarten sollen, sich in mein Leben zu fügen? Sicher, sie hätte es getan. Es wäre ihr nichts anderes übrig geblieben. Aber das hätte auch bedeutet, dass ich Sinas letzten Wunsch einfach ignorieren hätte müssen.

Kümmerst du dich um Marie, Franzi? Bitte! Sie hat doch sonst niemanden. Das Geschäft wirft genug ab für euch beide. Du musst es mir versprechen!

Nein, es stand für mich außer Frage. Niemals hätte ich zugelassen, dass Marie in eine Pflegefamilie kommt oder zu unseren Eltern nach Teneriffa, nur weil ich dem Traum hinterherrenne, eine berühmte Primaballerina zu werden.

Einen Vater hat sie nicht. Niemals gehabt. Sina hat ein riesiges Geheimnis um ihn gemacht, und letztendlich hat sie es mit ins Grab genommen. Diese Tatsache allein wird schon riesige Schatten über Maries Leben werfen, wenn sie irgendwann beginnt, nach ihren Wurzeln zu suchen. Dabei werde ich ihr leider keine große Hilfe sein können. Aber jetzt kann ich für sie da sein.

Also habe ich das Brautmodengeschäft zu meinem gemacht und bemühe mich, es in Sinas Sinne weiterzuführen. Und obwohl es mir ganz gut gelingt, spüre ich manchmal diese Sehnsucht nach mehr. Es ist nicht unbedingt eine greifbare Empfindung, die sich leicht beschreiben ließe. Manchmal, wenn es mich überkommt, betrachte ich meine zerschundenen Füße, und das genügt meistens, um mich wieder von diesem Gefühl zu befreien. Und wenn nicht, nehme ich meine Tanzschuhe vom Nagel und trainiere im Keller von Suses Haus. Im ehemaligen Partykeller habe ich meine Spiegel und die Barre angebracht. Gut, es gibt fast ausschließlich künstliches Licht, aber dafür den nötigen Platz. Und niemand nimmt Anstoß an meiner Sentimentalität.

»Jetzt sag nicht, du bläst immer noch Trübsal?« Suse ist mit dem Duschen fertig und nimmt sich einen Kaffee. Ich sitze noch immer tief in Gedanken versunken am Tisch und starre aus dem Fenster, zähle die Blätter der alten Eiche vor dem Haus.

Wie immer hat Suse unsere kleine Meinungsverschiedenheit bereits vergessen und macht einfach weiter im Geschehen. Eine Eigenschaft, die Fluch und Segen zugleich sein kann. Es kommt immer darauf an, von welcher Warte aus man es betrachtet. Heute habe ich keine Lust zu streiten. Also ist es mein Segen, dass ich mich erheben und den Kaffeebecher aus ihrer Hand nehmen und ihn mir zu eigen machen kann. Ihre Hüfte stößt gegen meine, und ich stoße zurück. Wir beginnen zu lachen, als plötzlich Marie in der Tür erscheint. »Was ist so lustig?«

Suse und ich sehen uns kurz an, ehe wir erneut beginnen zu kichern.

»Ihr seid echt albern.« Damit dreht sie sich aus der Küche, und kurze Zeit später hört man ihre Zimmertür lautstark ins Schloss fallen.

Ich schreie hinter ihr her. »Wir haben auch Türklinken!« Nur um augenblicklich erneut in Lachen auszubrechen.

»Spießig. Eindeutig.«

»Ich kann eben nicht aus meiner Haut.« Und mit diesen Worten nehme ich die Verfolgung auf. Schließlich muss sie mir noch mehr über die Geschichte von dem Mann mit den gefährlichen Augen erzählen, der eine rote Ampel übersehen hat.

* * *

»Mir geht es gut, Franzi. Der Typ hat mich nicht gesehen, aber mir ist nichts passiert.«

Ich sitze auf Maries Bett und versuche, jede noch so kleine Kleinigkeit aus ihr herauszuquetschen. Sie wird langsam ungeduldig ob meiner Fragerei, die ich mir im Übrigen selbst nicht erklären kann. Was genau versuche ich herauszubekommen? Seinen Namen? Den kenne ich bereits. Etwas über seinen Charakter? Oh, davon habe ich genug mitbekommen – der Mann ist arrogant, selbstgefällig und äußerst von sich eingenommen. Wem also versuche ich etwas vorzumachen?

»Na gut, dann will ich dir glauben.« Ich kaue auf der Innenseite meiner Wange und erhebe mich vom Bett. »In dem Fall muss ich es seiner Versicherung ja erst gar nicht melden.«

»Nein, das musst du nicht.« Sie dreht sich zum Fenster, nur um sich unverzüglich wieder nach mir umzusehen. »Hast du das Formular schon ausgefüllt?«

»Welches Formular?«

»Mensch, Franziska. Für das Vorsingen. Sag nicht, du hast es vergessen?« Ungläubig setzt sie sich neben mich und krallt ihre Hände in die Bettdecke.

»Nein … selbstverständlich nicht.« Ich ringe um Worte. Was kann ich sagen, um sie nicht zu sehr zu verletzen? »Aber …« Ich senke den Blick, atme tief ein, ehe ich ihr fest in die Augen sehe. »Aber was ist, wenn sie dich annehmen?«

»Das ist der Grund, warum man an Vorsingen teilnimmt … man hofft, dass man angenommen wird.« Sie wirft die Hände hoch und springt vom Bett auf.

»Und das ist das Problem … du wirst angenommen werden. Das ist so sicher wie das Amen in der Kirche.« Ich stehe auf und stelle mich neben sie. »Marie, wir können uns die teuren Gebühren nicht leisten.«

Eine Ausrede. Die sie unverzüglich für null und nichtig erklärt. »Ich verdiene mir etwas dazu. Außerdem gibt es BAföG. Und ich habe doch das Sparbuch von Mama. Das ist für meine Ausbildung bestimmt, oder nicht?«

Niemand kann sich vorstellen, was es für ein Gefühl ist, wenn man seinem Kind, und Marie ist zu meinem Kind geworden, den Kindheitstraum zerstört. Nicht, weil man nicht an sein Können glaubt, sondern aus dem absolut banalen Grund, nicht genügend Geld zu besitzen, um diesen Wunsch zu erfüllen. Hinzu kommt, dass ich das Metier kenne. Diese alleszerfressenden Aasgeier, die dich beurteilen, wie ein Stück Fleisch beim Metzger. Wofür sollte sie das alles auf sich nehmen? Um einen Traum zu verfolgen, der sich letztendlich als Alptraum entpuppen wird? Sich nur als solcher entpuppen kann. Ich will ihr die Enttäuschung ersparen. Es ist meine Pflicht, sie ihr zu ersparen. Verdammt!

Ich versuche es also mit Pädagogik. »Was wird aus deiner Schule, Schatz? Du wolltest Abitur machen.«

Trotzig verengt sie ihre Augen zu Schlitzen. »Scheiß aufs Abi. Ich will auf die Musicalschule! Und das schaffe ich auch. Im August habe ich die 10. Klasse fertig, und ab Oktober beginnt die Ausbildung an der Academy. Sie vergeben Teilstipendien. Und ich bin gut genug. Das weiß ich einfach!«

Eine Faust legt sich um mein Herz. Was soll ich nur tun? Eine vernünftige Schulausbildung ist wichtig. Marie wird im Sommer tatsächlich die 10. Klasse geschafft haben. Mit einem guten Durchschnitt. Einem sehr guten Durchschnitt sogar. Soll ich sie tatsächlich zum Abitur drängen? Sie ist minderjährig, muss sich meinem Willen fügen. Noch.

Sie unterbricht meine Gedanken mit einem weiteren trotzigen Vorstoß. »Was ist mit dir? Hast du nicht auch nach dem Abi eine Tanzausbildung gemacht?«

Wieder diese Diskussion. Zum gefühlt tausendsten Mal in diesem Jahr. Je näher sie ihrem Abschluss kommt, desto verbissener ist sie in ihrem Wunsch, Musical zu studieren. Eine brotlose Kunst. Ich weiß, wovon ich spreche. Was hatte ich schon? Ein kleines Apartment, eine nackte Matratze, ständig Geldprobleme. Das ist nicht das, was ich mir für meine Nichte wünsche. Und es wäre auch nicht das gewesen, was sich Sina für ihre Tochter gewünscht hätte. Eine solide Ausbildung – das ist es, was heutzutage zählt. Und sie hat das Zeug dazu. Egal, wie schön und klar sie singt oder wie perfekt sie tanzt. Also hebe ich mahnend meinen

Zeigefinger und fuchtele damit vor ihrer Nase herum. »Komm mir nicht so. Sieh mich an! Was habe ich jetzt von meiner Tanzausbildung?« Ich werfe meine Hände in die Höhe, starre unter ihre Zimmerdecke. »Ich führe ein Brautmodengeschäft und habe verkrüppelte Zehen. Aber du? Du hast fast einen Einser-Durchschnitt. Und BAföG, Marie? Für ein anständiges Studium reicht das vielleicht. Aber 650 Euro im Monat für die Academy? Hast du eine Ahnung, wie viele beschissene Kleider ich dafür verkaufen muss?« Ich beiße mir auf die Zunge. Jetzt sind definitiv die Pferde mit mir durchgegangen.

»Wie verbittert du dich anhörst. Mama hätte mich dir nicht aufhalsen sollen. Ich will auf eigenen Beinen stehen. Dann falle ich dir auch nicht mehr zur Last.« Enttäuschung macht dem Trotz Platz.

»Um Himmels Willen, Marie, wenn du auch nur ansatzweise Derartiges denkst, dann …«

»Ja, was dann?« Sie blinzelt verräterisch. Und ich reiße sie in meine Arme, könnte mir selbst eine verpassen für meine unbedachten Worte. Nichts liegt mir ferner, als ihr zu vermitteln, sie sei mir zu viel. Das Gegenteil ist der Fall. Sie hat mein Leben erst lebenswert gemacht. Hat mir gezeigt, was es bedeutet, bedingungslos für jemanden da zu sein. Ich möchte nur um jeden Preis verhindern, dass sie dieselben Fehler macht wie ich.

Marie zieht ihre Nase hoch und schiebt mich unwillig von sich.

Meine toughe Nichte würde niemals vor mir weinen. Zum einen, weil sie immer stark sein will, und zum anderen, weil es ihre Schminke verschmiert. Auch damit bin ich nicht immer einverstanden. Sie hat ihre schwarze Phase. Was sich leider nicht nur auf ihre Kleidung auswirkt, sondern auch auf ihre Haare und ihr Gesicht. Sie braucht im Monat mehr Make-up als ich in einem ganzen Jahr. Und erst ihr wunderschönes blondes Haar … Na ja, irgendwann kommt das Blond schon wieder durch.

Der Psychologe, der uns nach dem Tod meiner Schwester eine

ganze Zeit lang begleitet hat, war der Meinung, ich solle dem nicht zu viel Wert beimessen. Das würde sich von allein wieder erledigen. Andererseits dauert diese Phase jetzt bereits fast zwei Jahre an, und so langsam beschleicht mich der Verdacht, dass es sich nicht nur um eine pubertäre Begleiterscheinung handelt, sondern dass sie sich einbildet, ihren ganz persönlichen Style gefunden zu haben.

»Ich möchte einfach nur nicht, dass du irgendetwas überstürzt. Du bist noch so jung. Du kannst alles werden, was du willst …«

»Nur eben keine Musical-Darstellerin.« Sie schnaubt abfällig.

»Ach verflixt, das sage ich doch gar nicht. Ich will nur verhindern, dass du irgendwann als Animateurin in irgendeinem Clubhotel endest und dein Geld als Touristenbelustigung verdienst. Ich habe einfach Angst um dich. Das ist alles.«

Jetzt nimmt sie mich in die Arme. »Das brauchst du nicht. Ich weiß genau, was ich tue. Und ich weiß, dass ich es schaffen kann. Immerhin hast du mir vieles beigebracht.«

Das stimmt. Meine Nichte war eine gelehrige und sehr talentierte Schülerin. Zumindest was das Tanzen anbelangt. Ihre schauspielerischen Fähigkeiten hat sie wohl von ihrem Vater geerbt, wer immer er auch sein mag.

»Bitte, Franzi. Lass mich einfach die Audition mitmachen. Sie nehmen nur so wenige Tänzer auf. Von allen Bewerbern wählen sie nur 30 Schüler aus. Bitte.«

Ihre Verzweiflung macht mich schwach. »In Ordnung. Die Audition. Und dann sehen wir weiter.«

Kapitel 6

»Ich werde nicht kommen!« Max ballt seine Hände zu Fäusten, weil er einfach keine Ahnung hat, wohin mit all den Emotionen, die ihn gerade bis ins Mark erschüttern. Er hört seine Schwester atmen … oder weinen. »Sarah? Hast du gehört, was ich sage?« Er spricht durch die Zähne, weil er sie ansonsten anschreien würde. Das hätte sie nicht verdient. Sarah ist ein Opfer. Ebenso wie er. Sie war noch zu jung, um wie er zu flüchten. Sie musste bleiben und diese Farce ertragen.

Ein Schluchzen erklingt statt einer Antwort. Er hebt die Faust, doch ehe er sie mit geballter Kraft auf die Tischplatte fallen lässt, besinnt er sich eines Besseren. Sie trauert. Er kann nicht trauern.

Um seine Mutter hat er getrauert. Damals. Heute.

»Bitte komm. Die Ärzte sagen, es sieht nicht gut aus. Die Chancen, dass er sich wieder vollständig erholt, stehen schlecht.«

»Das ist nicht mein Problem. Ihr kommt auch ohne mich klar.« Er verliert die Geduld mit seiner Schwester. »Ich kann zur Zeit auch nicht weg. Mein Partner ist auf Hochzeitsreise, und das Hotel …« Er schließt die Augen, bemüht sich um einen versöhnlichen Tonfall. »Sarah, selbst wenn ich wollte, ich kann nicht.«

»Es gibt immer einen Weg! Wenn man nur danach sucht.« Die Heftigkeit, mit der sie ihm begegnet, lässt ihn schlucken. »Er hat nach dir gefragt. Sonst würde ich dich nicht anrufen, Max. Es ist sein Wille. Vielleicht sein letzter …« Erneut bricht ihre Stimme, und Max atmet tief durch.

»Es tut mir leid, aber ich kann es nun mal nicht ändern. Ich habe jetzt einen wichtigen Termin. Wir telefonieren später noch mal.« Damit beendet er das Gespräch. Und kann nichts tun gegen das Gefühl, das ihn beschleicht. Verlust. Dabei hat er schon ewig nicht mehr an seinen Vater gedacht. Hat sich jeden flüchtigen Gedanken, jede tiefe Erinnerung an ihn verboten.

Seine Kindheit war das, was man im Allgemeinen wohl als glücklich bezeichnet. Aufgewachsen ist er auf dem familiären Weingut an der Ahr. Für das der Begriff großzügig vielleicht ein wenig untertrieben wäre. Der Weinanbau ist ihm in die Wiege gelegt worden, und selbstverständlich waren alle davon ausgegangen, dass er das väterliche Erbe einmal übernehmen würde. Sogar er selbst war davon ausgegangen, doch das ist lange her.

Seine Familie entstammt einem alten Rittergeschlecht, wie sein Vater nicht müde wird zu erwähnen. Nicht, dass er selbst darauf Wert legte. Er ist dazu übergegangen, den Namenszusatz *von* einfach unter den Tisch fallen zu lassen. Er ist niemand, der sich auf dem guten Namen seiner Familie ausruht. Heute sitzt er in einem Bürostuhl und führt ein Viersternehotel mitten in Hamburg. Hat die Landwirtschaft gegen ein BWL-Studium getauscht, und er ist glücklich mit dieser Entscheidung. Kann sich nichts anderes mehr für sich selbst vorstellen. Und wenn seinen Vater plötzlich Existenz- und Überlebensängste plagen, dann ist das auch nicht mehr seine Angelegenheit. Es war die freie Entscheidung seines Vaters, sich von ihm loszusagen. Max hat ihn vor die Wahl gestellt, und der alte Herr hat sich entschieden. Gegen ihn. Und so soll es auch bleiben. Sein Blick fällt auf die Karte seiner Versicherung, die er auf seinem Schreibtisch bereitgelegt hat. Seine Mundwinkel zucken, und er steckt sie in die Innentasche seines Jacketts. Vielleicht sollte er sich schöneren Dingen widmen. Roten Haaren und Sommersprossen zum Beispiel.

* * *

Meine Nase steckt tief in den Büchern, und die Zahlen vor meinen Augen beginnen bereits zu verschwimmen. Ich habe noch nichts gegessen, und es ist schon später Nachmittag. Ich klappe den Laptop zu und nehme einen Schluck Wasser.

Dieser Mist kann auch noch bis nächste Woche warten, und wenn ich ganz viel Glück habe, erbarmt sich Suse und kümmert sich darum. Auch wenn man es nicht meinen sollte, aber Susanne hat ein Händchen für Zahlen und die Buchhaltung. Ich habe ihr bereits des Öfteren nahegelegt, etwas aus diesem Talent zu machen. Aber sie grinst nur dämlich und zeigt mir einen Vogel. Man kann ja niemanden zu seinem Glück zwingen, und solange sie sich nicht für ein Studium oder eine Ausbildung in dieser Richtung entscheidet, bleibt sie mir als Hilfe im Laden erhalten. Ich werde mich also hüten, zu laut darüber zu klagen. So kann ich sie immerhin für meine Zwecke missbrauchen. Und das werde ich auch weiterhin ohne schlechtes Gewissen tun.

Mit den Handinnenflächen reibe ich über meine müden Augen und strecke meinen schmerzenden Rücken durch. Ein Schreibtischjob ist wirklich nichts für mich. Wie kann nur jemand freiwillig behaupten, er sei dazu geboren? Es wird mir immer ein Rätsel bleiben.

Das Glöckchen an der Tür kündigt eine Kundin an. Verdutzt blicke ich auf die Uhr über meinem Schreibtisch. Termine sind für den Nachmittag keine vereinbart, und eigentlich hatte ich doch bereits abgeschlossen, oder etwa nicht?

Anscheinend wohl nicht, du Superhirn …

Ich ziehe meinen Rock gerade, als ich in den Verkaufsraum trete. »Es tut mir leid, wir haben geschlo…« Mir bleiben die Worte förmlich im Hals stecken. Die Hände in den Taschen seiner Anzughose, wippt Rothenburg auf den Fersen seiner erkennbar teuren Oxford-Schnürer, als würde er bereits stundenlang auf mich warten. Süffisant grinsend dreht er sich zu mir um, und wieder wird mir bewusst, wie attraktiv er ist. Das Grübchen in seiner Wange, wenn er lächelt, oder eben grinst, so wie gerade jetzt. Sein markantes Kinn, ausdrucksstarke Augenbrauen über tiefbraunen Augen. Der gesund gebräunte Teint seiner Haut verrät, dass er sehr viel Zeit an der frischen Luft verbringt.

Sonnenbank sieht eindeutig anders aus.

Die Bartstoppeln seines Dreitagebarts lassen ihn verwegen aussehen, ohne ungepflegt oder gar nachlässig zu wirken.

Wie sie sich wohl auf deiner Haut anfühlen, wenn er mit seinem Gesicht zwischen deinen Schenkeln …?

Vor lauter Schreck über diesen Gedankengang verschlucke ich mich und räuspere mich vernehmlich.

»Ich nehme Ihre Hustenanfälle langsam persönlich.« Kleine Lachfältchen bilden sich um seine Augen, und ich halte den Atem an in dem Versuch, den Hustenreiz zu unterdrücken.

»Ist Ihnen noch nie in den Sinn gekommen, dass man allergisch auf Sie reagieren könnte?«

»Jetzt werden Sie aber wirklich persönlich, Frau Mölling.«

»Wenn der Schuh passt, Rothenburg«, schnappe ich zurück, in dem Versuch, meine Fassung wiederzuerlangen.

Was will er denn schon wieder hier? Eigentlich war ich davon ausgegangen, ihm ziemlich deutlich klargemacht zu haben, dass er meinetwegen dorthin verschwinden kann, wo der Pfeffer wächst. Aber das war wohl zu subtil für einen selbstverliebten Gockel, wie mir scheint. »Ich habe nicht mehr mit Ihnen gerechnet. Meiner Nichte geht es gut. Sie hat den Zusammenstoß ohne bleibenden Schaden überstanden. Aus welchem Grund sind Sie also gekommen, wenn ich fragen darf?« Ich bin äußerst skeptisch. Irgendwas führt der Kerl im Schilde … zumal der Vorfall bereits eine Woche zurückliegt.

»Oh, ich wollte lediglich meinen Pflichten als verantwortungsvoller Bürger nachkommen und Ihnen noch meine Versichertenkarte übergeben. Nur für den Fall …« Er zieht besagte Karte aus der Innentasche seines dunkelblauen Jacketts und hält sie mir selbstgefällig vor die Nase.

Jetzt fehlt nur noch, dass er sich selbst auf die Schulter klopft, weil er so ein toller Typ ist …

Ich winke ab. »Ich denke, das wird nicht mehr nötig sein. Vielleicht sollte der verantwortungsvolle Bürger, von dem Sie sprechen, noch mal zwei oder drei Fahrstunden nehmen. Eventuell würde theoretischer Unterricht ja ausreichen. Bei ROT hält man für gewöhnlich an.«

»So bissig, Frau Mölling?« *Hol mich doch der Teufel ...*

Meine Augen schießen Blitze in seine Richtung. »Verstehen Sie mich nicht falsch ... Ich habe es geschafft, achtundzwanzig Jahre meines Lebens von Ihnen unentdeckt zu existieren. Doch nun kreuzen Sie innerhalb kürzester Zeit ständig meinen Weg. Das ist schon ein merkwürdiger Zufall.«

»Ich glaube nicht an Zufälle, und Sie hören anscheinend das Gras wachsen.«

Oha, jetzt ist er beleidigt. Das klappt ja hervorragend ...

»Ich höre eben ganz genau hin. Und wenn es kein Zufall ist, was dann, Herr Rothenburg?« Ich lächle ihn zumindest an. Nicht, dass der arme Kerl noch Komplexe bekommt. Aber er erweckt nicht den Anschein, als würden ihn meine Worte kilometerweit zurückwerfen. Ganz im Gegenteil. Sein Zahnpastalächeln würde mich blenden, wäre ich denn empfänglich für derlei Zurschaustellung männlicher Reize. Aber dass ich eben genau das nicht bin, kann er ja nicht wissen. Also weise ich ihn vorsorglich darauf hin.

»Sie dürfen sich also ganz entspannt und ohne schlechtes Gewissen wieder auf Ihr Tagesgeschäft konzentrieren, Herr Rothenburg.«

Sein Blick haftet auf mir, jedoch kann ich keinerlei Gefühlsregung darin lesen.

Ist das nun gut oder schlecht?

Sein Schweigen schwebt zwischen uns, und kurz bevor ich an dem Punkt angekommen bin, an dem ich beginne nervös auf meiner Unterlippe zu kauen, klingelt das Telefon.

»Entschuldigen Sie mich bitte.« Dankbar für diese Ablenkung, nehme ich das Gespräch entgegen.

»Brautmoden Mölling, guten Tag.« Dass er keine Anstalten macht, das Geschäft zu verlassen, wirbelt meine Gefühlswelt zunehmend durcheinander. Maries Jubelschrei aus dem Telefonhörer bringt mich sofort auf andere Gedanken.

»Sie haben mich angenommen! Franzi! Uuuuuaaaah, ich bin dabei! Im Oktober geht es los!«

»Himmel, Marie, das ist wundervoll!« Ich lasse mich auf den Stuhl hinter mir fallen und schließe die Augen. *Das hatte ich befürchtet!*

Unverzüglich plappert meine Nichte los. Erzählt mir von ihrem Vorsingen, den strengen Anforderungen der Jury, ihren Ängsten, bis ich sie unterbreche.

»Hast du das Stipendium?«

Aber sie macht meine Hoffnung auf diesen geldlichen Segen zunichte. »Nein, das nicht. Das hat ein anderer bekommen. Aber ich bin aufgenommen. Du musst das Aufnahmeformular nur noch unterschreiben, und ab Oktober studiere ich Musical an der Academy. Als Jüngste! Wahnsinn! Ich bin so glücklich!«

»Das freut mich für dich, Schatz.«

Ihre Stimme wird ernst. »Denk daran, was du mir versprochen hast. Ich darf an der Academy studieren, sollten sie mich annehmen. Eine von 30! Das ist unglaublich, Franzi.«

Oh Sina, es tut mir leid. Ich habe versagt. Adieu, Abitur!

Ich fische nach einem Kugelschreiber und male Figuren auf ein Blatt Papier.

»Das ist schön, Schatz. Und irgendwie werden wir die Kosten schon zusammenbekommen.« *Versprochen ist versprochen.* Und dafür könnte ich mich selbst ohrfeigen. Es ist nicht so, dass mich die Studiengebühren in den Abgrund stoßen, aber ich werde drei Jahre lang die Zähne zusammenbeißen und jeden Cent zweimal umdrehen müssen. Es gibt zum Glück dieses Sparbuch, was für Maries Ausbildung gedacht ist. Auch wenn der sich darauf befindende Betrag nicht mal ein Fünftel der Kosten abdeckt, zumindest gibt es mir die nötige Zeit, um für das nächste

Fünftel zu sparen. Was viel schlimmer ist, ist die Tatsache, dass meine Nichte diesen unsteten Weg der Kunst einschlagen will. Enttäuschungen werden ihren Weg pflastern, ebenso wie harte Arbeit, schmerzende Füße, Selbstzweifel. Und ich habe es nicht geschafft, sie davor zu bewahren. Von einem Augenblick auf den nächsten fühle ich mich entsetzlich müde und ausgelaugt. Fahrig reibe ich meine Stirn. »Lass uns später darüber sprechen. Wenn du nach Hause kommst, erzählst du mir alles.«

Ich lege auf und betrachte meine kleinen Kunstwerke. Strichmännchen mit und ohne Kopf. Am Galgen baumelnd oder bereits erledigt auf dem nackten weißen Hintergrund des Papiers. Wütend zerknülle ich das Blatt und werfe es in den Mülleimer unter dem Tisch. »Mist, verdammter!«

»Probleme?«

Die sonore Stimme reißt mich aus meinen Verwünschungen. Ich habe seine Anwesenheit völlig ausgeblendet und blinzle kurz irritiert, ehe mein Kopf in die Höhe schnellt. »Keine, die Sie etwas angingen.«

Er fährt sich durch die Haare und macht einen Schritt auf mich zu. »Vielleicht kann ich Ihnen ja helfen.«

»Sicher. Sie sind Gottes Geschenk an mich.«

»Wenn Sie so wollen …«

»Wenn Sie mir die kleine Auslagenpauschale für die Academy unter mein Kopfkissen zaubern, die meine Nichte ab Oktober besuchen wird, würde ich mich vielleicht dazu herablassen, das zu glauben. Aber ich bin nicht gläubig genug, und Ihnen fehlt eindeutig der Heiligenschein. Also bitte … ich denke, es wird Zeit für Sie zu gehen.«

* * *

Max fixiert Franziska Mölling, beobachtet jede Emotion, die sich in ihrem Gesicht widerspiegelt. Das Telefonat hat sie beunruhigt, dessen ist er sich sicher. Wie sie ihre Lippen aufeinandergepresst hat. Jegliches Blut ist ihnen entwichen. Die fahrigen Bewegungen, mit denen sie sich die rotblonden Strähnen aus der Stirn gestrichen hat, sind offenbar einer Hoffnungslosigkeit geschuldet, der er nur zu gern auf den Grund gehen möchte.

Sie fasziniert ihn, ob er das nun will oder nicht. Irgendwas hat diese Frau an sich, das ihn mehr als nötig beschäftigt. Zu seiner eigenen Schande muss er gestehen, dass sie ständig vor seinem inneren Auge auftaucht. In den ungünstigsten Momenten wiegt sie ihre Hüften in seinem Kopf zur Musik. Ihre langen, erdbeerblonden Haare umspielen ihr zartes Gesicht, die vollen Lippen leicht geöffnet. Die Augen geschlossen. Eine Einladung für jeden Mann und für ihn ganz im Besonderen.

Er spürt bereits das Blut, das ihm in die Lenden schießt. *Verdammtes Weib!* Er atmet tief durch. Es stört ihn gehörig, dass sie ihn derart offenkundig abweist. Sicher, dass kann passieren. Aber ihm passiert es nicht. Er weiß um seine Qualitäten, braucht keinen weiblichen Zuspruch. Das hat er gar nicht nötig. Ganz im Gegenteil. Dass Franziska Mölling so anders ist als alle anderen Frauen, die er bisher kennengelernt hat, ist ihm mehr als nur ein Dorn im Auge.

Dabei hatte er gehofft, dass sie ihm dankbar wäre. Immerhin hat er ihr im Club diesen aufdringlichen Wichser vom Hals gehalten. Andere Frauen an ihrer Stelle hätten sich nur zu gern an seinen Hals geschmissen. Ihm dankbare Worte ins Ohr gesäuselt und vielleicht auch noch mehr. Und doch lässt sie seine heldenhafte Rettung offensichtlich kalt, und das frustriert ihn. Auch wenn er es nicht gern zugibt, diese Frau hat einen äußerst schlechten Einfluss auf sein Ego.

Er sieht keine andere Möglichkeit, als in die Offensive zu gehen. »Von welchem Auslagenbetrag sprechen wir denn?«

Ihr Kopf schnellt in die Höhe, Spott spiegelt sich in ihren Augen. »Rothenburg, Sie schießen eindeutig über das Ziel hinaus.«

Er hat keine Ahnung, was ihn dazu bringt, ihr seine Hilfe anzubieten. So weit ist es bereits mit ihm gekommen, kaum dass ihm eine Frau begegnet, die sich nicht ohne weiteres auf ihn einlässt. Doch Franziska kitzelt eine Seite an ihm hervor, von der er gar nicht wusste, dass er sie besitzt. Er ist neugierig, wie weit er gehen muss, um sie ebenfalls zu seinen Eroberungen zählen zu können. Ob er es überhaupt schaffen wird, oder ob sie tatsächlich die kühle Aura beibehält, die sie zweifellos umgibt?

Doch er ist sich auch im Klaren darüber, dass er es langsam angehen muss. Wenn er es überstürzt, hat er bereits verloren, bevor er überhaupt angefangen hat, sie zu umgarnen. Er zuckt mit den Schultern, lächelt und beschließt, es für den Moment dabei zu belassen. Er schlägt einen versöhnlichen Ton an und sucht mit leicht geneigtem Kopf ihren Blick. »Gut, wie Sie meinen. Ich werde dann mal gehen.«

»Das halte ich für eine ausgesprochen gute Idee.« Sie lächelt zurück, auch wenn das Lächeln ihre Augen nicht erreicht. Sie ist wirklich eine harte Nuss, das muss er ihr lassen.

* * *

Ich kann es gar nicht glauben. Hat er jetzt tatsächlich angeboten, die Gebühren für die Academy zu bezahlen? Der spinnt doch. Fassungslos schließe ich die Tür hinter ihm und lehne mich dagegen. Was ist nur in die Männer dieser Welt gefahren? Spielen sich als Ritter auf, die einzig aus dem Grund zu leben scheinen, die Jungfrau vor dem bösen Drachen zu retten. Mich muss niemand retten. Das musste noch nie jemand. Und dieser Vorzimmerritter schon mal überhaupt nicht. Tzzz, nicht zu fassen.

Ich räume meinen Kram zusammen und verabschiede mich für heute von der Buchhaltung. Immerhin gibt es etwas zu feiern. Auch wenn ich noch keine Ahnung habe, wie ich die monatliche Belastung stemmen werde, irgendwie wird es schon funktionieren. Bisher habe ich noch alles irgendwie geschafft, und diese kleine Geldhürde wird mich auch nicht aufhalten.

Kapitel 7

Max' Schwester lässt nicht locker. Sie bombardiert ihn mit Nachrichten – sowohl auf seinem Handy als auch auf seinem Anrufbeantworter. Seine Sekretärin bedenkt ihn bereits mit fragenden Blicken, und sein Gewissen beginnt tatsächlich, sich zu melden. Was, wenn es wirklich so schlecht um seinen Vater steht? Was, wenn er stirbt? Ist er wirklich in der Lage, dieses schwere Erbe von sich zu weisen?

Der alte Herr ist ebenso störrisch wie Max. *Der Junge kommt schon zur Vernunft. Er weiß, wie viel das Gut seiner Mutter bedeutet hat. Er wird sich hüten, es abzulehnen, das alles mal zu übernehmen.*

Die Worte seines Vaters an seine Großmutter klingen ihm noch immer in den Ohren. Seine Großmutter. Mit Liebe denkt er an sie. Sie war der Stützpfeiler der Familie, ist es wahrscheinlich noch immer. Gleichzeitig ist sie die Einzige, zu der er regelmäßig den Kontakt hält, neben Sarah selbstverständlich. Doch auch sie hat es nicht geschafft, Max dazu zu bewegen, noch einmal einen Fuß in die Weinberge der Rothenburgs zu setzen. Er hat diesem Leben den Rücken gekehrt, und er verspürt keinen Drang, daran noch einmal etwas zu ändern. Und doch sagt ihm seine innere Stimme, dass er es womöglich muss. Und sei es nur, um seinem Vater unmissverständlich klarzumachen, dass er eben nicht mehr zur Vernunft kommt. Dass ihm das Gut egal ist und sein Vater alles getrost seiner Schwester überlassen kann. Er selbst verzichtet. Von Herzen gern.

Er hat das Hotel. Das füllt ihn aus. Und seiner Mutter wäre

es sicher egal, welches ihrer Kinder in die Fußstapfen des Vaters tritt. Doch es ist nicht nur seine Schwester, für die er verzichten würde. Nur ungern erinnert er sich an das weitere Kind seines Vaters. Mit dieser … *Frau.*

Sein Vater hatte sich nach dem Tod der Mutter schnell getröstet. Er hatte eine andere Frau geschwängert und diese geheiratet, noch ehe Max den Tod der eigenen Mutter überhaupt begriffen hatte. Seitdem hat er einen Halbbruder. Den er nicht kennt. Jeden Annäherungsversuch seiner Stiefmutter hat er direkt im Keim erstickt. Er hat kein Interesse an dieser Frau oder an ihrem Kind. Sie zählen nicht zu seiner Familie. Schon gar nicht, nachdem er erfahren hat, dass sein Vater bereits Monate vor dem Tod seiner Mutter eine Affäre mit dieser Frau begonnen hatte. Schon zu Zeiten, als seine Mutter noch um ihr Leben gekämpft hat. Nur um sie unverzüglich zu heiraten, kaum dass er frei war. Frei … Pah. *Bis dass der Tod uns scheidet.* Richard von Rothenburg war nicht in der Lage gewesen, so lange zu warten. Nein, er hatte die Krankheit seiner Ehefrau als Vorwand genutzt, um sich anderweitig zu amüsieren, anstatt seiner todkranken Frau beizustehen, ihr die Hand zu halten. Alles zu versuchen, um ihr Linderung zu verschaffen. Stattdessen hat er sie mit dieser widerwärtigen Affäre zusätzlich belastet. Womöglich war das auch der Grund, warum seine Mutter aufgegeben hat, um ihr Leben zu kämpfen. Sie ist einfach gestorben. In dem Wissen, verlassen worden zu sein.

Das erklärt deine ständig wechselnden Betthäschen, mein Junge, da bin ich mir ziemlich sicher. Du bist ein Beziehungslegastheniker. Zumindest behauptete das seine Großmutter. Dass er nicht lacht! Aber dem Verhalten seines Vaters gegenüber seiner Mutter daran die Schuld zu geben, dass er noch nicht verheiratet ist, wäre doch sehr einfach. So viel Einfluss auf sein Leben will er ihm gar nicht erst zugestehen. Immerhin hat er keine seiner Freundinnen-Schrägstrich-Betthäschen belogen. Sie wussten sofort, worauf sie sich bei Max einlassen – wenn sie sich auf ihn einlassen.

Er hat einfach noch nicht die richtige Frau für sich selbst gefunden. Und es liegt nicht in seiner Natur, Versprechen abzugeben, die er nicht halten kann. *Außer diesem einen* … Er verbietet sich die Erinnerung an die letzten Worte seiner Mutter. An ihren letzten Wunsch …

Aber Sarah war nicht dazu zu bewegen, das *castello* zu verlassen. Unzählige Male hat er ihr angeboten, zu ihm zu kommen. Nach Hamburg. Er hat ihr seine Unterstützung zugesichert. Aber sie hat immer lächelnd abgelehnt. Immerhin sei er ihr Vater, und irgendjemand müsse sich ja um die Weinberge kümmern. Ebenso wie er hatte sie den Weinanbau von der Pike auf gelernt, und er ist sich ziemlich sicher, dass sie ihre Sache gut macht.

Seine Hand ballt sich unbewusst zu einer Faust. Die Flitterwochen seines Partners sind so gut wie vorüber, es spricht also nichts dagegen, in der kommenden Woche für einige Tage an die Ahr zu fahren. Aber alles in ihm wehrt sich dagegen. Er muss erst noch darüber nachdenken. Seine Schwester würde schon früh genug merken, wenn er in der Tür stünde.

* * *

»Und er hat dich tatsächlich gefragt, wie hoch die Gebühren für die Academy sind? Was für ein Mann!« Suse sitzt mir mit verklärtem Blick gegenüber, ein schiefes Grinsen im Gesicht.

Ich verdrehe die Augen. »Das ist nicht halb so romantisch, wie du es dir jetzt ausmalst, du Schaf.« Ich nehme einen Schluck Wein und drehe das Glas in meinen Fingern.

»Ich finde schon. Du bist nur zu abgestumpft, um das zu bemerken. Himmel, das sind knapp … 25 000 Euro, über die wir reden, und er hätte sie dir bestimmt gegeben. Wenn du ihn nur lassen würdest.«

»Sicher. Damit er im Gegenzug irgendwas dafür verlangt.«

»Er ist doch nicht Robert Redford – obwohl, er sieht schon ziemlich scharf aus. Ich würde mich darauf einlassen, auch wenn wir nicht von einer Million Dollar sprechen.« Sie kichert dämlich in ihr Glas, und ich beginne, von dem Gedanken angewidert, die Reste unserer kleinen Party aufzuräumen. Marie hat sich bereits verabschiedet, um mit ihren Freundinnen die frohe Botschaft zu feiern, dass sie ab Oktober eine Musical-Ausbildung beginnen wird.

»Warum bist du immer so prüde, Ziska? Wirklich, du solltest einfach mal was Verrücktes tun. Vielleicht lockert dich das ja ein wenig auf.« Sie kommt gar nicht erst auf die Idee, mir beim Abräumen zu helfen, sondern nimmt mir die fast leere Flasche Weißwein wieder aus der Hand, um den sich darin befindlichen Rest noch in ihr Glas zu schütten. Die geleerte Flasche stellt sie wieder auf den Tisch. Irgendjemand wird sich schon darum kümmern.

Ich stöhne dramatisch. »In meinem Leben ist kein Platz für verrückte Dinge. Außerdem bist du für uns beide doch spontan genug.« Ich zwinkere ihr zu, aber sie leert ihr Glas in einem Zug, ohne auf meine Anspielung einzugehen.

Dann sieht sie zu mir auf. »Siehst du, das meine ich. Anstatt dich mit mir zu betrinken, fängst du schon wieder an, Ordnung zu machen. Lass die Torte stehen, der Tag ist noch entsetzlich lang.« Ihre Stimme bekommt diesen selbstmitleidigen Unterton, der mich sofort hellhörig werden lässt. *Oha, Hannes hat sie versetzt.* Ich kenne diese Anwandlungen bereits. Jetzt gibt es genau zwei Möglichkeiten – entweder sie verfällt in Fressattacken, oder sie zieht sich gleich jammervoll in ihr Zimmer zurück. Heute ist es wohl der Kuchen, der daran glauben muss. Und ich. Ergeben stelle ich die Schokoladentorte wieder vor ihre Nase, und Suse versenkt den Finger in die süße Creme. »Haben wir noch eine Flasche?«

»Sogar noch zwei.«

»Phantastisch. Immer her damit.«

* * *

Entsetzlich müde sitzt Marie am Bahnhof und wartet auf den Bus. Kurz hat sie darüber nachgedacht, die Schule zu schwänzen. Aber sie hat wenig Lust auf die Diskussionen mit ihrer Tante, die dann unweigerlich folgen würden. Also gähnt sie genüsslich, bis ihre Kiefer knacken. Irgendwie wird sie den Tag schon überstehen.

»Soll ich dich mitnehmen?«

Es dauert einen Moment, ehe sie realisiert, dass der Typ in dem Lexus durch das geöffnete Fenster mit ihr spricht. Sie verengt die Augen zu Schlitzen. »Sicher, ich lass mich auch noch von dir entführen, nachdem du mich über den Haufen gefahren hast.« Unwillkürlich greift sie nach ihrem Rucksack, der auf ihren Schuhen steht.

»Schreib deiner Tante eine Nachricht, dass du in mein Auto gestiegen bist. Und schon bin ich raus aus der Kidnapping-Nummer.« Er grinst dämlich.

Marie schnaubt abfällig. »Du hältst dich wohl für besonders schlau.«

Er zuckt lediglich mit den Achseln und öffnet die Tür für sie. Marie hadert noch einen kleinen Augenblick mit sich, dann steigt sie ein. Warum nicht bequem mit dem Auto zur Schule fahren? Es gibt weitaus Schlimmeres. Mathe in der ersten Stunde zum Beispiel.

»Schnall dich an, und sag mir, wohin ich genau fahren muss.«

Sie gibt ihm genaue Anweisungen, und er gibt Gas.

»Und jetzt erzählst du mir was über die Academy.«

Verwundert zieht das Mädchen die Augenbrauen nach oben. »Woher weißt du denn davon?«

»Ich war zufällig bei deiner Tante im Geschäft, als du angerufen hast. Sie wirkte ein wenig besorgt wegen der Kosten.« Sein Blick streift das Mädchen, und Marie leckt sich über die Lippen.

»Ich denke nicht, dass dich das was angeht.«

»Da irrst du dich gewaltig, denn ich habe vor, deine Ausbildung zu bezahlen.«

»Klar, und ich werde Fastnachtsprinzessin.«

»Die Pappnase würde dir bestimmt gut stehen.« Er lächelt, und Marie kann nur den Kopf schütteln.

»Wir brauchen keine Almosen. Meine Mutter hat mir ein bisschen Geld hinterlassen.«

Bei diesen Worten fällt ein Schatten über sein Gesicht. »Ich denke nicht, dass du das für die Academy auszugeben brauchst. Ich habe es bereits entschieden. Ich komme für die Kosten auf.«

»Ich bin doch keine Nutte.«

Sein Kopf schnellt in ihre Richtung. »Ich zahle doch nicht, weil ich Sex mit dir haben will! Hältst du mich für einen Perversling?«

»Mit mir vielleicht nicht … aber mit meiner Tante. Das ist ähnlich verwerflich.«

Max beginnt laut zu lachen. Marie lehnt sich zurück und betrachtet ihn eingehend. »Du bist ziemlich vorlaut für dein Alter. Wie alt bist du überhaupt?«

»Siebzehn, also alt genug, um zu wissen, was in deinem Kopf vorgeht.« Ein Grinsen huscht über ihr Gesicht. Unsympathisch ist er nicht, dass muss sie sich eingestehen. Und er sieht auch ziemlich gut aus … für sein Alter. Aber sie kennt diese Boygroup-Fressen und hat genug über sie gehört. Susanne ist ihr eine gute Lehrerin in Jungsangelegenheiten. Maries Beschützerinstinkt meldet sich sofort. Franziska kann so etwas nun wirklich nicht gebrauchen. Sie ist anders als ihre Freundin Susanne. Und dass der Kerl es auf ihre Tante abgesehen hat, könnte er doch gar nicht deutlicher zur Schau stellen.

Aber er ignoriert ihre Anspielung. »Also?«

»Also, was?«

»Über wie viel Geld sprechen wir?«

»25 000 Euro.«

»Gut.« Er hat noch nicht mal mit der Wimper gezuckt.

»Du meinst das ernst, oder?«

»Für gewöhnlich mache ich über Geld keine Späße. Ich habe dich nicht gesehen … an der Ampel. Es tut mir leid, und ich würde das gerne wiedergutmachen.«

»Wie edel. Wenn ich mir die Knochen gebrochen hätte, okay, dann könnte ich das vielleicht noch nachvollziehen. Aber so? Man könnte meinen, du suchst Familienanschluss. Womit wir wieder bei Franzi wären.« Marie wiegt ihren Kopf hin und her.

* * *

Franzi … Sein Nacken prickelt. Die Kleine hat ja keine Ahnung, wie sehr sie den Nagel auf den Kopf getroffen hat. Familienanschluss … mal sehen. Sex mit ihrer Tante? Auf jeden Fall! Allerdings ist davon auszugehen, dass sie eher das Bedürfnis verspürt, ihn zu kastrieren, sollte sie dahinterkommen, dass er die 25 000 Euro bezahlt. Er schätzt sie nämlich nicht wie jemanden ein, der sich über eine ungebetene Spende von einem Fremden freut. Ganz im Gegenteil. Rote Haare und Sommersprossen versprechen Temperament. Und das gedenkt er hervorzulocken. Koste es, was es wolle. In diesem Fall eben 25 000. Und gleichzeitig kann er tatsächlich sein schlechtes Gewissen beruhigen. Was hätte alles passieren können an dieser Ampel! Das Mädchen ist Tänzerin, und er war nur um Haaresbreite davon entfernt, ihr diesen Lebenstraum zu zerstören. Erneut spürt er den Knoten in seiner Kehle.

Und noch etwas verbindet ihn mit Marie. Auch sie hat ihre Mutter verloren. Dabei ist sie erst siebzehn. Sofort denkt er an Sarah. Sie war immerhin schon Anfang zwanzig. Was den Verlust nicht weniger schmerzhaft machte.

An der Schule angekommen, setzt er den Wagen in eine großzügige Parklücke. »Ich wünsche dir einen lehrreichen Tag, Rotzgöre.« Das Funkeln seiner Augen bringt sie zum Grinsen.

»Und ich wünsche dir viel Spaß beim Geldausgeben, du Aufschneider.«

»Es ist ja gut angelegtes Geld. Ich bekomme sicher Karten für deine erste Premiere.«

»Gebongt.« Damit verlässt sie das Auto. Er sieht noch, wie ihre Mitschüler verwunderte Blicke auf sein Auto werfen. Die Frage nach einem *sugardaddy* beantwortet Marie gewohnt beherzt mit dem Finger Gottes.

Max macht sich auf den Weg in die Tanzschule. Er hat eine Rechnung zu bezahlen.

Kapitel 8

Der Brief liegt bleischwer in meinen Händen. Kalter Schweiß bricht mir aus, und ich atme tief in den Brustkorb. *Das kann er nicht getan haben. Gott, sag mir, dass ich träume!* Schwindel erfasst mich, und ich habe für einen klitzekleinen Augenblick das Gefühl, der Boden, auf dem ich stehe, käme immer näher.

Wie gesagt, für einen klitzekleinen Augenblick. Denn bereits im nächsten Moment zieht sich mein Magen vor Wut zusammen, und ich werfe den Brief achtlos in meine Tasche. Ich verlasse das Haus wieder. Eigentlich hatte ich mich auf einen Filmabend mit Marie und Suse gefreut. Aber wie es aussieht, müssen die beiden ohne mich beginnen. Ich muss noch mal los.

Das Hotel von Rothenburg liegt unweit der Hamburger Innenstadt, ist also leicht zu finden und gut zu erreichen. Auch für eine besonders geladene Franziska Mölling. Der kann sich warm anziehen, sollte ich ihn zwischen die Finger bekommen. Was hat er sich nur gedacht? Dass ich ihm dankend um den Hals falle? Pustekuchen!

Oh ja, ich bin auf hundertachtzig, als ich der Dame an der Rezeption meinen Wunsch offenbare, Rothenburg … Verzeihung, *Herrn* Rothenburg augenblicklich sprechen zu wollen.

»Haben Sie denn einen Termin, Frau …?«

»Ich denke nicht, dass ich einen brauche. Mölling ist mein Name.« Meine Fingernägel klopfen ungeduldig auf die Holzverkleidung der Theke.

»Es tut mir leid, Frau Mölling, aber ohne Termin kann ich Sie leider nicht anmelden. Herr Rothenburg ist in einer Besprechung.« Ich übersehe ihren mitleidigen Blick, beuge mich zu ihr hinüber und zische sie an.

»Sie können sich überhaupt nicht vorstellen, wie herzlich egal mir das ist. Sie werden jetzt diesen Telefonhörer in die Hand nehmen und mich unverzüglich anmelden. Sollten Sie nicht dazu in der Lage sein, werde ich mich selbst auf die Suche nach ihm machen, und dann gnade ihm Gott …« Zur Untermalung meiner Drohung balle ich die Hand zur Faust, überlege es mir aber im letzten Moment noch einmal anders und lege stattdessen die flache Hand auf das Holz. Sie zieht die Stirn kraus und hebt tatsächlich den Hörer ab, ohne mich aus den Augen zu lassen. Sie tippt eine dreistellige Nummer in die Tasten.

Ich warte …

»Herr Rothenburg, entschuldigen Sie die Störung, aber es steht eine Frau Mölling am Empfang und möchte Sie dringend sprechen.«

So ist's brav …

Ihre Stirn wird wieder glatt, und sie nickt mir bestätigend zu.

Phantastisch …

»Ich schicke sie zu Ihnen.«

Noch besser …

Ich trete einen Schritt zurück, presse den Sauerstoff aus meinen Lungen. *Das klappt ja wie geschmiert.*

»Herr Rothenburg hat gleich Zeit für Sie. Sie möchten bitte warten, er holt Sie im Foyer ab.«

Auch gut …

»Sehen Sie, auch ohne Termin …« Ich kann mir die kleine Spitze nicht verkneifen, obwohl die arme Frau nichts dafür kann, dass sie für dieses überhebliche Arschloch arbeiten muss. Höchstwahrscheinlich bereut sie es ja auch schon. Ich würde es ihr nicht verdenken.

Ihr strahlendes Lächeln, als er endlich auf der Bildfläche erscheint, belehrt mich hingegen eines Besseren. *Dann hat sie es auch nicht anders verdient …*

Noch ehe sie ein erklärendes Wort an ihn richten kann, reiße ich den Wisch aus meiner Tasche und zerknittere ihn noch einmal in meiner Faust. Ich ziehe seine Aufmerksamkeit auf mich, indem ich unverzüglich auf ihn losstürme.

»Rothenburg, erklären Sie mir das bitte!«

Seine Zähne blitzen kurz auf. »Ich freue mich auch, Sie zu sehen.«

»Na, dann haben Sie mir einiges voraus. Was fällt Ihnen ein, die Gebühren für die Musicalschule zu bezahlen?« Ich muss den Kopf in den Nacken legen, um ihn direkt anzusehen. *Himmel, warum muss er denn so groß sein?*

»Sie brauchen sich nicht zu bedanken, gern geschehen.«

Grinst er etwa?

»Finden Sie das lustig, Rothenburg?«

Er sieht an mir vorbei, ganz so, als müsste er tatsächlich darüber nachdenken. Dann fängt er erneut meinen Blick ein. »Lustig ist der falsche Ausdruck. Immerhin sind Sie wie eine Furie in mein Hotel gestürmt und erschrecken meine Mitarbeiter.« Er zieht eine Augenbraue spöttisch in die Höhe. Ich sehe seinen Mundwinkel zucken.

Verdutzt halte ich inne. *Ihm ist anscheinend nicht mehr zu helfen …*

»Furie …? Sie sind doch nicht mehr ganz bei Trost, Sie … Sie … ach, mir fehlen die Worte für eine derartige Unverschämtheit.« Abfällig schnaubend vergrößere ich den Abstand zwischen uns. Das Blut rauscht in meinen Ohren, und ich spüre die wütende Hitze, die in einem Affenzahn durch meinen Körper rast.

»Vielleicht sollten wir in mein Büro gehen. Da gibt es weniger neugierige Zuschauer.«

Mit einem Mal wird mir wieder bewusst, wo wir uns befinden. Beschämt sehe ich mich um und bemerke die beobachtenden Blicke ringsherum. »Nach Ihnen.« Mit einem schwachen Wink deute ich in die Richtung, aus der er gekommen ist.

* * *

Max genießt die Situation bis in die Haarspitzen. Da ist sie ja, mit ihrem aufbrausenden Temperament. Und er ist sich ziemlich sicher, dass noch so viel mehr in seinem Rotschopf steckt. Jedoch alles zu seiner Zeit.

Ihm ist bereits ein Schauer über den Rücken gelaufen, als Nicole ihm Franziskas Besuch angekündigt hat. Er musste sich zusammenreißen, um sie nicht mit einem riesigen Grinsen zu empfangen. Und als diese kleine Furie – wirklich eine treffende Umschreibung – ihn fast mit dem Brief der Academy geschlagen hätte. Er unterdrückt das tiefe Brummen, welches sich in seiner Kehle anbahnt, ehe es sich als lautes Lachen aus seinem Brustkorb manifestieren kann. Um Gottes willen, wahrscheinlich würde sie ihn von hinten anfallen und mit ihren Fingernägeln … aber er schiebt den Gedanken lieber beiseite … das würde zu weit gehen und ihn womöglich noch mehr erregen, als es ihre bloße Anwesenheit sowieso schon tut.

Er beißt sich kurz auf die Unterlippe, darum bemüht, seinem Gesicht einen ernsten Ausdruck zu geben, als sie an ihm vorbei in sein Büro rauscht. Das gelingt ihm eher mäßig. Ein Hauch Orange und Zedernholz folgt ihr unaufdringlich, zweifellos betörend, und er schließt genießerisch die Augen, atmet tief ein und erwischt sich bei der Frage, wie sie wohl nach dem Sex duften wird.

»Rothenburg?!?«

Ihr äußerst bestimmter Ausruf holt ihn die Gegenwart zurück. Okay, sie denkt wohl gerade nicht an Sex.

Er fängt ihren Blick ein, legt den Zeigefinger über seine Oberlippe und räuspert sich. *Jetzt bloß nicht lachen.* »Frau Mölling, ich verstehe das Problem nicht. Ich habe die Gebühren bezahlt. Sie haben demnach ein Problem weniger.« Er zuckt mit den Schultern.

»Wollen Sie mich verarschen? Welcher Idiot zahlt eben mal 25 000 Euro, einfach nur so? Sie haben doch nicht mehr alle Tassen im Schrank. Zumal …« Sie klingt ein wenig atemlos. »Zumal was, Frau Mölling? Ich das Geld habe? Ich es war, der Ihre Nichte über den Haufen gefahren hat?«

Der Blick aus ihren moosgrünen Augen verschärft sich. Sie knallt den Brief auf seinen Schreibtisch, ohne ihn loszulassen. Er folgt ihrer Bewegung und zweifelt kurz, ob er das Richtige getan hat.

»Zumal nichts weiter passiert ist. Ihr ist nichts geschehen, dem Himmel sei Dank. Sie hätten das Geld besser anlegen können, indem Sie die Fahrschule wiederholen. Das wäre Sie zum einen günstiger gekommen, und zum anderen hätte es mich nicht in diese verflucht undankbare Situation gebracht, Ihnen etwas schuldig zu sein.« Resigniert blickt sie auf das mittlerweile sehr mitgenommen wirkende Dokument, das sie noch immer fest in ihren Händen hält, ehe sie die Lippen fest aufeinanderpresst und endlich ihre Finger davon löst. Eine gefühlte Ewigkeit später hebt sie ihren Blick und sieht ihn vorwurfsvoll an.

Er hat ein wenig Mitleid mit ihr. »Sie sind mir doch nichts schuldig! Im Gegenteil, fast hätte ich die Karriere Ihrer Nichte zerstört. Sie ist Tänzerin …«

»Noch ist sie keine, sie will erst eine werden, verflucht!« Bestimmt fährt sie ihm über den Mund. »Und überhaupt, ich kann mich nur wiederholen: Ihr ist nichts geschehen.«

»Nichts da! Ich habe Ihre Nichte angefahren, und mich plagt mein schlechtes Gewissen. Und da Sie mir keine andere Möglichkeit geben, eben dieses Gewissen zu beruhigen, versuche ich lediglich, mich bei Ihnen in ein besseres Licht zu rücken. Warum also nicht, indem ich dem Mädchen die Ausbildung bezahle?«

»Sie machen es sich ganz schön einfach …«

»Ich werde ausreichend entlohnt, keine Angst! Marie hat mir Premierenkarten für ihre erste Rolle angeboten. Ich denke, damit sind wir quitt.«

Sein Telefon beginnt zu klingeln. Max blickt auf das Display, und seine Stirn legt sich in Falten. »Verzeihung, ich muss da rangehen.«

Wutschnaubend lässt sie von ihm ab und dreht ihm demonstrativ den Rücken zu. Ihr Blick schweift aus dem Panoramafenster seines Büros. Erneut verkneift er sich das Lächeln und nimmt mit der gebotenen Ernsthaftigkeit das Gespräch entgegen.

»Rothenburg.«

»*Von* Rothenburg, Maximilian.« Leiser als üblich, zittriger, weniger hart. Doch immer noch streng, respekteinflößend. Autoritär. Das Lächeln gefriert in Max' Gesicht, als er die Stimme seines Vaters erkennt. Niemand sonst nennt ihn mehr bei seinem vollen Namen. Unbewusst nimmt er eine geradere Haltung ein.

Jetzt ist es an ihm, Franziska den Rücken zu kehren. Und sei es nur, um ihr den Anblick seines versteinerten Gesichts vorzuenthalten.

»Was willst du?« Verachtende Arroganz, das ist alles, wozu er sich herablassen kann. Obwohl sein Vater es nicht sehen kann, entspannt er sich trotzig, schiebt eine Hand in die Hosentasche.

»Dich sehen. Sarah hat mir erzählt, dass du dich weigerst, deinen Vater in der schwersten Zeit seines Lebens zu besuchen.«

Die schlimmste Zeit für dich hätte sein sollen, als deine Ehefrau starb …

»Ich hätte es nicht treffender ausdrücken können.« Max massiert seinen Nasenrücken.

»Ich bitte dich nun also persönlich, herzukommen.«

Max spürt den Widerwillen, den diese Bitte in seinem Vater hervorruft. Er kann sich einer gewissen Genugtuung nicht verwehren. »Auch das wird mich nicht umstimmen. Ich werde nicht kommen. Du konntest die letzten Jahre auch auf meinen Zuspruch verzichten. Was erwartest du jetzt von mir? Soll ich etwa deine Hand halten?« Die Schärfe in seiner Stimme lässt ihn schlucken. Er hört Geraschel in der Leitung, ein aufgeregter Tumult, Gerangel um den Telefonhörer.

Dann erklingt das aufgebrachte Organ seiner Großmutter. »Massimo, du wirst dich augenblicklich in dein Auto setzen und deinen Hintern unverzüglich hierher bewegen, capito?«

»Ich lasse mich von euch nicht unter Druck setzen.« Max dämpft den klagenden Unterton in seiner Stimme und schielt zu Franziska. Zum Glück erweckt sie nicht den Anschein, als würde sie lauschen.

»Was heißt denn unter Druck setzen? Komm gefälligst nach Hause. Kümmere dich um deine Angelegenheiten.«

»Das sind schon lange nicht mehr meine Angelegenheiten, Nonna. Du müsstest das am besten wissen.« Ihren Verrat nimmt er ihr übel, Liebe hin oder her.

»Deine Familie ist immer deine Angelegenheit, das kannst du dir mal merken. Wer hat dich nur erzogen?« Er hört ihren schweren italienischen Sprachduktus durchbrechen. Wie es immer geschieht, wenn die Mutter seiner Mamma in Rage gerät. »Viel zu lange hast du schon so getan, als würdest du uns nicht kennen, carissimo.«

Sie seufzt tief und dramatisch, benutzt den Kosenamen seiner Kindheit, und er ist sich sicher, dass sie es mit Berechnung tut. Die hilflose Geste einer Frau, die tief in ihre Trickkiste greift, um ihren Willen durchzusetzen.

Aber das Spiel beherrscht er auch.

»Non ci posso credere, Nonna! Wie kann es sein, dass du dich auf seine Seite schlägst?« Er muss sich setzen. Mittlerweile zählt Franziska die Blätter seiner Yucca-Palme. Sie sieht kurz auf, als sie seinen Blick in ihrem Rücken spürt. Ein angestrengtes Lächeln huscht über ihr Gesicht, wenn auch nur kurz.

Es wird Zeit, das Gespräch zu beenden. »Ich lege jetzt auf. Bestell Sarah liebe Grüße von mir.«

»Die kannst du ihr gefälligst persönlich ausrichten.« Seine Nonna legt den Hörer auf, noch ehe er diese Ansage verdaut hat.

Phantastisch. Genau das kann er jetzt besonders gut gebrauchen. Eine beleidigte Großmutter. Er widersteht dem Drang, den Hörer samt Telefon aus dem Fenster zu werfen, und fährt sich stattdessen unwirsch durch die Haare.

»Sie sehen mit einem Mal so gestresst aus.«

Er bemüht sich um einen gleichgültigen Gesichtsausdruck. »Der Schein trügt. Aber wenn wir dann nichts mehr zu besprechen haben … ich habe noch einige wichtige Termine.«

Mit einem Mal sehnt er sich nach Ruhe. So sehr er die kleinen Intermezzi mit Franziska Mölling auch genießt, jetzt braucht er dringend Zeit für sich. Er muss darüber nachdenken, wie er mit diesem familiären Dilemma umgehen soll. Langsam beschleicht ihn die ungute Vorahnung, dass sie keine Ruhe geben werden, bis er *nach Hause* kommt.

Kapitel 9

Es fällt mir schwer, nicht zu lauschen. Obwohl Rothenburg sich bemüht, seine Stimme zu dämpfen und einen belanglosen Tonfall anzuschlagen, spüre ich die Spannung, die in jedem seiner Worte mitschwingt. Kurz überlege ich, den Raum zu verlassen. Immerhin störe ich seine Privatsphäre. Andererseits hat er sich um meine auch nicht geschert, als er sich herausgenommen hat, die Gebühren für die Musicalschule zu zahlen. Also zeichne ich stattdessen kleine Gesichter auf die staubigen Blätter seiner Pflanze.

Dann spricht er italienisch, und eine Gänsehaut läuft mir den Rücken hinab. Er klingt dabei unglaublich sexy, obwohl ich ihn doch eigentlich unerträglich finde. Dieser Mann ist eine Plage. Egal wie groß, gutaussehend und sprachbegabt er ist. Sein Charakter lässt eindeutig zu wünschen übrig. Wenn ich mir das nur oft genug vorbete, gibt es keinen Grund zur Sorge.

Und doch kann ich mich seinem Charme nicht vollständig entziehen. Dafür sind seine Grübchen zu anziehend, wenn er …

Schluss damit, Franziska! Das ist keine Option.

Ich drehe mich wieder in seine Richtung, als das Telefonat beendet ist. Seine Frisur wirkt ein wenig aus der Fassung geraten. Ebenso wie er selbst. »Sie sehen mit einem Mal so gestresst aus.«

Er sieht mich an, fast ein wenig überrascht, mich anzutreffen. Aber er hat sich so schnell wieder im Griff, dass ich mich frage, ob ich mir den Ausdruck in seinem Gesicht nur eingebildet habe.

»Der Schein trügt. Aber wenn wir dann nichts mehr zu besprechen haben … ich habe noch einige wichtige Termine.«

Da ist er wieder … der leicht überhebliche Unterton. Ich sag's ja … eine Plage.

»Sie haben wohl vergessen, aus welchem Grund ich hier bin, Rothenburg. Wir haben noch eine ganze Menge zu besprechen.«

»Diese Meinung teile ich nicht ganz. Ich habe die Rechnung beglichen. Daran können Sie de facto nichts mehr ändern.« Er macht einige Schritte auf mich zu. Langsam. Geschmeidig. Und absolut gefährlich.

Konzentrier dich auf das Wesentliche!

»Das ist eine reichlich selbstgefällige Einstellung, Rothenburg. Ob Ihre *Nonna* wohl mit Ihrem Auftreten einverstanden wäre?« Keine Ahnung, warum ich das sage. Vielleicht liegt es an meinem Drang, ihn aus der Reserve zu locken.

Die Muskeln an seinem Kiefer beginnen zu zucken.

Er fixiert mich mit seinen fast schwarzen Augen und kommt einen weiteren Schritt auf mich zu. Ich kann seinen Atem auf meiner Haut spüren. Zumindest bilde ich mir das ein.

Doch ehe er etwas erwidern kann, stürmt eine junge Frau sein Büro. Sie beachtet mich nicht weiter. Ich frage mich, ob sie mich überhaupt zur Kenntnis genommen hat, als sie damit beginnt, in wütenden Triaden auf mein Gegenüber einzureden. Rothenburg wiederum sieht sie an, als wäre ihm ein Geist begegnet. Ich nutze die Chance und entferne mich lieber wieder ein Stück von ihm.

»Maximilian, du solltest dich was schämen. Was muss eigentlich noch passieren, damit du endlich zur Besinnung kommst?«

Er räuspert sich vernehmlich und nickt in meine Richtung.

»Hallo Sarah, es ist auch schön, dich zu sehen. Ich weiß nicht, ob du es mitbekommen hast … aber ich habe Besuch.«

Sie registriert meine Anwesenheit, stört sich aber nicht weiter daran. »Deine Freundin kann hören, was für einen Mistkerl sie abbekommen hat.«

Seine Freundin? So weit kommt es noch! Gut, wir standen ziemlich nah beieinander, aber mir direkt eine tiefergehende Beziehung zu diesem Kerl anzudichten …? Ich werfe einen flüchtigen Blick auf Rothenburg, doch er erweckt nicht den Anschein, als wolle er die junge Frau über unser Verhältnis aufklären. Nun denn, ich habe hier nichts mehr zu suchen. Das, was ich ihm zu sagen habe, kann noch warten.

»Verzeihung, aber ich sollte besser gehen.« Ich versuche, die Tür zu erreichen, aber Sarah versperrt mir den Weg.

»Nein, nein. Bleiben Sie nur. Sie können ruhig hören, was ich meinem Bruder zu sagen habe. Vielleicht überdenken Sie Ihre Entscheidung, eine Beziehung mit ihm anzufangen, ja noch einmal. Besser für Sie wäre es mit Sicherheit.« Ihre Hände verkrallen sich in den Griffen ihrer Handtasche. Fast als würde ihr das dabei helfen, von einem tätlichen Angriff Abstand zu nehmen.

Soso, ihr Bruder also.

Die Ähnlichkeit zwischen den beiden ist tatsächlich gravierend. Sarah hat dasselbe dunkle Haar und den gleichen Schwung der Augenbrauen. Auch wenn ihre Gesichtszüge fein sind und ein wenig weicher wirken als die ihres Bruders, der momentane Zorn darin ist offensichtlich. Sie ist hochgewachsen, schlank. Eine sehr attraktive junge Frau.

»Ich denke, es ist eine gute Idee von Franziska, jetzt zu gehen.«

Irritiert sehe ich ihn an. Seit wann sind wir beim vertraulichen Du? Er wird doch nicht …? Er und ich …? Das wäre absolut lächerlich!

Schockiert öffne ich den Mund, möchte ihn in seine Schranken weisen, doch er hebt abwehrend seine Hand, und ich schließe den Mund wieder. Spare mir meine Zurechtweisung. Fürs Erste zumindest. Aber so viel steht fest: Der Mann sollte sich ganz genau überlegen, was er als Nächstes von sich gibt!

»Aber nein, Maximilian. Das interessiert mich jetzt doch sehr«, entgegne ich stattdessen zuckersüß. Er runzelt seine Stirn und mustert mich mit unergründlichem Blick. Ein Schauer erfasst mich. *Schon wieder …* Um meiner wackeligen Knie wieder Herr zu werden, setze ich mich demonstrativ in einen der kleinen Ledersessel, die den hinteren Teil seines Büros ausmachen. Von hier aus habe ich einen unübertrefflichen Blick auf das Geschehen und kann mich gleichzeitig von dem Schock erholen, dass mein Körper auf diesen Mann zu reagieren scheint.

Franziska, Franziska, wohin soll dich das noch führen, du törichtes, törichtes Mädchen.

Dann richtet seine Schwester das Wort an mich. »Wissen Sie, Franziska, Sie haben doch nichts dagegen, wenn ich Sie Franziska nenne, oder?«

Ich schüttele verneinend den Kopf. Schlimmer kann es nicht mehr kommen.

»Gut. Denn mein Bruder hält es nicht für nötig, seinen wirklich sehr kranken Vater zu besuchen.«

Ich schlucke. Das klingt dann doch sehr privat. Und ist ein bisschen viel Familientragödie für meine mehr als nur oberflächliche Bekanntschaft mit *Maximilian.*

»Ich fürchte, ich muss passen.« Ich versuche, mich zu erheben. Doch diesen Versuch, mich der Auseinandersetzung zu entziehen, vereitelt Sarah mit einer forschen Geste ihrer Hand erneut. Ich lasse mich also wieder in den Sessel plumpsen. Einer wütenden Frau sollte man besser nicht in die Quere kommen.

»Stellen Sie sich vor: Er hatte einen Herzinfarkt. Die Ärzte sagen, es hat ihn schlimm erwischt. Sie wissen nicht, ob er sich jemals vollständig davon erholen wird. Und was macht mein Bruder?« Wütend wirft sie ihren Kopf in die Richtung des Sünders und hebt mahnend den Zeigefinger. »Der macht sich ein schönes Leben. Missachtet den vielleicht letzten Wunsch seines Vaters, sich mit ihm wieder zu versöhnen.« Ihre Stimme bricht bei diesen Worten. Sie ringt mit ihrer Fassung.

»Sarah, das geht zu weit. Es reicht!« Max' Hände sind zu Fäusten geballt, und ich schließe meine Augen, völlig überfordert mit dieser absurden Situation. Zwei fremde Menschen mit merklich tiefgründigen Problemen legen mir ihre Familiengeschichte offen, und ich bin weder willens noch in der Lage, ihnen zu helfen.

Im Gegenteil. Eigentlich möchte ich gar nichts darüber wissen. Ich habe genug eigene Probleme.

Plötzlich verspüre ich das Bedürfnis, der armen Frau mein Mitgefühl auszusprechen. Auch wenn sie das nicht über den Umstand trösten wird, dass sich ihr Bruder wie ein Ekel aufführt. »Das tut mir wirklich sehr leid für Ihren Vater.« Das tut es wirklich. Zu sehen, wie ein geliebtes Familienmitglied Opfer einer heimtückischen Krankheit wird, ist ein traumatisches Erlebnis.

»Halt dich da raus!«

Meint er etwa mich? Augenscheinlich! Sein Blick spricht Bände, und er spuckt mir diese Mahnung regelrecht vor die Füße.

Nicht mit mir, Freundchen! »Ich glaube, DU vergreifst dich im Ton.« Und an die junge Frau gewandt, hake ich noch einmal nach. »Seit wann geht es Ihrem Vater denn schon schlecht?«

»Seit einigen Wochen. Er ist zwar nicht mehr rund um die Uhr ans Bett gefesselt, aber es geht ihm wirklich nicht gut. Die Ärzte sagen, er muss sich schonen, darf sich auf keinen Fall aufregen. Und Maximilians Verhalten trägt nicht unbedingt zu seiner Besserung bei.« Mit von Tränen schwimmenden Augen beantwortet sie meine Frage. »Ich bin extra von der Ahr nach Hamburg gefahren, um Max davon zu überzeugen, dass er nach Hause kommen muss.«

Mein Herz quillt über vor Mitleid. Wie kann Rothenburg tatenlos zusehen, wie sich seine Schwester quält? Es wird Zeit, dass ihm mal jemand gehörig die Meinung sagt. Angriffslustig fahre ich ihn an. »Deine Schwester hat völlig recht. Du solltest dich was schämen. Wie kannst du einem kranken Mann den Wunsch verweigern, seinen Sohn zu sehen? Sei froh, dass du noch Familie hast, die sich für dich interessiert.«

»Frau Mölling, Sie überschreiten deutlich Ihre Kompetenz!«

»Frau Mölling? Mit einem Mal bin ich wieder FRAU MÖLLING?« *Gleich reißt mir die Hutschnur …* »Das wird ja immer schöner! Darüber hättest du dir Gedanken machen sollen, ehe du mich in deine Querelen einbeziehst, Rothenburg! Ich weiß sehr gut, wie es sich anfühlt, wenn ein geliebter Mensch stirbt. Ich habe meine Schwester verloren und würde alles dafür geben, sie noch einmal sehen zu können. Deine Engstirnigkeit wirst du später noch bereuen. Wenn es darauf ankommt, hast du wohl keine Eier in der Hose. Typisch. Anscheinend bist du tatsächlich der Feigling, für den deine Schwester dich hält.« Mir ist plötzlich unglaublich heiß, und meine Hände beginnen zu zittern. Tja, ich hatte ja bereits vermutet, dass der kleine Teufel auf meiner Schulter noch nicht fertig mit mir ist. Jetzt ist er mit mir durchgegangen.

Sarah sieht verdutzt zwischen uns hin und her. Und ich möchte mir am liebsten die Zunge abbeißen. Aber warum reizt er mich auch so?

Der Ausdruck in Rothenburgs Gesicht verändert sich, wird undurchdringlich. Ich schlucke hart und spüre einen Kloß in meinem Hals. Da bin ich wohl deutlich über mein Ziel hinausgeschossen. Was weiß ich schon von seinem Leben?

»Vielleicht möchtest DU mich ja auch begleiten, Franziska! Du könntest es als Urlaub betrachten, während ich in die liebenden Arme meines Vaters zurückkehre.«

Noch ehe ich überhaupt begreife, was für ein ungehöriges Angebot er mir gemacht hat, ergreift Sarah hilfesuchend meine Hände. »Bitte Franziska, sagen Sie nicht nein. Wenn das die einzige Chance ist, Max nach Hause zu bekommen, müssen Sie mitkommen.«

Und da stehe ich nun. Meine Hände gefangen in dem hoffnungsvollen Griff einer Frau, deren ganzer Körper angespannt ist, in Erwartung einer positiven Antwort von mir.

Ich bin fassungslos darüber, wie sich mein Besuch bei Rothenburg entwickelt hat. Ich wollte ihn zur Rechenschaft ziehen. Ein für alle Mal klarmachen, dass ich kein Interesse daran habe, unsere Bekanntschaft zu vertiefen, und dass er sich sein Geld sonst wohin stecken kann. Und jetzt? Ich bin mitten in eine Tragödie geraten und stecke bis zum Hals mit drin.

»Wer von uns beiden ist jetzt der Feigling, Schatz?«

Mein Augenlid beginnt zu zucken.

* * *

Die Frauen haben die Regie übernommen. Sowohl seine Schwester als auch Franziska Mölling, wie ihm scheint. Max ist über diese Wendung keinesfalls glücklich, aber wie soll er aus dieser Misere wieder herauskommen, ohne sein Gesicht zu verlieren? Er hat Franziska herausgefordert. Ohne mit der Wimper zu zucken, hat er sie in die Enge getrieben. Sicher, sie könnte ablehnen. Es war nicht unbedingt gentlemanlike, wie er über ihren Kopf entschieden hat, die Gebühren der Musical-Academy zu tragen. Noch weniger, sie zum Teil seiner niveaulosen Show zu machen. Aber seine Schwester hatte ihm bei dieser Schmierenkomödie buchstäblich in die Hände gespielt, als sie dem Irrtum erlegen war, Franziska Mölling wäre mehr für ihn als nur die aufgebrachte Tante seines Protegés. Na ja, Franziska hat die Geschichte ja ebenfalls nicht dementiert.

Man kann ihm sicherlich nicht allein die Schuld daran geben, dass sich die Ereignisse der letzten Minuten überschlagen haben. Den kleinen Hinweis seines Gewissens, dass er ihr gar keine andere Wahl gelassen hat, überhört er geflissentlich. Er hat sie immerhin nicht gebeten, herzukommen.

»Weißt du, *Liebling*, ich kann das Geschäft so kurzfristig nicht allein lassen.«

Sie fährt also ihre Krallen aus. Sehr gut. Das weckt nur noch mehr seinen Ehrgeiz. Plötzlich nimmt eine fixe Idee in seinem Kopf Formen an. Es ist nur so ein Gedanke. Ein flüchtiger zunächst, aber je mehr er sich festigt, desto besser gefällt er ihm.

»Aber Schatz, deine Freundin kann doch sicher für eine Woche einspringen, meinst du nicht?«

Die zarte Röte, die langsam Franziskas Hals hinaufkriecht, ist mehr als nur anziehend. Zu gern würde er ihre Haut mit seinen

Fingern berühren. Ihre Hitze spüren. Sein Blut sammelt sich unter der Gürtellinie, er verlagert sein Gewicht. Der Gedanke daran, diese Frau mehrere Tage an seiner Seite zu haben, ist nicht nur verlockend, sondern im höchsten Maße erregend. Er ist sich durchaus im Klaren darüber, dass er sie benutzt hat. Für seine Zwecke missbraucht, in der Hoffnung, seine Schwester würde es dabei belassen, wenn sie merkt, dass der Zeitpunkt ungünstig ist, um ein derart heikles Thema wie den Streit zwischen seinem Vater und ihm anzusprechen. Er hätte vielleicht niemals in Erwägung gezogen, nach Hause zu fahren. Seinem Vater noch einmal zu begegnen. Aber warum eigentlich nicht? Mit einer Frau an seiner Seite, die er als die seine präsentieren kann … und die seine Familie von ihm selbst ablenken wird. Franziska Mölling ist einfach perfekt geeignet. Er muss sich anstrengen, damit seine Brust nicht allzu sichtbar anschwillt. Er ist wahrlich ein Fuchs.

»Da müsste ich sie selbstverständlich erst fragen. Und Marie darfst du auch nicht vergessen.« Sie klingt etwas schrill.

»Sie ist alt genug, um auch mal einige Tage auf dich zu verzichten, findest du nicht?«

Er liest in ihrem Blick, dass sie beginnt, an seinem Verstand zu zweifeln. Und es ist ja nicht so, als würde er nicht selbst gerade daran zweifeln. Entsetzen flackert in ihren Augen auf, als ihr die Argumente ausgehen, da er eines nach dem anderen für nichtig erklärt. Er zwingt sich, sein Grinsen zu unterdrücken.

Er leckt sich stattdessen über die Lippen und streift das Objekt seiner derzeitigen Begierde mit einem fragenden Blick. »Also? Was sagst du?«

Kapitel 10

Verachtung wäre nicht mal annähernd das Gefühl, mit dem ich Maximilian *von* Rothenburg verbinde. Oh ja, er ist ein *von* Rothenburg. Mit einem klitzekleinen Weingut, irgendwo in der Pampa. Und einem todkranken Vater, dem er mich gern vorstellen möchte – als *seine Freundin*. Es ist zum Verrücktwerden!

Wild fluchend reiße ich Kleider, Hosen, Blusen und Pullover aus meinem Schrank und werfe sie unachtsam auf mein Bett. »Das kann doch alles nicht wahr sein! Wieso passiert mir immer so was?« Es klopft an meiner Tür. Ich beachte das störende Geräusch nicht. »So ein Drecksack. Ein dämlicher Idiot.« Ich pfeffere ein paar Pumps in meine Reisetasche.

Maries Kopf erscheint im Türrahmen. »Ist alles in Ordnung mit dir?«

»Du fehlst mir gerade noch zu meinem Glück! Auf dich habe ich gewartet, Fräulein! Was fällt dir eigentlich ein, dich von so einem … so einem oberflächlichen, arroganten, selbstverliebten Arschloch über den Haufen fahren zu lassen?« Ich werfe den Schuh, der sich zufällig in meinen Händen befindet, in ihre Richtung. Er landet vor ihr auf dem Boden. Sie betrachtet ihn argwöhnisch, hebt ihn auf und wirft ihn zu den Pumps in meinen Koffer. »Wie ich sehe, möchtest du verreisen.«

»Oh nein, meine Liebe! Ich werde genötigt, zu verreisen. Das ist ein himmelweiter Unterschied. Und du bist nicht ganz unschuldig daran.« Der zweite Schuh landet unmittelbar neben seinem Gegenstück.

»Und wohin willst du? Und was bitte hat denn Max damit zu tun?«

»Max? MAX?« Das schlägt dem Fass den Boden aus. »Du nennst ihn Max? Dann hast du ihm tatsächlich Premierenkarten versprochen?«

»Klar. Er zahlt immerhin meine Ausbildung.« Marie zuckt entschuldigend mit den Schultern und setzt sich auf meine Bettkante.

»Er zahlt deine ... DU wusstest davon?« Jetzt muss auch ich mich setzen.

»Ja. Er hat mich zur Schule gefahren, und wir haben uns darüber unterhalten.«

»Er hat dich ...? Ihr habt euch darüber ...?«

»Mach doch nicht so ein Drama daraus. Er hat doch Geld wie Heu. Allein schon die Bonzenkarre, dann diese teuren Anzüge. Er kann es sich leisten.« Sie grinst mir frech ins Gesicht.

»Er kann es sich ...?« Ich bin sprachlos über so viel kindliche Naivität.

»Hast du vergessen, wie man spricht? Du beendest keinen einzigen deiner Sätze.« Sie legt den Kopf schief.

Ich balle meine Hände zu Fäusten. »Aaaaargh.« Warum nur bin ich gestraft mit so viel Ignoranz um mich herum?

»Du hast mir noch nicht geantwortet.«

»Geantwortet? Worauf?« Genervt streiche ich mir eine gelöste Strähne hinter meine Ohren.

»Wohin du fährst.« Ihre Hände deuten auf das Chaos auf und neben dem Bett.

»In meine eigene persönliche Hölle.« Ich scheuche meine entzückende Nichte auf. »Die du entzündet hast, mein liebstes Kind.«

»Du sprichst in Rätseln, Tante Franziska.«

»Ich gebe dir gleich Tante Franziska. Du wirst dich eine Woche lang zu benehmen wissen. Und du wirst Suse im Geschäft zur Hand gehen.« Ich hänge zwei Hosen zurück in den Schrank.

»Och nein. Ich habe Training und muss für die Schule lernen.«

»Keine Widerrede, hast du mich verstanden? Sonst werde ich deinen MAX darüber in Kenntnis setzen, dass du nicht mehr vorhast, die Academy zu besuchen, und er sein verfluchtes Geld lieber der Wohlfahrt spenden soll.«

Ergeben wirft sie ihre Hände in die Luft. »Jaja, schon gut. Ich quetsche die Ladys in ihre schicken Brautkleider. *Oh ja, das sieht phantastisch an Ihnen aus. Ihr Verlobter wird ausflippen vor Glück.*« Sie äfft meine Stimme nach, und ich muss gegen meinen Willen lachen.

»Mach nur weiter so, du Früchtchen, du wirst schon sehen, was du davon hast.«

»Oh, in erster Linie eine vortreffliche Ausbildung.«

»Verzieh dich aus meinem Zimmer. Ich habe noch zu packen.«

»Du willst mir also nicht sagen, wohin du fährst? Wobei … interessanter wäre es zu wissen, mit wem du fährst.«

»Zu einer Weinverkostung in die Pampa. Mit Mäxchen.«

»*Nein!*« Sie setzt sich auf meine Seidenbluse. Die hübsche mit der Schleife am Kragen.

»Glaub mir, ich bin auch alles andere als glücklich darüber. Steh doch bitte von diesem Kleidungsstück auf, ja?«

Die Bluse raschelt verdächtig, als Marie sie unter ihrem Hintern hervorzieht. Ich verdrehe die Augen. »Na schön, dann bleibt sie eben hier.« Mit einem Seufzen hänge ich sie über einen Stuhl. Der Anlass ist vielleicht wirklich nicht der richtige, um Lieblingsklamotten anzuziehen.

»Ich werde dann mal lieber gehen. Das Tanztraining beginnt gleich.«

»Das ist eine vorzügliche Idee. Wir sehen uns heute Abend.«

»Mh-mh.«

Ich werfe den Deckel meines Koffers zu und setze mich leicht frustriert aufs Bett. Wie konnte ich mich nur darauf einlassen, mit diesem Weiberhelden eine Woche bei seiner Familie zu verbringen? Er hat mich überrumpelt, so viel steht mal fest. Aber was hat mich davon abgehalten, seine Schwester darüber aufzuklären, dass Max und ich mit Sicherheit alles sind, aber bestimmt kein glückliches Paar? Ich werde es noch bereuen, da bin ich ziemlich sicher. Aber jetzt ist es wohl zu spät, sich darüber Gedanken zu machen. Jetzt warte ich darauf, dass dieser … dieser … scheinheilige Mistkerl mich darüber aufklärt, wann die Reise losgeht.

Ich höre die Haustür ins Schloss fallen. Marie ist also ausgeflogen, und auch Suse ist unterwegs. Ich schiele auf meine Tanzschuhe … Warum eigentlich nicht? Ich habe schließlich Zeit.

* * *

Max hört die Musik, aber niemand hat auf sein Klingeln reagiert. Vielleicht gerade wegen der Musik? Unschlüssig, ob er einfach wieder gehen soll, entdeckt er, dass das Tor offen steht. Also tritt er ein und umrundet langsam das Haus. Er blickt durch die Fenster, doch die Küche sieht verlassen aus. Auch das Wohnzimmer, in dem ein anständiges Durcheinander herrscht, liegt verlassen da. Und so was nennt sich nun Weiberhaushalt. Mit einem Grinsen macht er sich wieder auf die Suche nach einem lebendigen Wesen und überquert die Terrasse.

Eigentlich gibt es keinen Grund für ihn, einfach unangekündigt aufzutauchen. Max hat im letzten Moment doch noch Zweifel, ob er Franziska Mölling gestern nicht ein wenig überrannt hat mit seiner Provokation, ihn zu begleiten. Und er war gerade rein zufällig in der Nähe ihrer Wohnung, also … *Sicher, Rothenburg! Und das Meer teilt sich, wenn du es befiehlst.* Aber wenn er schon mal da ist.

Hinter einem Rosenbusch entdeckt er eine Treppe, die in die untere Etage des Hauses führt. Ein etwas verblichenes, vom Rost zerfressenes Schild verrät, dass das Haus über einen Partykeller verfügt. Er lauscht, und tatsächlich kommt die Musik von dort. Er nimmt zwei Stufen auf einmal, bis ihm ein schmales Fenster

Einblick gewährt. Plötzlich stockt ihm der Atem, und er muss sich auf einen Stufenvorsprung setzen. Max beobachtet fasziniert die anmutigen Bewegungsabläufe Franziska Möllings. Ihre Drehungen, Sprünge, das geschmeidige Spiel ihrer Arme. Ihr langer schlanker Hals, der ihren Kopf in Würde trägt. Heilige Scheiße. Er hatte keine Ahnung, dass Ballett ihn derart in seinen Bann ziehen kann.

»Wenn sie dich erwischt, schneidet sie dir die Eier ab. Ich hoffe, du weißt das.«

Sein Herz macht einen erschrockenen Sprung, als die kleine Göre sich neben ihn setzt und ihm ihre Warnung ins Ohr flüstert.

»Musst du mich so erschrecken?« Er ärgert sich mehr über sich selbst und darüber, dass er Marie nicht rechtzeitig gehört hat, als über ihre Worte. Da sitzt er rum und wird auch noch auf frischer Tat ertappt. »Was ist das eigentlich für eine Ausdrucksweise, junges Fräulein? Und woher wusstest du, dass ich hier bin?«

Sie grinst ihn an. »Besprich das mit deinem Auto. Das ist nicht sonderlich subtil. Man könnte ja fast meinen, meine Tante hätte seit neuestem einen Stalker. Da fragt man sich doch glatt, was schlimmer ist. Meine Ausdrucksweise oder deine Spannerei.«

»Du brauchst es ihr ja nicht zu verraten. Eigentlich wollte ich mich entschuldigen. Aber sie hat die Klingel nicht gehört.«

»Du aber dafür die Musik.«

Er sieht sie von der Seite an. Mal wieder überrascht von ihrer Auffassungsgabe. Ob alle siebzehnjährigen Mädchen so sind? Wohl nicht. Andererseits hat er noch nicht genug von ihnen erlebt, um diese Frage sicher beantworten zu können.

»Das ist die Piano-Version von *Tango with you at Moulin Rouge*. Dazu tanzt sie gern.« Auch Marie ist dazu übergegangen, Franziska zu beobachten.

»Erkläre mir, was sie macht.«

Ein spöttischer Blick. »Tanzen?!« Sie zieht die Vokale absichtlich in die Länge.

»Hey, ich bin kein Tänzer. Die Drehung nennt sich Pirouette, das ist einfach. Aber alles andere? Hüpfen, Springen, Zehentanz?«

»Du bist wirklich ein Banause, Max. Ganz ehrlich. Keine Ahnung, was sie an dir findet.«

Er stutzt. »Was sie an mir … soll das heißen, ihr redet über mich?« Er hat wohl zu laut gesprochen, denn Marie reißt ihre Augen auf und legt einen Zeigefinger über ihre Lippen.

»Pscht, du musst leiser sein, sonst hört sie uns. Und dann kannst du dich von deinem Leben verabschieden.«

»Ja, schon gut. Also … redet ihr nun über mich?« Das interessiert ihn jetzt aber doch.

»Nein, *sie* redet über dich. Das soll schon was heißen. Und dass sie mit dir zu dieser Weinverkostung in die Pampa fährt, darauf kannst du dir etwas einbilden. Wenn es nur um das Geld ginge, hätte sie es dir wahrscheinlich in den Rachen gestopft. Ich kenne Franzi.«

»Zur Weinverkostung in die Pampa? Das hat sie gesagt?« Ein Lachen braut sich in seinem Brustkorb zusammen, und er muss sich wirklich zusammenreißen, damit es nicht aus ihm herausbricht.

Marie nickt, ohne ihn anzusehen. Er beobachtet ihren Blick, die leicht ausschweifende Gestik ihrer Hände beim Klang der Musik. Fast, als würde sie sich jede einzelne Bewegung ihrer Tante einprägen.

»Rechts vorne *Croisé* … Arm auf zwei … *Plié* … *Tendu* … *Arabesque* … *Développé* … *Croisé* … *Attitude* hinten … *Arabesque* … *Pas de bourrée* … *Tendu* zurück … *Allongé* … *Pirouette* …«

Er lauscht ihren Worten, die für ihn wenig Sinn ergeben. Mit einem Mal überkommt ihn so etwas wie Ehrfurcht. Was er zu sehen bekommt, ist wahrscheinlich ein Geschenk.

»Sie ist gut, oder?«

»Sie war die Beste. Sie hatte gerade einen Solovertrag unterschrieben, als meine Mutter starb. Sie hat für mich darauf verzichtet und führt stattdessen das Brautgeschäft meiner Mutter weiter.« Dann fixiert sie ihn. Ihre Augen haben fast denselben Grünton wie Franziskas. Sie ist bereits heute eine Schönheit. Die sich leider unter tonnenweise Make-up versteckt. Aber er ist sich sicher, sobald sie zu sich selbst gefunden hat und gereift ist, werden ihr die Männer reihenweise zu Füßen liegen. Selbstverständlich nur unter der Voraussetzung, dass sie ihre spitze Zunge im Zaum halten kann. »Du solltest also auf sie achtgeben, sonst kannst du was erleben.« Er hört den bitteren Ernst aus ihren Worten heraus. Bevor er etwas darauf erwidern kann, verklingt die Musik. Er hält den Atem an und starrt durch das Fenster.

Franziska wischt sich mit einem Handtuch über Gesicht und Hals und nimmt einen Schluck Wasser aus einer Flasche, die auf dem Boden steht. Ihr Body klebt schweißnass an ihrem Rücken, die Stulpen an ihren Waden sind leicht verrutscht, einige Löckchen kringeln sich in ihrem Nacken, sie haben sich aus ihrem Dutt gelöst. Er kann den Blick nicht von ihr nehmen. Sie sieht so zerbrechlich aus, aber dass sie eben genau das nicht ist, hat sie längst bewiesen. Wer würde sich die Chance seines Lebens entgehen lassen, um die Verantwortung für ein fremdes Kind zu übernehmen? Sie hat es getan. Gut, Marie ist kein fremdes Kind, sondern ihre Nichte, aber dennoch.

Franziska verlässt den Raum, ohne sie entdeckt zu haben. Erleichterung macht sich in ihm breit. Jetzt muss er nur noch überlegen, wie er sich wieder wegschleichen kann, ohne gesehen zu werden. Erneut ist es Marie, die auf seine ungestellte Frage antwortet.

»Warte zehn Minuten, dann klingelst du einfach noch mal. Sie wird jetzt duschen und keinen Verdacht schöpfen, dass du sie bereits seit Stunden beobachtest.« Marie zwinkert ihm zu und erhebt sich. »Ich gehe rein, damit dir jemand die Tür öffnen kann.«

So ein kleines Biest. Da sitzt er nun auf einem Treppenabsatz wie ein Voyeur. Fühlt sich wie ein verdammter Eindringling. *Was du auch bist, Rothenburg. Niemand hat dich hierher eingeladen.*

Dennoch macht er sich nach einiger Zeit auf den Weg zum Hauseingang und betätigt die Klingel.

Kapitel 11

»Sieh mal an … wen haben wir denn da?« Marie öffnet ihm tatsächlich die Tür. Er verkneift sich das Grinsen. Sie hingegen nicht. »Was für ein Zufall. Wir bereiten gerade das Essen vor. Du hast doch bestimmt Zeit, uns Gesellschaft zu leisten?«

»Du bist wirklich ein Rotzgör.« Er flüstert, sie lacht.

Dann beginnt sie durchs Haus zu schreien. »Franzi, wir haben einen Gast. Die Lasagne reicht doch bestimmt für uns alle, oder?«

»Wer ist es denn?« Franziska kommt die Treppe herunter und richtet gedankenverloren den Kragen ihrer Bluse. Ihr Zopf ist noch feucht vom Duschen. Selbst von hier unten aus kann er ihren Duft wahrnehmen. Leicht wie der Sommer. Sein Blut wandert abwärts.

Dann sieht sie auf. Überraschung liegt in ihren Zügen, als sie ihn entdeckt. »Rothenburg. Sie hätte ich am allerwenigsten erwartet.«

Dass sie ihn siezt, macht ihm deutlich bewusst, dass sie ihn für den Eindringling hält, der er tatsächlich ist. Erneut beschleichen ihn Skrupel. »Sollte ich ungelegen kommen, dann werde ich wieder …« Er macht Anstalten zu gehen, doch Franziska schüttelt den Kopf und verschwindet in der Küche. »Nicht doch. Bleiben Sie ruhig. Sonst interessiert es Sie doch auch nicht, ob Sie ungelegen sind.«

Marie zieht ihn am Arm aus dem Eingang und schließt die Tür. »Da lang geht es in die Küche.«

* * *

Was habe ich nur angestellt, dass er mir derart an den Fersen klebt? Jetzt taucht er schon bei mir zu Hause auf und lädt sich quasi selbst zum Essen ein. Ich kann nicht verhindern, dass mein Herz vor Freude hüpft, ihn zu sehen. Aber ich werde es bei Gott nicht zugeben. Solche Typen sind die Pest.

Die Lasagne ist bereits vorbereitet, ich muss sie nur noch in den Ofen schieben. Gut, dann sind wir eben zu dritt … oder zu viert, sollte Suse ausnahmsweise mal pünktlich erscheinen.

Ich spüre ihn hinter mir. »Sie können Marie helfen, den Tisch zu decken, während ich den Salat mache. Ich hoffe, sie mögen Lasagne.« Jetzt sehe ich ihn doch an. Natürlich sieht er phantastisch aus. Er trägt Jeans und ein Poloshirt. Er wirkt etwas betreten, das kann ich mir aber auch nur einbilden. »Sonst müssen Sie mit Salat vorliebnehmen.«

»Nein, Lasagne hört sich phantastisch an. Erinnert mich an zu Hause.«

Richtig, der Italiener in ihm. »Na, dann will ich hoffen, an den besseren Teil von *zu Hause.*« Er fängt meinen Blick ein, und ich wende mich schleunigst wieder ab. Sicher hat er auch gerade an sein Telefonat gedacht, oder an seine arme Schwester, die er einfach in dem Glauben gelassen hat, wir wären ein liebendes Paar. Diese Situation hat etwas Groteskes. Mir ist aber nicht nach Lachen zumute. Ich bin mir nicht sicher, wie um alles in der Welt ich die mir bevorstehenden Tage mit ihm überleben soll. In trauter Zweisamkeit. Und wie es mir gelingen soll, seiner Familie eine glückliche Beziehung vorzugaukeln. Auch wenn seine Schwester schon nach einigen Sekunden davon ausgegangen ist, dass wir zusammen wären. Sie wird sicher auch nicht sehr viel länger brauchen, um dieses Ammenmärchen zu durchschauen, sobald sie uns vierundzwanzig Stunden um sich hat. Was weiß ich schon von Maximilian von Rothenburg? Nichts. Wie also soll ich diesen Irrsinn aufrechterhalten? Ich bin eine Tänzerin, die Brautkleider verkauft, keine Schauspielerin.

Und was sagt diese Scharade über den Mann aus, der seine Familie derart an der Nase herumführen möchte? Mit einer wildfremden Frau an seiner Seite. Denn nichts anderes sind wir. Zwei Fremde, die sich zufällig begegnet sind. Marie ist unsere einzige Verbindung. Das heißt, das Geld, mit dem er Maries Ausbildung finanziert. Schlimm genug, dass ich das zulasse. Aber ich würde lügen, wenn ich abstritte, dass ich nicht selbst gespannt darauf bin, wie weit ich tatsächlich bereit bin, dafür zu gehen.

Ich verspüre eine absurde Vorfreude, Zeit mit ihm zu verbringen. Was genau sagt das wohl über mich selbst aus?

Ich unterziehe die Tomaten einer besonders liebevollen Wäsche, während im Esszimmer das Geschirr klappert. Sehr gut. Zumindest weiß er sich zu benehmen und hilft tatsächlich dabei, den Tisch zu decken. Ich höre die beiden miteinander lachen und beneide sie fast um ihr vertrautes Verhältnis zueinander. *Du bist und bleibst eine dumme Gans.* Ich nehme mir die Gurke vor.

»Marie meinte, es gäbe Weißwein im Kühlschrank?«

»Sicher, wenn Sie vielleicht …?« Ich hebe meine verschmierten Tomaten-Gurken-Finger in die Höhe, um ihm zu zeigen, dass er die Erlaubnis hat, nach dem Wein zu suchen. Er versteht meinen Wink und öffnet die Kühlschranktür.

»Ähem … finde ich ihn links oder rechts von den Schuhen?«

Ach ja … Ich muss kichern. »Das ist ein Tänzerhaushalt. Entschuldigung, aber hier stehen die Tanzschuhe gerne mal unter Kühlung. Der Wein liegt bestimmt dahinter.«

Ich blicke über die Schulter und beobachte ihn dabei, wie er vorsichtig die Spitzenschuhe von Marie aus dem Fach nimmt.

»Keine Angst, sie gehen nicht kaputt.« Ich presse meine Lippen zusammen, um nicht laut loszulachen.

»Nein, wahrscheinlich nicht.« Er grinst schief, findet den Wein und stellt die Schuhe wieder zurück in das Fach.

»Ein Flaschenöffner hängt dort.« Ich nicke in Richtung Küchenleiste zu meiner Rechten.

Er steht hinter mir, greift nach dem Öffner. Sein Aftershave kriecht mir in die Nase. Ich atme unbewusst tief ein, was sich unverzüglich als riesiger Fehler herausstellt. Mein Puls erhöht sich merklich. *Warum muss er auch noch so verdammt gut riechen?*

»Gläser?«

Ich räuspere mich und hoffe, dass er nicht mitbekommen hat, dass ich auch nur so ein lausiges Frauenzimmer bin, das sich von solchen Banalitäten wie gut riechenden Männern ablenken lässt. Denn das bin ich nicht! War ich nie. »Im Esszimmer.« Und werde ich auch niemals sein! Er beginnt, fröhlich zu pfeifen, und verlässt die Küche mit der Flasche Wein und dem Öffner bewaffnet. Mir rutscht das Messer aus den Händen und fällt laut klirrend auf die Arbeitsplatte. Überall würde ich diese Melodie wiedererkennen. Das war nichts anderes als *Tango with you at Moulin Rouge.*

* * *

Ich erwische mich dabei, dass ich mich entgegen meinen Erwartungen tatsächlich wohl fühle. Max entpuppt sich als angenehmer Gesellschafter. Er trägt den Salat ins Esszimmer und holt die heiße Lasagne aus dem Ofen. Er kümmert sich um unsere Weingläser und das Wasserglas meiner Nichte.

Auch Suse hat es geschafft, uns mit ihrer Anwesenheit zu beehren. Ihr Gesicht ist filmreif, als sie Max entdeckt. Mit einem anzüglichen Augenbrauenhochziehen in meine Richtung setzt sie sich neben Marie und mir gegenüber. Ich sehe den beiden ihren Spaß an. Und füge mich meinem Schicksal. Denn wer den Schaden hat …

Immer wieder werfe ich verstohlene Blicke auf Max. Sein markantes Gesicht nicht attraktiv zu nennen, käme Blasphemie gleich. *Von schönen Tellern isst man nicht, Kind*, mahnt mich die Stimme meiner Mutter. Aber ich bin sicher, von diesem würde sie auch kosten, wäre sie an meiner Stelle. Moment mal, was denke ich denn da? Ich habe nicht vor, von ihm zu kosten. Im Gegenteil. Ich werde meine Schuld begleichen, indem ich ihn zu seiner Familie begleite, und dann möchte ich den Namen *von Rothenburg* in diesem Haus nicht mehr hören.

So zumindest ist der Plan.

»Wann geht es denn los?« Marie legt ihr Besteck auf den Teller und sieht auffordernd von einem zum anderen. Sie verzieht keine Miene, und doch kann ich ihr lautes Gelächter praktisch hören. Am liebsten würde ich ihr die Zunge herausstrecken, aber das wäre wohl am pädagogischen Auftrag vorbeigeschossen.

»Mein Partner kommt am Wochenende aus seinen Flitterwochen, das heißt, wenn es deiner Tante passt, könnten wir direkt am Montag aufbrechen.«

Sein Blick ruht auf mir, und ich verschlucke mich an meiner Lasagne. Auch wenn mein Koffer schon halb gepackt ist, hatte ich doch die Hoffnung, ich hätte noch ein wenig mehr Zeit.

»Wann genau geht was los?« Suse tupft sich den Mund mit ihrer Serviette ab. Die Gute hat ja noch keine Ahnung, dass sie den Laden für eine Woche allein schmeißen muss.

»Mein kleiner Ausflug mit Rothenburg.«

Jetzt ist es an ihr, sich zu verschlucken. »Bitte?«

»Franzi fährt mit Max auf eine *Weinverkostung in die Pampa.* Wusstest du denn nichts davon?« Marie lehnt sich zurück. Ich sehe ihr an, dass sie ihren Auftritt genießt.

»Aha. Und wie lange dauert so eine *Weinverkostung* im Allgemeinen?« Suse runzelt ihre Stirn. Ihr schwant wahrscheinlich, dass die Brautkleider an ihr hängen bleiben. Dabei hat sie noch Glück. Die Messen sind gelaufen. Das beste Geschäft machen wir im Herbst, da die meisten Brautpaare während dieser Jahreszeit beginnen, ihre Hochzeit für den kommenden Sommer zu planen. Jetzt haben wir Frühling. Die Hochzeitskleider sind gekauft. Suse könnte eigentlich direkt die Buchhaltung auf Vordermann bringen. Dann hätten wir beide etwas davon. Sie einen geregelten Tagesablauf und ich einen zutiefst zufriedenen Steuerberater.

»Aus diesem Grund bin ich eigentlich hergekommen. Ich

wollte Sie aus der Verpflichtung entlassen, mich zu begleiten.« Rothenburgs Blick ruht auf mir. Er beschert mir eine ungewollte Gänsehaut. Ich sollte wohl etwas darauf erwidern, andererseits habe ich scheinbar meinen Einsatz verpasst. Völlig gefesselt von seinen dunklen Augen, die mich fragend mustern. Und ein wenig verlegen. *Heilige Scheiße …*

Suse nimmt mir die Antwort ab. »Um Gottes Willen, nimm sie bloß mit. Ein Urlaub ist genau das Richtige für unser Aschenputtel. Den Laden schmeiße ich schon. Und ihr solltet endlich aufhören, euch zu siezen.« Damit erhebt sie sich und räumt ihren Teller ab. Ich starre ihr hinterher. *Wie kommt sie nur dazu …?*

»Wehe, du lässt sie hier. Wenn sie weg ist, habe ich endlich mal Ferien von ihren andauernden Gardinenpredigten.« Marie erhebt sich ebenfalls und verlässt das Esszimmer. *Das ist doch jetzt nicht deren Ernst?* Meine Gesichtszüge drohen zu entgleisen.

»Ihr spinnt doch! Alle beide!« Mein Frust ist nicht zu überhören. Das Gelächter aus der Küche allerdings auch nicht. Na toll. Familie ist etwas Wunderbares. Auch wenn ich mich dazu entschieden habe, Suse ab sofort nicht mehr dazuzuzählen. Eigentlich gehört sie sowieso nicht dazu. Und Freunde sind austauschbar. Direkt morgen werde ich mir eine neue beste Freundin suchen. Kann doch nicht so schwer sein, etwas ähnlich Loyales irgendwo aufzutun. Und Marie? Die stecke ich in ein Internat. Vielleicht möchte Rothenburg auch für diese Kosten aufkommen?!

Keine von beiden lässt sich dazu herab, uns noch einmal mit ihrer Anwesenheit zu beehren. Und schon sitze ich mit Rothenburg allein am Tisch. Eine halbvolle Flasche Weißwein vor uns und absolut keine Aussicht auf Rettung. Er erweckt zumindest nicht den Anschein, als wolle er bald aufbrechen. Ich fülle mein Glas. »Ich fahre mit zu Ihrer Familie! Unter diesen Ignoranten zu bleiben, ist auch keine Lösung!«

Er beginnt zu lachen. Ein tiefes Lachen. Frei von Arroganz

oder Selbstgefälligkeit. Samtig und anziehend. Einfach ein Mann, der sich köstlich amüsiert. Auf meine Kosten.

»Halloooo? Finden Sie das lustig?«

»Lustig ist das falsche Wort.« Er räuspert sich und legt zwei Finger über seine Lippen. Dann sieht er mich an. Mit glänzenden Augen. »Amüsant … das trifft es wohl eher.«

Ich bin schockiert. »Amüsant? Und was genau finden Sie daran amüsant?« Noch während diese Worte meinen Mund verlassen, beginne ich selbst zu lachen. Laut und aus vollem Herzen.

»Sie sind ein Verräter! Das … können Sie … doch nicht … das können Sie doch nicht lustig finden!« Tränen lösen sich aus meinen Augenwinkeln.

»Amüsant. Ich finde es amüsant, Frau Mölling … das ist etwas völlig anderes!« Wir lachen beide, bis uns die Bäuche weh tun. Dann wird er ernst. »Vielleicht sollten wir das *Sie* tatsächlich lassen. Ich bin Max.« Seine Samtstimme lullt mich ein, während seine Schokoladenaugen mich in seinen Bann ziehen.

Ich klimpere zweimal mit den Wimpern, um wieder zu mir zu kommen. »Klar. Ich bin Franziska.« Mit einem Räuspern senke ich den Blick und begutachte einen Krümel auf der Tischplatte. »Es wäre wahrscheinlich merkwürdig, wenn du *deine Freundin* im Angesicht deiner Familie siezen würdest.«

Erneut beginnt mein Herz wild zu klopfen. Wie bin ich nur auf diese blöde Idee gekommen, dass ich diesen Trip mit Rothenburg unbeschadet überstehe? Dieser Kerl hat sicherlich reichlich Übung darin, Frauen um den Finger zu wickeln. Und egal, wie sehr ich mich auch dagegen wehre, er übt eine ungemeine Anziehungskraft auf mich aus. Bleibt nur zu hoffen, dass ich standhalten kann.

Warum sagt er denn nichts? Ich sehe wieder auf. Nur um seinem durchdringenden Blick erneut zu begegnen. Ich lecke über meine Lippen.

Er hebt sein Glas an, und gerade, als ich befürchte, er fordert mich dazu auf, Brüderschaft mit ihm zu trinken, erwidert er trocken: »Schade. Dabei habe ich mich doch so an dieses liebevoll gesäuselte *Rothenburg* gewöhnt.«

»Spinner!« Ich muss leise lachen, und der Damm ist gebrochen.

Eine halbe Stunde später finde ich mich in ein Gespräch mit Rothenburg vertieft. Ich hätte nie gedacht, dass wir uns so zwanglos unterhalten könnten. Er ist selbstverliebt, provokant. Und doch schafft er es, mich positiv zu überraschen.

Wir räumen unser benutztes Geschirr ebenfalls in die Küche, nur um festzustellen, dass die Teller meiner Mitbewohnerinnen es lediglich bis auf die Spüle geschafft haben. Ich verdrehe die Augen. »Na, vielleicht wissen die beiden mich wieder zu schätzen, wenn ich zurück bin. Mal sehen, ob sie sich in der Zwischenzeit eine Putzfrau engagieren.« Ich wasche alles unter laufendem Wasser ab und stelle das Geschirr in die Spülmaschine, während Max nach und nach dafür Sorge trägt, den Esszimmertisch wieder in seinen ursprünglichen Zustand zu versetzen.

»Vielen Dank für deine Hilfe. Ich sag's ja … Ignoranten in jeder Lebenslage. Ein Wunder, dass die beiden noch nicht unter die Räder gekommen sind.«

»Ich fürchte, ich muss dich daran erinnern, dass deine Nichte ziemlich nah dran war, unter meine Räder zu kommen.« Er stellt die Auflaufform auf die Arbeitsplatte. »Aber um es noch einmal zu betonen. Es war nicht meine Absicht, dich derart zu bedrängen. Es steht mir nicht zu, und es tut mir leid. Du brauchst selbstverständlich nicht mit mir in die Pampa zu fahren.« Er bemüht sich zu lächeln. Es will ihm nicht wirklich gelingen. Und doch lässt es meine Knie weich werden. Sicher ist er ungeübt darin, sich zu entschuldigen oder zuzugeben, dass er einen Fehler gemacht hat. Umso mehr berühren mich seine Worte. Und lassen mich schwach werden. Ich beiße auf die Innenseite meiner Wange, versuche das Chaos, welches in mir tobt, zu übergehen. Selbst wenn ich wollte … ich habe den Zeitpunkt eindeutig verpasst, um ihm eine Absage zu erteilen. Und ich würde es hassen. Dieses Gefühl, ihm etwas schuldig zu sein. Da kann ich lieber in den sauren Apfel beißen und für einige Tage seine Freundin spielen. »Darüber hättest du dir Gedanken machen sollen, ehe du ungefragt die Gebühren für die Tanzschule bezahlt hast. Ich werde dir nichts schuldig bleiben. Auch wenn ich nicht den blassesten Hauch einer Ahnung habe, auf was genau ich mich da einlasse.« Ich schließe die Spülmaschine, stelle mich mit dem Rücken gegen die Arbeitsplatte und verschränke die Arme vor der Brust.

Er nickt langsam, aber bestimmt. »Okay, das habe ich wohl verdient. Auch wenn ich der Meinung bin, dass es absolut gerechtfertigt ist, diesen kleinen Beitrag zu Maries Ausbildung zu leisten.«

Das kann auch nur jemand sagen, dem der Hintern mit Goldstaub gepudert wurde. »Kleiner Beitrag? Wir sprechen immerhin von 25000 Euro!« Ungehalten stemme ich die Fäuste in meine Hüften.

Er hebt abwehrend die Hände. »Ich möchte mich nicht mit dir streiten, denn es steht nicht mehr zur Diskussion. Ich habe die Kosten der Academy übernommen und werde einen Teufel tun, das Geld von dir oder sonst irgendjemandem zurückzunehmen. Das, was ich von dir verlange, ist weitaus mehr wert, das kannst du mir glauben. Daher frage ich dich ein letztes Mal, ob du dir sicher bist, mich begleiten zu wollen?« Abermals fixiert er mich mit seinen fast schwarzen Augen. Himmel, gut nur, dass ich einen Halt im Rücken habe. Mein Mitleid geht an all die weiblichen Wesen da draußen, die diesen Augen bereits zum Opfer gefallen sind.

»Selbstverständlich. Denn auch ich stehe zu meinem Wort!«

»Dann weise ich dich darauf hin, dass das gerade eben deine letzte Chance gewesen wäre, aus der Nummer wieder herauszukommen.« Er macht einen Schritt auf mich zu. Verringert die Distanz, und mir bleibt fast das Herz stehen. Ich hoffe, dass er mein klopfendes Herz nicht hören kann. »Ich jedenfalls freue mich sehr, dass du mir Gesellschaft leisten wirst …« Sein heißer Atem streift meine Wange, während er mir ins Ohr flüstert. Ich beiße mir auf die Unterlippe und schließe die Augen. »Und jetzt ist es Zeit, den Tisch abzuwischen.« Sein Duft bleibt in der Küche zurück, während er selbst sie verlässt. Mit einem Spüllappen bewaffnet. *Das macht er doch mit voller Absicht.* Ich wäre ein Schaf, würde ich das nicht durchschauen. Ich atme durch. Inhaliere tief. Aus Versehen, wirklich. Was ein Fehler ist. Mir wird ganz schwummerig, und ich kralle mich an der Arbeitsplatte fest. Es sollte ein Verbot geben, derart gut zu riechen. *Das kann ja heiter werden …*

Kapitel 12

Wir haben es uns auf der Couch bequem gemacht. Selbstverständlich mit dem gebotenen Sicherheitsabstand. Max hat eine weitere Flasche Wein geöffnet. Er scheint ihn für gut zu befinden. Ich weiß nicht, warum, aber aus irgendeinem Grund klopfe ich mir innerlich auf die Schulter für meine Wahl. Immerhin ist er vom Fach.

Von den restlichen Damen des Hauses ist noch nicht mal mehr der Kondensstreifen zu sehen, den sie beim Verlassen des Hauses hinterlassen haben. Marie hat etwas von Gesangsunterricht gefaselt, auch wenn ich davon ausgehe, dass das schlichtweg gelogen war, aber bitte … Suse macht mit Hannes die Stadt unsicher, und ich sitze tatsächlich mit Rothenburg … ich meine natürlich mit MAX in unserem Wohnzimmer, als wäre es das Natürlichste der Welt. Und wir *quatschen* wie alte Freunde. Geschickt lenkt er das Gespräch ständig auf mich, so dass er letzten Endes ziemlich viel über mich erfahren hat und ich noch immer keinen blauen Dunst habe, was mich im Ahrtal erwarten wird. Dorthin wird unsere Reise gehen. Wie gesagt … in die Pampa oder an den Arsch der Welt oder dorthin, wo im Allgemeinen der Pfeffer wächst. *Oder ganz einfach gesprochen … in dein persönliches Verderben.*

Ich stelle mein Ohr auf taub, höre meiner inneren Stimme einfach gar nicht erst zu, die ständig darüber lamentiert, dass es mit Sicherheit kein Zuckerschlecken wird, mit Max von Rothenburg eine Woche in ungeschützter Nähe zu verbringen. Nicht für mich und auch nicht für meinen Seelenfrieden. Ich habe gar nicht vor, mich zu verlieben. Also werde ich es auch nicht tun. Basta! Sie kann demnach getrost die Klappe halten … diese innere Stimme.

»Wie kann es sein, dass es in eurem Haushalt etwas derart Gehaltvolles wie Lasagne zu essen gibt?« Er nimmt noch einen Schluck Wein.

»Weil ich darauf bestehe, dass Marie zumindest einmal in der Woche genügend Kohlenhydrate zu sich nimmt. Sie befindet sich immerhin noch im Wachstum, und als Tänzerin ist man leider dazu verdammt, sein Körpergewicht ständig einige Gramm unter Untergewicht zu halten.« Auch ich gönne mir noch etwas von der fruchtigen Flüssigkeit aus meinem Glas. »Du hattest also definitiv Glück. Es bestand durchaus die Möglichkeit, dass du an einem unserer Rohkosttage zum Essen eingeladen wirst.« Ich muss schmunzeln. Zu gern wäre ich Zeugin gewesen, wie er dieses Essen hinuntergewürgt hätte. Männer und Gemüse … das kennt man ja … und dann noch ungekochtes.

»Oh, neben einem Steak sieht Rohkost ganz hübsch aus. Unser Küchenchef dekoriert sehr gern mit Salatblättern.« Er zieht eine Augenbraue in die Höhe und nippt an seinem Wein.

»Sicher.« Ich halte seinem Blick stand. Er weicht mir aus, sieht sich um. Dann bleiben seine Augen auf dem alten Klavier meines Vaters hängen.

»Spielst du?« Er erhebt sich, setzt sich doch tatsächlich vor die Klaviatur und beginnt darauf zu klimpern.

»Den Flohwalzer. Das ist doch eher Maries Terrain.«

Er lächelt mir zu. Dann konzentriert er sich auf die Tasten und versucht sich an *Gymnopédie No. 1* von Erik Satie. Und er ist gar nicht mal so schlecht.

»Ein Mann, der Klavier spielt.« Eine Feststellung.

»Ein bisschen.« Wieder sieht er lächelnd zu mir herüber. *Verdammt. Er soll das lassen.*

»Marie ist wohl ein Multitalent, wie? Tanzen, singen, und jetzt auch noch Klavier?«

»Sie würde dir sogar etwas vorgeigen, wenn du es möchtest.« Gott sei Dank möchte sie das selbst nicht allzu oft.

Er hört auf zu spielen, dreht sich mit dem Hocker in Richtung Couch. »Ich mag eure Familie. Diesen Zusammenhalt. Da könnte sich manch andere eine Scheibe von abschneiden.« Ein Schatten fällt über sein Gesicht, und ich bin mir sicher, er spielt auf seine eigene Familie an.

»Auch bei uns ist nicht alles Gold, was glänzt, Rothenburg.« Zeit, ihm den Wind direkt aus den Segeln zu nehmen. »Wir haben eine ziemlich schwere Zeit hinter uns. Vor allen Dingen Marie.« Wie immer erfasst mich tiefe Traurigkeit, wenn ich an den schweren Verlust denke. An die klaffende Lücke in unserem Leben, die Sinas Tod hinterlassen hat.

»Sie war deine Schwester. Marie hat mir erzählt, dass sie vor fünf Jahren gestorben ist.«

Ich nicke lediglich, aus Angst, dass meine Stimme versagt.

»Und dass du viel für sie aufgegeben hast.« Wieder dieser Blick.

Ich schlucke und winke ab. »Das hätte wohl jeder in dieser Situation getan.«

»Dass du dich da mal nicht irrst.« Er setzt sich wieder zu mir auf das Sofa, füllt erst mein Glas, dann seines. »Was ist mit deinen Eltern? Hätte Marie nicht zu ihnen ziehen können? Dann hättest du als Tänzerin durchstarten können.«

Ich beginne mich langsam zu fragen, über was er sich noch alles mit meiner entzückenden Nichte unterhalten hat. »Sie leben auf Teneriffa.«

»Das ist schön, oder?«

»Ja, für meine Eltern schon … aber für Marie wäre es keine Option gewesen. Also habe ich entschieden, mich nach Sinas Tod um sie zu kümmern. Hättest du in einer Seniorensiedlung irgendwo in den vulkanischen Bergen einer Insel leben wollen? Als zwölfjähriges Mädchen?«

»Nein, wahrscheinlich nicht. Dennoch war es ziemlich selbstlos von dir, auf so viel zu verzichten.«

Okay. Er will es genau wissen. »Wenn du damit die klitzekleine Absteige mit Matratze auf dem Boden meinst, in der ich gelebt habe, und die täglich mindestens zehn Stunden Training … dann lass dir versichert sein, so schwer war es nicht.« Ich verziehe den Mund.

Er legt seine Hand auf meine Schulter, nur um sie augenblicklich wieder zurückzuziehen. Fast, als hätte er sich selbst darüber erschrocken, mich berührt zu haben. Meine Haut beginnt zu kribbeln. Trotz meiner Bluse. Diese scheinbar unverfängliche Verabredung zum Essen entwickelt sich langsam, aber sicher zu einem Spießrutenlauf meiner Hormone. Und wenn ich eines nicht möchte, dann unkontrollierbares Herzklopfen in Max von Rothenburgs Nähe. Oder wilde Massenkundgebungen irgendwelcher Schmetterlinge in meiner Magengegend. Solche kindischen Gefühlsduseleien kann ich mir nicht leisten. Und sie wären wohl auch ziemlich verschwendet an einen Mann wie Rothenburg. Womöglich hat er eine extra für diese Zwecke angelegte Datei in seinem Smartphone, mit Kontaktdaten diverser Damen für gewisse Stunden. Und wenn ich eines nicht möchte, dann zum Inhalt einer solchen Datei zu werden.

Ich presse die Lippen aufeinander und versuche, die Verlegenheit zu überspielen, indem ich nach meinem Glas greife, welches auf dem Tisch steht. Nur, damit ich mir den Inhalt ohne Umschweife über die Finger kippen kann.

»Ach, Mist.« Ich springe auf und mache es nur noch schlimmer. Das Glas gerät ins Straucheln, und sein Inhalt ergießt sich letztendlich über den kompletten Tisch. »Verflixt, ich bin aber auch …« Ich schüttele die klebrige Flüssigkeit von den Fingern. Max steht auf, stellt das Glas aufrecht hin und läuft in die Küche, nur um sich Sekunden später mit Küchenkrepp der Sauerei anzunehmen, die ich fabriziert habe. »Danke. Ich bin wirklich ein Tollpatsch.«

»Ach was, es ist ja noch mal gutgegangen.« Er reißt zwei weitere Tücher ab und wickelt meine nassen Finger darin ein. Eigentlich wollte ich diese Art von Nähe vermeiden. *Na, das hat ja super geklappt.* Jetzt hat er mich völlig in der Hand. Im wahrsten Sinne des Wortes.

Er tupft, massiert, streichelt meine in Papier verpackten Hände, und mein Herz beginnt wie auf Kommando wieder schneller zu schlagen. Fast lasse ich mich dazu herab, genüsslich meinen Kopf in den Nacken zu legen und tief zu seufzen. Ich schaffe es gerade eben noch, mich davon abzuhalten. Aber es kostet mich jede Menge Disziplin und Selbstbeherrschung.

Wie, in Gottes Namen, willst du die Tage mit ihm bei seiner Familie überstehen? Du bist doch nicht mehr ganz gefechtsklar! Ich entziehe ihm meine Hände, ehe es noch zu einem Eklat kommt. »Ich fürchte, ich muss sie mir richtig waschen.«

Und damit lasse ich ihn mit all seinem Küchenpapier einfach stehen.

* * *

Es wird allerhöchste Zeit für ihn. Er merkt deutlich, dass es ihm immer schwerer fällt, die Finger von ihr zu lassen. Ihre Lippen laden ihn schier dazu ein, sie zu küssen. Die wunderschönen Sommersprossen auf ihrer Alabasterhaut. Ihr Duft, der ihm bereits den gesamten Abend die Sinne blockiert.

Das unangenehme Ziehen in seinen Lenden wird fast unerträglich. Er sollte gehen, um zu verhindern, einfach über sie herzufallen. Es war eine dämliche Idee, sie für seine Zwecke einzuspannen. Und sie hat die Chance leider nicht genutzt, ihm abzusagen. Leider? Er würde sich selbst belügen, sollte er behaupten, dass es ihn nicht reizt, sie so eng an sich zu binden. Eine Woche lang wird sie ihm zur Verfügung stehen. Tag und … Nacht. Erneut zieht es in seinem Unterleib. Diese Frau hat keine Ahnung, was sie mit ihm anstellt. Und er hat keine Ahnung, was er mit ihr anstellen soll. Oh nein, das ist falsch ausgedrückt! Er weiß nicht, wie er es anstellen soll, nichts mit ihr anzustellen.

Franziska Mölling wird seine persönliche Reifeprüfung. Sein Geschäftspartner und bester Freund Philipp wird sich nicht mehr einkriegen vor Lachen, wenn er davon erfährt. Um merkwürdigen Seitenblicken und unqualifizierten Kommentaren eines frischverheirateten Mannes aus dem Weg zu gehen, wäre es vielleicht klug, das erstmal für sich zu behalten. Philipp wird seine Entscheidung sicher hinterfragen, nach so vielen Jahren nach Hause zu fahren.

Nun ja, die halbe Wahrheit ist auch nicht gelogen. Der Herzinfarkt seines Vaters sollte Grund genug sein. Seine entzückende Begleitung muss ja nicht zwingend erwähnt werden. So weit, so gut …

»Möchtest du noch etwas trinken?« Franziska erscheint wieder in der Tür und sieht ihn an. Ihre Augen glänzen, ihre Wangen sind leicht errötet. Nur zu gern möchte er daran glauben, dass seine Anwesenheit der Grund dafür ist; wahrscheinlicher ist es, dass eine gewisse Weinseligkeit ihre Haut durchblutet. *Ob sie nach dem Sex ähnlich schimmert?* Er traut sich selbst nicht mehr über den Weg. *Zeit zu verschwinden, Rothenburg!*

»Nein, ich denke, ich hatte genug.« Er zwingt sich, sie nicht mit seinen Blicken zu entkleiden.

»Ich glaube, es wird Zeit für mich … Es spricht doch nichts dagegen, dass mein Wagen hier stehen bleibt, oder?«

In ihrem Gesicht erstrahlt ein bezauberndes Lächeln, das ihre Nase leicht runzelt. »Nein, ich denke, die Fußgänger werden es dir danken.«

Eine kleine Anspielung auf den Zusammenstoß mit Marie an einer Fußgängerampel. Er erwidert ihr Lächeln. »Da könntest du recht haben.«

»Soll ich dir ein Taxi rufen?« Sie lehnt im Türrahmen und beobachtet ihn.

Max schüttelt den Kopf. »Ich gehe ein Stück zu Fuß, aber danke.« Er braucht dringend frische Luft. Vielleicht einen Tornado, der ihm die nicht ganz jugendfreien Gedanken aus dem Hirn fegt. Aber wahrscheinlich wird das nicht reichen. Eine kalte Dusche ist da wohl eher angebracht.

»Bist du sicher?«

Er nickt, macht einen Schritt auf sie zu. »Ich danke dir für das Essen. Die Lasagne war wirklich gut.«

»Du musst es ja wissen.« Schmunzelnd sieht sie zu ihm auf. *Himmel, wie soll er da widerstehen?*

»Mia nonna non può cucinare meglio di tu.« Nein, seine Nonna hätte es tatsächlich auch nicht besser machen können … Zart streicht er mit den Fingerspitzen über ihren Hals, an ihrem Ohr vorbei. Genießt den Schauer, den die Berührung auslöst. Sie hebt ihm ihr Gesicht noch ein Stück entgegen. *Gott möge ihm vergeben …* Er beugt sich hinunter und küsst flüchtig ihre Lippen. Weich, voll, einladend. Unendlich süß. Er nutzt das Überraschungsmoment, um sich wieder von ihr zu lösen. »Ich gehe dann mal.«

Sie nickt. Mit geschlossenen Augen zieht sie ihre Oberlippe zwischen die Zähne.

Verflucht noch mal! Er umfasst ihr Gesicht und fängt ihr überraschtes Keuchen mit seinem Mund auf. Er presst ihren Körper gegen den Türrahmen, in dem sie noch immer steht, und folgt damit seinen niederen Instinkten. Er ist auch nur ein Mann … und sie eine einzige Verlockung.

Kapitel 13

Ehe ich mich versehe, liege ich in seinen Armen. Wirklich starke Arme. Ich spüre die Gefühlsexplosion, als er mich erneut küsst. Mein Herz sprengt meinen Brustkorb, während ich Halt an seinem Nacken suche. *Oh Gott, ich hatte vergessen, wie es sich anfühlt …*

Nein, falsch. Ich habe nicht gewusst, dass es sich SO anfühlt!

Seine Zunge fordert mich heraus. Keineswegs zögerlich. Nein leidenschaftlich, wild nimmt sie mich in Besitz. Mein Körper verselbständigt sich, drückt sich näher an seinen, sofern das überhaupt möglich ist. Seine Hände beginnen seitlich an mir entlangzuwandern, sein Knie stellt sich zwischen meine Schenkel. Er umfasst meinen Po. Ein Knurren löst sich aus seiner Kehle. Dann lässt er von mir ab. Legt seine Stirn gegen meine. Alles in mir flattert und pulsiert. Das Blut rauscht unkontrolliert durch meine Blutbahn, ungeahnte Hitze überkommt mich. Die Härte in seiner Hose ist deutlich spürbar. Meine Fingernägel graben sich in seinen Haaransatz. Ich atme durch spitze Lippen aus.

»Wenn wir jetzt nicht aufhören, kann ich keine Garantie abgeben, dass das jugendfrei endet.«

Er klingt ähnlich atemlos, wie ich mich fühle. *Heilige Jungfrau, darauf bin ich nicht vorbereitet.* Meine Brüste fühlen sich schwer an und bitten um Erlösung, als sie sich gegen meinen BH drücken. Das Pochen in meinem Höschen fordert mich geradezu auf, mich wie eine Katze an ihm zu reiben. Der wollüstige Teil in mir schreit *weiterweiterweiter* und *hör jetzt nur nicht auf.* Aber der rationale Teil weiß, dass er gehen muss. Jetzt! Auf der Stelle!

Ich presse die Lippen aufeinander. Sie fühlen sich geschwollen an. Ich bin definitiv zu lange nicht geküsst worden. Widerwillig nehme ich die Hände aus seinen Haaren, taste mich über seine breiten Schultern. Sein Körper scheint zu beben. »Franziska, glaubst du mir, wenn ich dir sage, dass ich das nicht beabsichtigt hatte?« Sein Atem streichelt meine Haut, lässt mich erneut erschaudern.

»Spielt das eine Rolle?« Selbst für meine Ohren klingt meine Stimme hohl. Ich ziehe sein Gesicht zu mir, zwinge ihn, mich anzusehen. Bartstoppeln kratzen in meinen Handinnenflächen, und ich ertappe mich zum wiederholten Mal bei der Frage, wie sie sich wohl auf dem Rest meiner Haut anfühlen würden. Ich atme tief ein, tauche ab in seine Schokoladenaugen. Erkenne die grünen Sprenkler darin. »Max, was immer das zwischen uns ist … war …«

Ein Haustürschlüssel dreht sich im Schloss, und ich stoße ihn hastig von mir. Max hat es wohl ebenfalls gehört, denn er geht unverzüglich auf Abstand und fährt sich ertappt durch die Haare.

Ich wische mir über den Mund, kontrolliere meine Klamotten. Doch anscheinend war ich nicht schnell genug. Das eindeutig zweideutige Bild, welches wir abgeben, entgeht meiner Nichte selbstverständlich nicht. Mit einem anzüglichen Grinsen steht sie im Wohnzimmer. »Oh, es tut mir leid. Ich wollte euch auf keinen Fall stören. Soll ich lieber noch mal gehen?«

»Rede keinen Unsinn.« Unwirsch marschiere ich an ihr vorbei, nur um in der Küche rücklings gegen den Kühlschrank zu fallen. *Verfluchte Scheiße! Scheiße, Scheiße, Scheiße! Verdammter Mist!* Mein Puls rast, und hinter meiner Stirn beginnt es unangenehm zu stechen. *Jetzt nur nicht durchdrehen, Franziska.*

»Hey, alles in Ordnung?« Max linst um die Ecke. Ich nicke, richte meinen Blick wieder zur Decke.

»Das war ganz schön knapp«, kommentiere ich tonlos. Ich spüre das irrationale Verlangen, laut zu lachen. Dass ich mich in eine solch verfahrene Situation bringe … Meine Mundwinkel ziehen sich unwillkürlich nach oben, und schon pruste ich los. Ich halte mir den Bauch, geschüttelt von einem Lachanfall, der seinesgleichen sucht. Meine Knie geben nach und ich rutsche langsam an der Edelstahlverkleidung unseres Kühlelements gen Boden.

Auch Max beginnt zu lachen. Hockt sich neben mich. Ich lege meinen Kopf gegen seinen Oberarm, den er direkt um mich legt. Bettet mich an seinen Oberkörper. Eine perfekte Franziska-Wohlfühlzone. Sein Kinn liegt auf meinem Scheitel. Noch immer giggelnd gibt er mir recht. »Das stimmt. Wäre sie nur eine Minute eher gekommen. Oh Mann …«.

Peinlich berührt vergrabe ich mein Gesicht in sein Polo … atme ihn ein … das Karussell in meinem Kopf beginnt unverzüglich, sich erneut zu drehen. Ich sehe auf, nur um seinem durchdringenden Blick zu begegnen. Seine Augen verhaken sich mit meinen, und ich spüre das Klopfen seines Herzens. Fest und zuverlässig. Die Welt steht still. Für einen klitzekleinen Moment gebe ich mich der Illusion hin. Er beugt seinen Kopf herab, küsst meine Stirn. »Ich sollte jetzt wirklich aufbrechen.« Max löst sich von mir, und ich beginne tatsächlich zu frösteln ohne seine mich wärmende Nähe. *Das gibt es doch nicht …*

Er hilft mir auf. Der Schwung lässt mich wieder gegen seine Brust prallen. »Du kannst ja gar nicht genug von mir bekommen.« Er zieht spöttisch die Augenbrauen in die Höhe.

»Träum weiter …« Zum wiederholten Mal an diesem Abend zupfe ich mein Outfit zurecht. »Ich bringe dich noch zur Tür.«

»Sehr gern.« Heiser und rauchig. Ich halte mitten in der Bewegung inne. Ich kann mir nicht helfen, aber irgendwie hat sich dieser Abend in die völlig falsche Richtung entwickelt …

* * *

Mit zartem Druck fährt seine Hand über meine nackte Wade in höhere Gefilde. Er spreizt meine Schenkel. Ein stoppeliges Kinn reibt über meine völlig erhitzte Haut, entlockt mir ein lustvolles Stöhnen. Sinnliche Bisse zeichnen einen Pfad von meinen Brüsten hinab, umkreisen meinen Bauchnabel. Mit der Rückseite seiner Finger sucht er meine Nässe. Ihm entfährt ein Knurren, als er sie findet. Sein Daumen reizt mein angeschwollenes Lustzentrum. Ich biege den Rücken durch. Seine Zähne knabbern an meinen Knospen, und meine Hände graben sich links und rechts in das Bettlaken, als er einen Finger in mich versenkt. »*Aaahhhhh ...*«

Ich schrecke auf. Atemlos und mit wild klopfendem Herzen. Und einem völlig überreizten Körper. Ein Traum ... nichts weiter als ein Traum ...

Dennoch befühle ich das Bett nach der Spur eines anderen Körpers – *seines Körpers* – neben dem meinen. *Nur ein kleiner Hinweis* ... den ich selbstverständlich nicht finde. Unendlich enttäuscht ziehe ich mir die Bettdecke bis unters Kinn, lausche meinem eigenen Herzschlag, der sich langsam wieder normalisiert. Ziehe meinen Beckenboden zusammen, der noch immer sehnsuchtsvoll pocht. Ich schließe die Augen, gleite mit meiner Hand in den Slip und bringe zu Ende, was er begonnen hat.

* * *

Das heiße Wasser prasselt auf seinen Kopf, läuft über sein Gesicht. Seine Hände an den Fliesen, lässt er den Abend Revue passieren. Ihr Tanzen. Die fließenden Bewegungen ihres zierlichen Körpers. Das Essen, ihre Unterhaltung, und dann der Kuss ... Er wird schon wieder hart. Dabei hat er sich gerade eben erst Erleichterung verschafft. Er dreht das Wasser ab und wickelt sich ein Handtuch um die Hüften, welches sofort ein Zelt bildet. Er braucht dringend einen kühlen Kopf. Weder der Fußmarsch nach Hause noch die anschließende kalte Dusche konnten seine heißen Gedanken an sie abkühlen.

Auch nicht die Tatsache, dass er mit der Faust um seinen

Schwanz die Erinnerung an ihren anschmiegsamen und scheiße noch mal äußerst willigen Körper den Abfluss hinuntergespült hat. Und wie es aussieht, ist die Nacht noch lange nicht zu Ende.

Er wischt über den beschlagenen Spiegel und schiebt sich die Zahnbürste in den Mund. Wie soll er die Zeit im Castello, wie seine Mutter das alte Herrenhaus genannt hat, mit dieser Frau überstehen? Oh, sicher, ihm fallen allerhand Schweinereien ein, die er mit Franziska Mölling anzustellen gedenkt. Doch mit Sicherheit nicht, solange er mit seinem Vater unter einem Dach verweilt.

Das wäre völlig am Thema vorbei.

Sie ist der Katalysator. Der Grund, warum er sich überhaupt darauf eingelassen hat. Wäre sie nicht anwesend gewesen, als Sarah sein Büro gestürmt hat, hätte er seine Schwester postwendend zurückgeschickt. Ohne dass er überhaupt die Zusage gemacht hätte, noch einmal einen Fuß über die Schwelle dieses Hauses zu setzen. Was immer ihn in diesem Moment getrieben hat, es ist an der Zeit, sich zu fragen, ob es so klug war, Franziska mit in diese Tragödie zu ziehen. Sie, die alles aufgegeben hat, um sich ihrer Familie zu widmen. Ohne großartig darüber nachzudenken. Völlig selbstlos. Aus Liebe zu ihrer Schwester. Zu ihrer Nichte.

Und er selbst war noch nicht mal in der Lage, den letzten Wunsch seiner Mutter zu erfüllen.

»Sei deinem Vater nicht böse, Massimo. Er liebt dich und Sarah. Versprich mir, dass du es ihm nicht nachträgst, dass er nicht hier ist. Er würde euch niemals im Stich lassen.« Mit schwacher Stimme und von Tränen trüben Augen hatte seine Mutter ihm dieses Versprechen abgenommen. Sogar ihre letzten Worte galten seinem Vater.

Aber er will seinen Vater weder sehen noch mit ihm sprechen. Er war es schließlich nicht, der sich neben seiner todkranken Ehefrau noch ein Liebchen fürs Bett gesucht hat.

In der Nacht, als seine Mutter starb, hat sein Vater dieses Flittchen wahrscheinlich in andere Sphären gefickt. Als seine Mamma ihren letzten Atemzug tat, hat er, Max, ihre Hand gehalten. Und das wäre verflucht noch mal die Aufgabe ihres Ehemannes gewesen. Sich von ihr zu verabschieden. Ihr zu versichern, dass alles gut wird. Dass er da sein wird, sollten die Kinder ihn brauchen. Dass er sich um alles kümmert. Damit sie beruhigt und in Frieden gehen kann. Stattdessen war es Max, der seiner Mamma versichert hat, immer auf Sarah aufzupassen. Dafür Sorge zu tragen, dass das Gut in Familienhand bleibt.

Er stellt die Zahnbürste scheppernd zurück in den Becher und beugt sich unter den Wasserstrahl, spült seinen Mund aus.

Richard von Rothenburg hat sich einen Scheiß um seine Familie geschert. Er hat Erlösung in den Armen einer anderen Frau gesucht. Angeblich, damit er den Schmerz besser verarbeiten kann. Max kommt die Galle hoch, wenn er nur daran denkt, wie sein Vater in dieser Erklärung seine Rechtfertigung findet.

Er spuckt das Zahnpasta-Wasser-Galle-Gemisch aus seinem Mund ins Waschbecken und fährt sich über die Lippen. Er konnte dieses letzte Versprechen an seine Mutter nicht halten. Er hat jegliche Achtung vor seinem Vater verloren. In dem Moment, als seine Mutter ihre Augen für immer schloss und er seine Schwester tröstend in seine Arme genommen hat.

Ihn musste niemand trösten. Er hat seine Kraft daraus gezogen, seinem Vater mit der Despektierlichkeit zu begegnen, die Richard von Rothenburg seiner sterbenden Ehefrau und Mutter seiner Kinder entgegengebracht hat.

Letzten Endes ist er gegangen. Es war ihm nicht möglich, mit seinem Vater unter einem Dach zu leben. Die Geschäfte gemeinsam mit ihm zu führen.

Er hat seinen Weg gefunden, ohne die Unterstützung seines alten Herrn zu leben. Hat in Hamburg studiert. Betriebswirtschaft statt Önologie. Führt ein angesehenes Hotel, zusammen mit seinem Partner und besten Freund. Er hat ein gutes Leben. Und doch … irgendetwas fehlt.

Seine Mutter war Italienerin. Die famiglia spielte eine große Rolle in ihrem Leben. Das zählt zu den Attributen, die sie ihren Kindern mit auf den Weg gegeben hat. *Was auch immer geschieht, in der famiglia findet ihr den Halt und die Unterstützung für euer gesamtes Leben. Hütet sie wie einen Schatz, denn sie ist kostbarer als alles Gold der Welt.* Er könnte kotzen …

Kapitel 14

»Du wirst was …?« Philipp dreht sich zu ihm. Fast wirkt er ein wenig fassungslos.

»Du hast mich schon richtig verstanden. Ich fahre nach Hause. Für ein paar Tage.« Max nippt an seinem Scotch. Er dreht das Glas in seinen Händen und betrachtet die bronzen schimmernde Flüssigkeit.

»Wow! Dass ich das noch erleben darf. Ich hoffe, du bist mir nicht böse, wenn ich dich nicht begleite.« Er feixt in seine Faust, die er sich vor den Mund hält.

»Wie könnte ich … einer muss ja hier die Stange halten.«

»Und wie bist du auf diese, entschuldige bitte, wenn ich das so sage, völlig bescheuerte Idee gekommen?« Philipp kennt ihn gut. Sehr gut sogar. Kennt die Hintergründe. Weiß um den Zwist mit seinem Vater. »Nicht, dass ich noch eine Kaution für dich hinterlegen muss, weil du deinem Vater an die Gurgel gegangen bist.«

»Das ist vielleicht gar nicht mehr nötig. Der alte Herr hatte einen Herzinfarkt. Das scheint sich von selbst zu erledigen«, erklärt Max bitter und spült die Schärfe in seiner Stimme mit Scotch hinunter.

»Das tut mir leid für deine Schwester.« Philipp setzt sich und nimmt ebenfalls einen Schluck aus seinem Glas.

»Das kannst du ihr gleich selber sagen. Angeblich ist sie zum Shoppen nach Hamburg gekommen. Dabei war es wohl eher ihre Mission, mich davon zu überzeugen, dass es Zeit wird, meinen Frieden mit dem alten Sack zu machen.«

»Wieso werde ich dann das Gefühl nicht los, dass ihr das nicht gelungen ist?«

»Du kennst mich eben.« Er grinst, hebt sein Glas in Richtung seines besten Freundes. Philipp schüttelt den Kopf. Es ist gut, das Philipp wieder da ist. Er hat sie vermisst, diese Treffen am Ende eines arbeitsreichen Tages. Um wichtige Dinge zu besprechen oder auch einfach nur, um mit seinem besten Freund dazusitzen und bei einem guten Scotch zu fachsimpeln.

Selbst heute, obwohl er erst vor wenigen Stunden aus den Flitterwochen gelandet ist, lässt er es sich nicht nehmen, sich kurz mit Max auszutauschen. Nicht, dass es nötig gewesen wäre. Sie vertrauen einander. Aber das gibt Max die Gelegenheit, ihn direkt darüber in Kenntnis zu setzen, dass er in der kommenden Woche nicht anwesend sein wird.

Es klopft an seiner Bürotür, und seine Schwester schiebt ihren Kopf in den Raum. »Ich wollte mich verabschieden.« Dann fällt ihr Blick auf Philipp, und sie beginnt über das ganze Gesicht zu strahlen. »Philipp, meine Güte. Mit dir habe ich nicht gerechnet.«

Philipp erhebt sich wieder und nimmt sie überschwänglich in die Arme. »Sarah! Wo ist die kleine Schwester von Max abgeblieben?« Er kneift ihr in die Wange und fügt mit piepsig verstellter Stimme hinzu: »Mein Gott, bist du groß geworden.«

Max betrachtet belustigt die Röte, die das Gesicht seiner Schwester erfasst. Er weiß, dass Sarah immer schon heimlich ein wenig in seinen Freund verliebt war. Auch wenn Philipp sie niemals dazu ermutigt oder ihr in irgendeiner Form falsche Hoffnungen gemacht hätte. Für ihn war sie immer nur Max' kleine Schwester.

Sie boxt ihm auf den Oberarm. »Rede keinen Unsinn. Du siehst großartig aus. Die Ehe bekommt dir hervorragend.« Sarah weiß selbstverständlich, dass der Philipp-Zug ohne sie abgefahren ist. Dennoch kann sie es nicht lassen, ihm einen hollywoodreifen Augenaufschlag zu schenken. War seine Schwester schon immer so ein verführerisches Weibsbild? Vielleicht ist es tatsächlich nicht das Schlechteste, zu Hause mal nach dem Rechten zu sehen.

»Vielen Dank! Wir haben dich auf der Hochzeit vermisst.« Er bedeutet Sarah, sich zu ihnen zu setzen. Was sie augenblicklich tut. Sie schlägt ihre langen Beine übereinander. Für Max' Befinden rutscht ihr viel zu enger Rock dabei ein wenig zu hoch. Doch jetzt kann er wohl mal ein Auge zudrücken. Philipp hat sowieso nur noch Augen für Hanna, seine Ehefrau.

»Leider bin ich zu Hause nicht weggekommen. Max hat dir bestimmt erzählt, dass es unserem Vater nicht gutgeht. Der Arzt hat jede Aufregung strikt verboten.« Der Seitenhieb in seine Richtung entgeht Max nicht. Er lehnt sich zurück. »Aber es ist gut, dass mein Bruder zur Vernunft kommt. Das wird Vater sicherlich dabei helfen, wieder gesund zu werden.«

»Erwarte nicht zu viel, Sarah. Ich komme nicht, um ihn in meine Arme zu schließen. Ich tue es nur Nonna und dir zum Gefallen.«

Sie winkt ab. »Schon gut, spar dir den Atem. Franziska wird dir hoffentlich diesbezüglich den Kopf waschen.« Das war genau der Teil der Geschichte, den er lieber für sich behalten hätte.

Philipps Augenbraue zieht sich hoch in die Stirn. »Franziska?«

»Max' Freundin. Sie wird ihn begleiten. Hat er das nicht erwähnt?« Sie sieht fragend zwischen den Männern hin und her.

»Nein. Weder das eine noch das andere ...« Die Mundwinkel seines Freundes verziehen sich spöttisch. »Aber das wird er sicher gleich noch tun.«

»Nun gut, dann werde ich euch mal allein lassen. Ich habe noch ein Stück zu fahren.« Sarah erhebt sich, drückt ihrem Bruder einen Kuss auf die Wange. »Wir erwarten euch dann am Montag. Nonna freut sich sehr.«

»Melde dich, wenn du angekommen bist.« Sie nickt und lässt sich von Philipp zur Tür begleiten.

Max atmet tief ein.

»Franziska, he?«

»Genau.«

»Deine Freundin, ja?«

»Mhh, das wäre wohl zu viel Interpretation.«

»Dann eine deiner Bettgefährtinnen?«

»Nein, auch das nicht.«

»Muss ich dir alles aus der Nase ziehen? Was hat es nun mit dieser ominösen Franziska auf sich?«

Was soll's. Jetzt kann er auch die ganze Geschichte erzählen. »Da gibt es nicht viel zu erzählen. Kennst du das Brautmodengeschäft Mölling?« Mit einem Mal brennt er darauf, zu erfahren, ob Philipp weiß, von wem die Rede ist.

»Ja, Hanna hat ihr Brautkleid dort gekauft. Eine junge Frau führt den Lad …« Sofort blitzt Verständnis in seinem Gesicht auf. »Eine äußerst attraktive junge Frau. Rotblonde Haare, wilde Sommersprossen.«

»Ich habe ihre Nichte angefahren.«

Philipp lässt sich wieder in den Sessel fallen. Er wird bleich um die Nase. »Angefahren …? Scheiße, Max. Ist sie verletzt?«

Er schüttelt verneinend den Kopf, sieht seinen Freund an. »Nein, Gott sei Dank nicht.«

»Gut … Aber sie wird dich ja nicht aus lauter Dankbarkeit begleiten, oder?«

»Nein, selbstverständlich nicht. Ich habe die Tanzausbildung ihrer Nichte bezahlt. Quasi als Wiedergutmachung für mein kleines Missgeschick an einer roten Ampel. Ich habe mich jedenfalls geweigert, das Geld von ihr zurückzunehmen, und sie wollte mir nichts schuldig bleiben. Als sie mich deshalb zur Rede stellen wollte, ist Sarah hereingeplatzt und hat die Situation missgedeutet. Nun ja, der Rest ergab sich irgendwie von selbst.«

Philipps Hand schlägt auf seinen Oberschenkel. »Gibt es doch noch eine Frau in Hamburg, die du noch nicht in deinem Bett hattest. Das erklärt zwar irgendwie, warum sie sich hat breitschlagen lassen, dir in die Höhle des Löwen zu folgen, jedoch bin ich mir deiner Motive noch nicht so sicher.«

»Ich habe keinerlei Hintergedanken, mein Freund.«

»Selbstverständlich nicht.« Der Spott ist nicht zu überhören.

»Ich weiß, was ich tue.« *Das hofft er zumindest.*

»Das weißt du ja immer.«

* * *

»Meinst du nicht, du solltest noch einkaufen gehen, bevor du mit dieser Sahneschnitte verreist?« Suse hält einen Slip von mir zwischen spitzen Fingern und betrachtet ihn mit fragwürdigem Blick. Ich entreiße ihn ihr und stopfe ihn zurück zu den anderen. Tief in meine Schublade. Wo er hingehört.

»Ich denke nicht, dass es dich etwas angeht, aber sei dir sicher, dass er nicht einen davon zu Gesicht bekommen wird.«

»Das wäre auch besser. Die Dinger würde sogar meine Großmutter nicht anziehen.«

»Suse, halt die Klappe. Sie erfüllen ihren Zweck, das reicht vollkommen. Ich muss mich nicht in Seide und Spitze hüllen, um einem Mann zu gefallen.«

»Ach, du willst ihm also gefallen. Damit kämen wir dem wahren Grund deiner Reise langsam auf die Spur.« Mit einem selbstgefälligen Grinsen wühlt sie in meinem Koffer und durchsucht ihn nach Indizien für ihre völlig an den Haaren herbeigezogene Vermutung. Ich schlage den Deckel über ihren Fingern zu. »Autsch, du blöde Kuh.«

»Gar nichts will ich. Außer vielleicht, dass du mich endlich in Ruhe lässt. Hast du mir nicht unlängst vorgeworfen, ich wäre nicht spontan genug?« Ich ziehe meine Stirn kraus. Sie reibt sich ihre Hand, kann sich das Lachen kaum verkneifen. »Das stimmt. Allerdings ist das doch sehr spontan. Selbst für meine Begriffe.«

Mit einem Grunzen drehe ich mich um. »Ich werde schon heil

wieder nach Hause kommen, keine Angst. Ich mache mir eher Sorgen um den Laden.«

»Ach was. Marie und ich werden das Kind schon schaukeln. Es sind ja nur ein paar Tage. Soll ich dir vielleicht ein Negligee von mir leihen? Ich konnte keines in deinem Koffer finden.«

»Susanne, es reicht. Ich bezahle lediglich eine Schuld, das ist alles. Und Sex steht definitiv nicht auf meiner To-do-Liste. Also mach dir keine Gedanken um meine Nachtwäsche.«

»Denke an dein Jungfernhäutchen, dem bist du auch etwas schuldig.« Sie beginnt tatsächlich zu lachen. »Er hat sich diesen kleinen Urlaub immerhin 25 000 Euro kosten lassen, und ich wette, er wäre nur allzu bereit, dir dafür auch noch einige multiple Orgasmen zu schenken. Er konnte beim Essen den Blick ja gar nicht von dir nehmen.«

Ich erdolche sie förmlich mit meinen Blicken. Eine neue beste Freundin … das sollte der erste Punkt meiner To-do-Liste sein. »Keine Ahnung, was du gesehen haben willst. Maximilian von Rothenburg lässt mich völlig kalt.«

»Na klar, und ich bin die Jungfrau von Orleans.« Ihre Hände fuchteln um ihren Kopf, als sie mit angezogenen Schultern mein Zimmer verlässt. »Aber behaupte hinterher nicht, ich hätte dich nicht gewarnt. Männer mögen hübsch verpackte Dinge.«

Dinge? Seit wann bin ich ein Ding?

Ich ziehe die Schublade wieder auf und betrachte meine altbewährte Baumwollwäsche. Ich weiß gar nicht, was Suse hat. Einiges davon ist doch sogar wirklich hübsch. Ob ich vielleicht doch noch …? Wütend über mich selbst, schiebe ich die Schublade wieder in die Dunkelheit meines Schrankes. Na toll, ich hatte gar nicht vor, mich auf Max überhaupt einzulassen. Und jetzt inspiziere ich schon meine Unterwäsche nach Tauglichkeit. Wo sind alle meine Vorsätze nur geblieben?

Ein Blick auf die Uhr verrät mir, dass ich noch ein wenig Zeit zum Shoppen hätte … Theoretisch … Ich wollte sowieso noch kurz ins Geschäft. Einen Kundentermin möchte ich dann doch lieber auf die folgende Woche verlegen. Nicht, dass die beiden das nicht hinbekämen, aber sicher ist sicher.

Wir verkaufen zwar selbst eine kleine Auswahl an Dessous, aber es wäre doch sehr auffällig, wenn ich mich jetzt daran bedienen würde. Suse hat auch so schon genug Futter für ihr Kopfkino. Und es gibt diesen netten kleinen Laden, zwei Straßen weiter …

Kapitel 15

Er ist pünktlich. Alles andere hätte mich auch sehr gewundert. Wir schleichen umeinander herum, jeder von uns darauf bedacht, den anderen nicht zu berühren. Seit unserem Kuss haben wir uns nicht mehr gesehen. Er hat lediglich kurz angerufen und mir die Zeit mitgeteilt, zu der er mich abholen will. Zu behaupten, meine Gemütslage sei entspannt, wäre maßlos übertrieben. Ganz im Gegenteil. Ich werde nun fast fünf Stunden mit ihm auf kleinstem Raum verbringen. Zugegeben, ein sehr luxuriöser kleiner Raum. Dennoch. Das allein gilt es erstmal zu bewältigen. Auch wenn er sich dabei auf den Verkehr konzentrieren muss, seine Präsenz füllt diese Karosse mit Sicherheit zur Genüge. Und ich kann ja schließlich nicht auf dem Rücksitz Platz nehmen.

Ständig ertappe ich mich dabei, wie ich ihn von der Seite betrachte. Sein schönes Profil. Er sieht entspannt aus. Sein Haar liegt auf dem Kragen seines Hemdes, und nur zu gern würde ich hindurchfahren. Fühlen, ob es sich genauso weich anfühlt wie beim letzten Mal. Allein die Erinnerung an unser letztes Mal bringt meinen Puls auf Hochtouren. Nervös verschränke ich meine Finger ineinander. Wenn auch nur um zu verhindern, dass sie sich tatsächlich in seiner Frisur verirren.

Er lässt das Radio laufen. Zumindest eine kleine Ablenkung. Auch wenn ich ein wenig enttäuscht darüber bin, nichts über seinen eigentlichen Musikgeschmack zu erfahren, ist es zumindest nicht die Art, na ja nennen wir es mal Musik, die Marie bevorzugt. Immerhin beginnt er bei den richtigen Songs die Daumen im Takt aufs Lenkrad zu klopfen. Bei *Foreigner* dreht er sogar ein wenig lauter. Und ich genieße Lou Gramms Stimme. Widerstehe dem Drang, lauthals *That was yesterday* mitzusingen. *Foreigner* war eine der Lieblingsbands meiner Schwester. Ich bin quasi mit ihnen erwachsen geworden.

»Geht es dir gut?« Er reißt mich aus meinen Erinnerungen, und ich zucke unmerklich zusammen. Beginne zu lächeln. »Ja, ich denke schon. Ich war ganz in Gedanken.«

Kleine Fältchen bilden sich um seine Augen. »Das habe ich gemerkt. Du kannst den Song auswendig, wie es aussieht.«

Habe ich etwa doch laut mitgegrölt? »Entschuldige. Dabei war ich sehr darauf bedacht, dich mit meiner Gesangseinlage zu verschonen. Eine blöde Angewohnheit ...« Etwas entrüstet über mich selbst ziehe ich die Oberlippe zwischen die Zähne. *Ich kann eben nicht aus meiner Haut ...*

»Nein, bitte, nur zu. Dann ist es vielleicht nur noch halb so peinlich, wenn ich selbst anfange mitzusingen.« Er lacht leise auf.

»Sina liebte diese Band. Ich fürchte, sie hat mich auf alle Zeit verdorben.«

»Sie hatte einen guten Geschmack, deine Schwester.« Er sieht mich kurz an.

Ich nicke. »Ja, das stimmt. Zumindest was die Musik angeht.« Ihre Männergeschichten stehen auf einem anderen Blatt und gehören wahrlich nicht hierher. Sie war schnell begeistert von einem Mann und immer sofort unsterblich verliebt. Egal, ob der Kerl es wert war oder nicht. Ich war zu jung, um das zu verstehen. Sina war acht Jahre älter als ich. Und doch habe ich sie mitbekommen. All die hoffnungslosen Liebeskummernächte. *Achte immer darauf, an wen du dein Herz verschenkst, Franzi. Sie sind deine Tränen nicht wert.* Und dann wurde sie schwanger. Mit achtzehn. Sie war gerade mal ein Jahr älter, als Marie es heute ist. Unvorstellbar und doch möglich.

Unsere Eltern sind aus allen Wolken gefallen. Ihre Tochter – schwanger von irgendeinem Kerl, den sie noch nicht mal benennen wollte. Die Leute würden sich das Maul zerreißen. Aber Sina blieb standhaft. Niemals hat sie ein Wort über Maries Erzeuger verloren. Sie hat sich tapfer gegen alle Vorurteile zur Wehr gesetzt. Heute sehe ich es aus einem anderen Licht. Dieser Mensch ist vielleicht das fehlende Glied zu Maries Geschichte. Immerhin hat sie ihre Mutter verloren. Wäre es nicht gut für sie zu wissen, woher sie stammt? Wer den anderen Teil ihres Charakters geformt hat? Ihrer ganz persönlichen Eigenarten, die einfach tief in ihr verankert sind? Unweigerlich mit ihrem Wesen verbunden und überhaupt nicht erziehungsrelevant? Marie ist Linkshänderin. Meine Schwester nicht und auch sonst niemand aus unserem näheren Verwandtenkreis, an den ich mich erinnern kann. Was sagt das zum Beispiel über ihren Vater aus? Ich hoffe für meine Nichte, dass sie ihren Frieden damit gemacht hat. Denn ich werde ihr keine große Hilfe sein können, bei der Suche nach ihren Wurzeln. Ich kenne sie selbst nicht.

»Warum so nachdenklich?«

»Ich musste gerade an meine Schwester denken. An ihre Entscheidung, das Geheimnis um Maries Vater mit ins Grab zu nehmen. Und daran, dass ich meine Nichte nicht darum beneide.«

Max legt eine Hand auf meinen Oberschenkel. Ich folge seiner Bewegung mit den Augen und seiner Berührung mit all meinen Sinnen. Ich benetze meine Lippen. *Heilige Scheiße!* Erwische meine Hand dabei, wie sie zuckt, um sich auf seine zu legen. Ich verbiete es ihr rigoros. *So weit kommt es noch …*

Er drückt leicht in mein Fleisch. Legt die Finger zurück auf das Lenkrad. Und mich erfasst die Leere, die er damit zurücklässt. Füllt mich aus. Ich blicke aus dem Fenster, damit er mir die Enttäuschung nicht ansieht. *Geht es noch, Franziska? Was ist denn mit dir los?*

»Gleich kommt ein Rastplatz. Soll ich ihn anfahren?«

»Ja, gern, ich könnte einen Kaffee vertragen. Und eine Toilette wäre auch nicht schlecht.« Voller Verwunderung nehme ich zur Kenntnis, dass wir bereits die Hälfte der Strecke geschafft haben.

»Ich habe schon angefangen, mich zu fragen, wann du endlich mal musst.«

»Also wirklich. Du bist auch nur ein Gefangener gängiger Klischees.«

»Das streite ich gar nicht ab. Aber es ist beruhigend zu wissen, dass du mich nicht enttäuschst.« Er lacht. Ich boxe ihn auf den Oberarm. »Hey, ich fahre Auto …!«

»Dann achte lieber auf den Verkehr, als dich um die Angelegenheiten meiner Blase zu kümmern.«

»Vorausschauend fahren … schon mal was davon gehört?« Er lacht. Ich schnaube verächtlich. Letztendlich falle ich doch in sein Lachen mit ein.

* * *

Das kalte Wasser läuft über meine Hände, und ich bin mir bewusst, dass ich ziemlich lange brauche, um sie mir zu waschen. Das alles ist nur ein letzter, hoffnungsloser Versuch, Zeit zu schinden. Seine Nähe macht mich kribbelig, dass er kein Wort mehr über unseren Kuss verliert, hingegen unsicher. Wahrscheinlich sollte ich ihm auch nicht allzu viel Bedeutung beimessen. Max von Rothenburg wird sicherlich jedes Wochenende eine andere Frau küssen. Somit war der Kuss mit mir auch nichts Besonderes. *Zumindest nicht für ihn …*

Ich werfe einen Blick in den Spiegel, zupfe eine Strähne zurück in meinen Zopf und atme tief ein. *Mach dich nicht lächerlich, Franziska. Eine verfluchte Woche. Und dann ist das alles vorbei. Du kannst wieder deine Brautkleider verkaufen, und Max kann andere Frauen küssen.*

Das unangenehme Ziehen in meinem Bauchraum verrät mir bereits jetzt, dass ich die Rechnung ohne den Wirt gemacht habe.

Als ich in den Verkaufsraum trete, zahlt Max gerade unsere Kaffee. Die junge Frau nimmt strahlend sein Geld entgegen. *Der Kater lässt das Mausen nicht.*

Ich halte mich bewusst im Hintergrund. Suhle mich lieber ein wenig in dieser merkwürdigen Stimmung, die dieser Anblick bei mir hinterlässt.

Max beugt sich für meine Begriffe zu weit über den Tresen, sagt etwas zu ihr, was sie auflachen lässt. Nicht die normale Art von Lachen … es ist dieses *Ich-werfe-mein-Haar-zurück-Lachen*, das den Männern durchaus suggerieren soll, dass Flirten erwünscht ist. Ich verdrehe die Augen. Selbstverständlich ist er einem Flirt nicht abgeneigt. Ich wäre eine Idiotin, würde ich etwas anderes erwarten.

Ich entschließe mich dazu, lieber vor der Tür auf ihn zu warten.

»Dein Kaffee.« Er lächelt mich an.

Ich erwidere es steif. »Vielen Dank. Was bin ich dir schuldig?«

Er taxiert mich mit seinem Blick. »Frag mich das bitte niemals wieder. Können wir uns darauf einigen?«

»Sicher.« Ich habe keine Lust, mit ihm zu diskutieren, und schlage den Weg zum Auto ein.

»Hey, ist alles in Ordnung?« Max versucht mich einzuholen.

»Klar. Was sollte nicht in Ordnung sein?« *Oh Gott, klinge ich tatsächlich so verbittert?*

Er legt eine Hand auf meine Schulter, dreht mich. Mir bleibt gar nichts anderes übrig, als ihn anzusehen. »Ich weiß es nicht. Deshalb frage ich dich.« Forschend blickt er mich an.

Anstatt zu antworten, hebe ich meinen Kaffeebecher an die Lippen und verbrenne mich selbstverständlich an dem so dringend benötigten flüssigen Koffein.

Seine Züge werden augenblicklich weicher. »Vorsichtig, Dummerchen. Der ist doch heiß.«

Tränen schießen mir in die Augen.

»Soll ich dir etwas Kaltes holen?« Er deutet auf den Verkaufsraum, und ich zucke mit den Schultern. »Ja, geh nur. Sie steht bestimmt schon hinter dem Fenster und drückt dir Eiswürfel in die Hand, wenn du den Laden wieder betrittst.«

Überraschung wandert durch sein Gesicht. Dann beginnt er zu verstehen, worauf ich hinauswill. Legt den Kopf in den Nacken und lacht. Tief, laut und gelöst. Und ich möchte mir am liebsten die Zunge abbeißen. Wie konnte ich mich dazu hinreißen lassen? Anstatt mich gebührend reserviert zu halten, spiele ich mich ihm immer mehr in die Hände. Und aus welchem Grund reagiere ich derart zickig auf ein derart harmloses Geplänkel meines Begleiters, der mir absolut egal sein sollte? Egal sein muss!

»Schön, dass du dich auf meine Kosten amüsierst.« Ich lege die Finger über meine geschundenen Lippen. Langsam lässt das Brennen nach.

Seine Augen lachen noch immer, als er mich wieder ansieht. »Du hast überhaupt keinen Grund, eifersüchtig zu sein.«

»Eifersüchtig? Wie kommst du denn darauf?« Das schlägt dem Fass den Boden aus. Sein Daumen fährt sachte über meine gerunzelte Stirn. Und mein Herz bleibt für einen Sekundenbruchteil stehen.

»Das sieht doch ein Blinder mit Krückstock.« Sein Gesicht kommt dem meinem immer näher.

»Gut, dass du nicht von dir eingenommen bist.« Lediglich ein Flüstern.

»Doch, das bin ich … ein wenig.« Er küsst mich. Das Brennen, dass sich nun in mir ausbreitet, hat wirklich überhaupt nichts mit zu hoch temperiertem Kaffee zu tun. So rein gar nichts.

Seine freie Hand nimmt mir den Becher aus der Hand, platziert ihn neben uns auf dem Tisch. Dann umfasst er mein Gesicht. Alles um uns beginnt sich irgendwie zu drehen. Vielleicht spielt auch irgendwo Musik zur malerischen Untermalung unserer innigen Zweisamkeit. Aber ich höre lediglich das laute Klopfen meines Herzens. Und vielleicht auch seines.

Langsam löst er sich von mir und streicht mit dem Finger über meinen Mund. »Ich hätte niemals geglaubt, dass ich das mal sagen würde, aber ich freue mich auf die Woche zu Hause.

Mit dir.« Seine Stimme ist samtig und vibriert durch meinen Unterleib. »Und das ist die Wahrheit. Ob du mir das nun glaubst oder nicht.« Damit nimmt er seinen Kaffee wieder an sich und bewegt sich Richtung Auto. Kurz darauf dreht er sich noch mal zu mir. »Was ist? Brauchst du eine Extraeinladung?«

Nein, die brauche ich nicht. Es ist nur nicht so einfach, dieses unkontrollierte Zittern wieder in den Griff zu bekommen.

* * *

Er hatte gar nicht anders gekonnt. Sie war so unglaublich bezaubernd mit ihrer krausgezogenen Stirn. Dem wütenden Funkeln in ihren Augen. *Aus Eifersucht!* Das Grinsen in seinem Gesicht wird breiter. Irgendwas stellt diese Frau mit ihm an und er ganz offensichtlich auch mit ihr. Max hat sich fest vorgenommen, dem auf den Grund zu gehen. Immerhin hat er jetzt einige Tage Zeit, ihr und auch sich selbst auf den Zahn zu fühlen.

Kapitel 16

Langsam klettert die Nervosität ins Unermessliche. Gleich wirst du seine Familie kennenlernen! Unter anderen Umständen wäre das wohl der Moment für eine Frau, in dem die Beziehung zu dem Mann, den sie liebt, ernst wird. *Den sie liebt …* Jetzt bin ich anscheinend vollends durchgeknallt!

Tja, bei uns ist das eben anders. Ich spüre beim Schlucken wieder den Kloß in meinem Hals.

Auch an Max entdecke ich eine Veränderung. Mit zusammengepressten Lippen verlässt er die Autobahn. Jetzt ist es wohl an mir, ihm beruhigend meine Hand auf den Oberschenkel zu legen. Seine Finger umfassen meine, jagen mir einen Schauer über den Rücken.

»Bist du aufgeregt?«

»Das müsste ich dich eigentlich fragen.« Er sieht kurz zu mir herüber, lächelt mich an.

»Ich würde lügen, wenn ich das verneinte. Allerdings wirst wohl du im Mittelpunkt des Interesses stehen. Was habe ich also zu befürchten? Suse wäre ziemlich schnell hier, um mich abzuholen, sollte es mir nicht gefallen.«

Ein leises Lachen. »Das stimmt wohl.« Er leckt sich über die Lippen, seufzt tief. »Weißt du, das Verhältnis zwischen meinem Vater und mir ist ziemlich …«, er macht eine Pause, sucht nach den richtigen Worten, »nun … nennen wir es kompliziert.«

»Ja, ich habe mir etwas in der Art bereits gedacht. Möchtest du darüber sprechen? Wann, wenn nicht jetzt wäre der richtige Moment dazu?«

»Ich will dich damit nicht belasten. Du sollst völlig voreingenommen ein Gast der Rothenburgs sein, Franziska. Was auch immer zwischen meinem Vater und mir steht, das hat mit dir überhaupt nichts zu tun.« Seine Hand drückt die meine.

»Das ist sicherlich sehr achtenswert. Dennoch solltest du mir vielleicht ein klein wenig Hintergrundwissen liefern. Nur so … zur Sicherheit. Ich fürchte, sonst fällt es direkt auf, dass wir beide eben keine Beziehung im herkömmlichen Sinne miteinander führen«, gebe ich ihm zu bedenken.

»Dafür weiß ich doch schon eine Menge über dich. Das sollte reichen, um etwaige Zweifel auszuräumen.«

Okay, er möchte also nicht darüber sprechen. Ich bin enttäuscht, dass er so wenig Vertrauen in mich hat, ziehe meine Hand wieder zurück. Eine Weile herrscht Schweigen, und ich nutze die Zeit, gebe mich der Aussicht hin. Die Landschaft ist zunehmend hügelig und geprägt vom Weinbau. Weinreben, so weit das Auge reicht. Steile terrassierte Hänge neben Weinfeldern, wohin man auch sieht. Es fällt mir schwer, nicht in absolutes Entzücken zu verfallen. Hier ist also die Romantik zu Hause. Schwer vorzustellen, dass man das eintauscht gegen den Trubel und die Hektik einer Großstadt. Aber was weiß ich schon … es ist schließlich kompliziert.

»Vielleicht sollte ich dir wenigstens verraten, wer sich gleich alles vor der Haustür versammelt, um uns zu begrüßen.« Versöhnlich bricht er das Schweigen.

»Ich bin ganz Ohr.«

»Wahrscheinlich wird dich meine Großmutter direkt in Beschlag nehmen.« Seine Gesichtszüge entspannen sich ein wenig, während er von ihr erzählt. »Sie ist die Mutter meiner Mutter Sofia. Sie ist zu uns gezogen, als es meiner Mutter zusehends schlechter ging. Und sie ist geblieben, als sie starb. Wahrscheinlich um meiner Schwester und mir eine Stütze zu sein. Meine Schwester kennst du ja bereits. Sarah.«

Ich nicke und reibe meine Handinnenflächen über meine

Jeans. Wie lange werden sie wohl brauchen, bis sie bemerken, dass wir eben kein sich liebendes Paar sind? Sicher, wir haben uns einmal geküsst … nein zweimal … Aber wird das ausreichen, um alle anderen an der Nase herumzuführen? Denn nichts anderes haben wir vor. Mit einem Mal beschleicht mich ein Schuldgefühl. Wie konnte ich nur zustimmen, mich auf diese Farce einzulassen? Menschen zu hintergehen, die ich noch nicht mal kenne? Was, wenn ich sie allesamt in mein Herz schließe? Kann ich damit leben, dass ich diese Menschen im Nachhinein nur hintergangen habe?

Ich bin ein harmoniesüchtiger Mensch. Man wird mir die Lüge bestimmt von den Augen ablesen können.

»Was passiert, wenn sie dahinterkommen, wie wir zwei zueinander stehen?« Ich muss diese Frage stellen. Ich erwarte, dass er mich beruhigt. Mir sagt, dass es rechtens ist, was wir vorhaben.

»Wie stehen wir zwei denn zueinander, Franziska?«

Die Art, wie er meinen Namen sagt, lässt mich nach Luft schnappen. Sogar die harten Konsonanten wirken wie eine Liebkosung, die meinen Unterleib geradezu auffordert, sich sehnsüchtig zusammenzuziehen. *Großartig! Was soll ich jetzt noch darauf antworten?*

»Sag du es mir, Maximilian.« Ich tue es ihm gleich. Hauche seinen Vornamen über meine Lippen und ernte dafür unverzüglich einen irritierten Blick meines Nebenan, was mich kichern lässt. »Zumindest weiß ich sehr wenig über dich und dein Leben hier an der Ahr. Würdest du das deiner Partnerin verschweigen? Erwartest du von mir so viel Improvisationstalent, dass es nicht auffällt, dass wir uns erst so kurze Zeit kennen?« Dann werde ich wieder ernst. »Denn das wird unweigerlich in die Hose gehen. Lass dir eines gesagt sein – man sieht mir jede Art von Flunkerei direkt an der Nasenspitze an.«

»Du sollst nicht lügen. Das würde ich nicht von dir erwarten. Sei einfach du selbst. Und wenn dich jemand danach fragt, sagst du die Wahrheit. Ich habe dich schamlos dazu genötigt, mich zu begleiten.«

Ich bin baff. Wenn er mich nicht mitnimmt, damit er mich als seine Freundin präsentieren kann … ja, verdammt, welche Rolle soll ich dann spielen? Und was mache ich dann überhaupt in diesem Auto? Mit diesem Mann? Auf dem Weg zu seiner Familie?

»Ich werde nicht schlau aus dir.« Noch ehe mir bewusst wird, was ich gerade von mir gebe, sind die Worte bereits gesagt.

Seine Mundwinkel zucken, erneut bilden sich kleine Lachfältchen um seine Augen, die ihn umso anziehender machen.

»Franziska, ich will ehrlich sein. Als Sarah dich für meine Freundin hielt und dich bat, mich hierher zu begleiten, kam mir das äußerst gelegen. Ich schätze, ohne diesen kleinen Wink wäre ich jetzt nicht auf dem Heimweg. Und im ersten Moment hatte ich tatsächlich vor, jedem hier weiszumachen, dass du das tatsächlich bist.« Er lenkt den Wagen in eine kleine Parkbucht, stellt den Motor ab. Dreht sich zu mir. »Aber je länger ich darüber nachgedacht habe, desto unsinniger erschien es mir.« Er kratzt sich im Nacken. Sieht mich an, mit diesen unergründlichen Schokoladenaugen. Ich spüre erneut mein Blut hinter den Ohren rauschen. Meinen Brustkorb, der sich zu schnell hebt und senkt. *Was hat er nur mit mir vor?*

»Das war der Grund, warum ich dich neulich von dem Versprechen entbinden wollte, mich zu begleiten.« Ich öffne den Mund, um etwas zu erwidern. Er hebt den Zeigefinger, ich schließe ihn wieder. »Wir reden ab sofort nicht mehr von dem bescheuerten Geld, von dem du annimmst, du müsstest es mir auf irgendeine Art zurückzahlen. Das musst du nicht.«

Ich lehne mich zurück. Lasse ihn weiterreden.

»Ich bin dennoch froh darüber, dass du mich begleitest. Und das ist mein absoluter Ernst. Denn du wirst der Grund sein, dass es in der kommenden Woche nicht zum Eklat kommen wird. Du wirst mein Katalysator sein. Diejenige, die mich wieder erdet.«

Das ist ziemlich starker Tobak.

»Wow! Und was verleitet dich zu der Annahme, dass ich dazu in der Lage bin?« Eine Menge Verantwortung, die er bewusst oder unbewusst auf meinen Schultern ablädt.

»Weil du eben du bist.« So einfach … so simpel …

Ich zwirbele das Ende meines Zopfes zwischen den Fingerspitzen. Hat er überhaupt eine Ahnung, was er soeben gesagt hat?

»Zumindest bist du ehrlich.«

»Deine eigene Vergangenheit … der Tod deiner Schwester, dein Leben, das du sofort bereit warst zu ändern … das hat mir mehr als nur imponiert. Ich war damals nicht in der Lage, über meinen Schatten zu springen. Als meine Mutter starb … meinen Stolz außen vor zu lassen. Meine Schwester wirft mir noch immer vor, dass ich mit dem Kopf durch die Wand meine eigenen Moralvorstellungen vor die aller anderen gestellt habe. Ohne Rücksicht auf Verluste. Sie fühlt sich von mir verlassen. Und wahrscheinlich habe ich das sogar … sie verlassen. Ich habe jegliches Pflichtgefühl einfach abgestreift und bin gegangen. Habe sie in der Obhut meiner Großmutter und meines Vaters gelassen, in der Annahme, dass für sie gesorgt sein wird. Dass sie sehr gut ohne mich zurechtkommen wird. Letztendlich ist ihr das auch gelungen.« Er sieht an mir vorbei aus dem Fenster, fixiert einen Punkt außerhalb des Wagens. Ich nehme seine Hand in meine. Das Lächeln, das er mir schenkt, wärmt mich von innen heraus.

»Werde jetzt bloß nicht sentimental.« Er streicht zart über mein Gesicht, ich schließe die Augen.

»Bin ich nicht.« Das Kribbeln in meiner Nase straft meine Worte Lügen. Ich würde gern noch wissen, was es mit seinem Vater und ihm auf sich hat, doch ich wage es nicht, ihn noch einmal danach zu fragen. Sollte er mir erneut die Antwort darauf verweigern, würde es meine Zuneigung empfindlich stören, die ich gerade für ihn empfinde.

»Vielleicht sollte ich dir noch erzählen, dass meine Stiefmutter ebenfalls Mitglied des Empfangskomitees sein wird. Und der Sohn, den sie mit meinem Vater hat.«

Ich öffne meine Augen wieder. »Du hast einen Bruder?«

»Allenfalls einen Halbbruder.« Er entzieht mir die Hand, startet den Motor, um unsere Fahrt fortzusetzen. *Ein spürbar wunder Punkt ...*

»Hier beginnt es also kompliziert zu werden.« Eine Feststellung entgegen meiner Intention, nicht nachzuhaken.

»Genau.« Erneut hüllt er sich in Schweigen, und ich beschließe, alles auf mich zukommen zu lassen. Ich bin mir sicher, dass er bereits mehr von sich preisgegeben hat, als er ursprünglich vorhatte, und mache meinen Frieden damit. Vorerst.

* * *

Die Gedanken in seinem Kopf beginnen sich zu überschlagen. Vielleicht wäre es besser gewesen, Franziska nicht hierherzubringen. Denn egal, wie sehr er sich einbildet, sie hier zu brauchen, sie wird unweigerlich in die Schusslinie seiner Familie gelangen. Das behagt ihm nicht. Er fühlt sich für sie verantwortlich.

Darüber hätte er wohl eher nachdenken sollen. Er war mal wieder zu egoistisch. Nur auf sein eigenes Wohl bedacht. Er könnte sich dafür ohrfeigen. Ihre sensiblen Antennen für sein Befinden machen die Lage nicht besser. Er ist ein solcher Hornochse.

Er betrachtet sie aus den Augenwinkeln. Ihr zartgeschnittenes Gesicht. Kleine Löckchen haben sich aus ihrem Zopf gelöst und kringeln sich in ihrem Nacken. Er betrachtet ihren feingeschwungenen Mund, der sofort die Erinnerung an ihren süßen Geschmack in ihm weckt. Und es ergreift ihn eine Sehnsucht, unverzüglich davon zu kosten.

Die kleine Nase ist übersät mit hellbraunen Sommersprossen. Wie sie wohl im Sommer aussehen? Er erwischt sich bei dem

Wunsch, das auf keinen Fall verpassen zu wollen. Sie irgendwann einmal zu zählen. Jede einzelne Sprosse.

Oh ja, er will diese Frau. Und nicht nur in seinem Bett. Diese Einsicht sollte ihn erschrecken. Aber es beruhigt ihn auf eigentümliche Weise. Sie ist eine Frau, der man auf Augenhöhe begegnen kann. Niemals hätte er das in Erwägung gezogen – jedenfalls nicht für sich persönlich. Jetzt versteht er endlich die Schwärmerei, in die Philipp verfällt, wenn er von seiner Hanna erzählt.

Wer hätte schon vermutet, dass das auch für einen Maximilian von Rothenburg in Frage käme? Er sicherlich am allerwenigsten. Und doch … sie bringt ihn dazu, über all die Möglichkeiten nachzudenken, die es ihm eröffnet. Und er, dämlicher Idiot, der er nun mal ist, hat nichts Besseres zu tun, als sich selbst direkt aufs Abstellgleis zu manövrieren. Noch ehe er überhaupt die Chance genutzt hat, ihr zu zeigen, dass er es durchaus wert ist, einen weiteren Gedanken an ihn zu verschwenden.

Jetzt muss er sich selbst fragen, ob er es wirklich wert ist … wäre.

Max atmet tief ein. Jetzt bleibt ihm nichts anderes übrig als abzuwarten. Abzuwarten, ob die Löwen sie bei lebendigem Leib zerfleischen werden. Löwen, die er selbst auf sie losgelassen hat. Und er ist wahrscheinlich der schlimmste von allen.

Kapitel 17

»Wow! Maximilian von Rothenburg, das ist nicht nur wow … das ist der Wahnsinn!« Ungläubig lasse ich meinen Blick wandern und bin mir sicher, ich muss mindestens noch einmal hier entlangfahren, um wirklich jede Einzelheit auch bewusst wahrnehmen zu können.

Die Weinberge allein sind schon beeindruckend. Wir sind auf unserem Weg hierher bereits an einigen vorbeigefahren, so dass sie nichts Ungewöhnliches mehr für mich darstellen. Dieses Haus hingegen verschlägt mir absolut den Atem. »Das ist ja ein Schloss.«

»Eher eine Burg.« Er beginnt zu lachen.

»Klar, Herr von RothenBURG.«

Wir passieren das BURGtor, und fast rechne ich damit, den einen oder anderen Ritter in Rüstung und hoch zu Ross an uns vorbeireiten zu sehen. Vielleicht auch einen Knappen, der im Schwerttraining auf ein Holzgerüst eindrischt. Oder ein Burgfräulein, das seinem Liebsten mit Hörnerhaube und verschleiertem Gesicht vom Balkon aus die Ehre erweist und ihm sein Taschentuch entgegenwirft.

»Oh mein Gott! Mit allem habe ich gerechnet, aber das …« Ich bin sprachlos.

»Ja, mein Vater liebt den Prunk. Aber lass dich nicht blenden. Es ist alles nur Show.«

Mir egal. Kleine Erkertürme verströmen den Glanz einer längst vergangenen Zeit. Das Haupthaus besteht tatsächlich aus dickem Zwickelmauerwerk. An den Fenstern hängen ausladende Blumenkästen mit tiefroten Hängegeranien, die bereits jetzt versprechen, dass sie im Laufe des bevorstehenden Sommers sicher an Volumen zunehmen werden. Wilder Wein erobert die Mauern, sorgfältig zurechtgestutzt, um den Blick auf die Fenster mit ihren Holzklappläden freizugeben. Max steigt aus und öffnet mir ritterlich die Beifahrertür.

»So etwas Schönes habe ich noch nie gesehen.«

»Doch, das hast du bestimmt schon …« Er klingt verhalten, aber mein Entzücken vermag er nicht zu erschüttern. »Das kannst du auch nur behaupten, weil du hier aufgewachsen bist.«

In diesem Moment öffnet sich die Tür, und eine ältere Dame erscheint auf dem Hof. Ihr Gesicht strahlt, als sie mit gegeneinanderliegenden Händen auf uns zugestürmt kommt.

»Massimo, endlich! Ich habe so sehr auf dich gewartet.«

Massimo … Zum ersten Mal, seit wir in die Nähe dieses Hauses sind, sehe ich so etwas wie Freude auf seinem Gesicht.

»Nonna.« Er zieht sie in seine Arme. Wärme breitet sich in mir aus, bei dem Bild, das die beiden abgeben. Diese kleine aparte Frau. Mit ihrem schlohweißen kurzen Haar, umfangen von diesem riesigen Mann, der ihren Scheitel küsst, nur um unmittelbar danach seine Wange darauf abzulegen. Sie schiebt ihn ein Stück von sich und umrahmt sein Gesicht. »Ich habe dich so sehr vermisst, und du hast das zugelassen.« Dann beginnt sie, auf Italienisch mit ihm zu sprechen … nein, sie schimpft, wenn ich der Gestik ihrer Hand glauben darf. Sie legt den Daumen gegen den Zeigefinger und fuchtelt damit vor seinem Gesicht herum. Und Massimo … sieht tatsächlich betreten auf seine Schuhspitzen. Ich sollte vielleicht lernen, auf Italienisch zu meckern. Ich hebe meine Hand vor den Mund, um mein Kichern zu unterdrücken. Mein Räuspern verhallt nicht ungehört in meiner Hand, denn ihr Interesse ist plötzlich geweckt.

Ihr Gesicht entspannt sich, und sie lächelt mich an, ehe sie mit zusammengezogenen Augenbrauen erneut zu ihrem Enkel spricht. »Wir sind noch nicht miteinander fertig, carissimo.«

Er schüttelt ergeben den Kopf. »Nein, sicherlich nicht.«

Dann kommt sie auf mich zu und gibt Max erst gar keine Chance, meine Anwesenheit zu erklären oder mich vorzustellen.

»Was für eine wunderschöne Frau Sie sind.«

Ich bin perplex. So etwas hat noch niemals jemand zu mir gesagt. Und schon gar nicht beim allerersten Aufeinandertreffen. »Nun schauen Sie nicht so überrascht. Ihr Spiegel wird Ihnen das sicherlich jeden Morgen aufs Neue bestätigen.« Ein verschmitztes Lächeln huscht über ihr Gesicht. »Ich bin Ginevra Castano. Die Großmutter dieses missratenen Kerls.« Sie winkt in Max' Richtung, der sich lediglich genervt abwendet. »Und wie ist Ihr Name, hübsches Kind?« Jetzt liegt ihre Hand auf meiner Wange. Sie ist überraschend warm.

»Franziska. Franziska Mölling«, stelle ich mich ihr vor. »Frau Castano, es freut mich sehr, Sie kennenzulernen.«

Sie schnalzt mit ihrer Zunge. »Papperlapapp, Frau Castano … entweder Ginevra oder Nonna. Sofern ich nicht einer anderen Großmutter dieses Privileg abspenstig mache.« Sie zwinkert.

Jetzt muss ich auflachen. »Nein, das tun Sie …« Ihr Zeigefinger erhebt sich mahnend. Ich verbessere mich augenblicklich. »Nein, das tust du nicht.« *Italienisch ist also der Schlüssel …*

Wohlwollend betrachtet sie mich. »Schön. Das höre ich gern, Francesca.« Sie dreht sich, marschiert zur Eingangstür. Winkt uns, ihr hinterherzukommen. »Was ist? Wollt ihr hier draußen versauern? Also kommt gefälligst mit rein. Das Essen wird kalt.«

Max tritt neben mich, nimmt meine Hand. »Nun komm, Francesca. Lassen wir die Meute nicht länger warten.« Und ich folge ihm bereitwillig.

* * *

Wir sitzen zu viert am Tisch. Sarah hat sich neben mich gesetzt, Max neben Ginevra, mir gegenüber. Die Stimmung als gelöst zu bezeichnen, wäre sicherlich zu viel des Guten. Max hat eine

Menge von den Frauen seiner Familie einzustecken. Auch wenn ich merke, dass sie sich mit Vorwürfen zurückhalten. Immerhin gehöre ich nicht zur Familie, und einiges ist vielleicht auch nicht für meine Ohren bestimmt. Fast tut er mir ein wenig leid. Allerdings meistert er die Situation äußerst souverän. Wahrscheinlich passiert es nicht zum ersten Mal, dass die Damen versuchen, ihm ins Gewissen zu reden. Und so wie es scheint, wird es ihnen erneut nicht gelingen.

Max flirtet mit seiner Großmutter, und auch wenn sie vielleicht über die eine oder andere Entscheidung ihres Enkels enttäuscht ist, kann sie sich seinem Charme dennoch nicht gänzlich entziehen. Was Max schamlos ausnutzt. Sarah hingegen erweckt den Anschein, einfach glücklich darüber zu sein, ihren Bruder wieder zu Hause zu haben. Max lässt keinen Zweifel daran, dass er nicht gedenkt, länger hier zu verweilen als unbedingt nötig und sicherlich nicht, um sich mit seinem Vater zu versöhnen. Ich frage mich, wo der Rest der Familie abgeblieben ist.

Ich lasse meinen Blick schweifen. Das großzügige Esszimmer besticht durch sein italienisches Flair. Edle Vliestapeten schmücken die Wände, dunkle zierliche Möbel aus Nussbaum runden das Ganze ab. Das Interieur ist geschmackvoll und definitiv gehobene Preisklasse.

Fast andächtig zerteile ich das Fleisch auf meinem Teller, aus Angst, das Porzellan zu zerkratzen. Die Weingläser sind aus Kristall, das Besteck aus Silber. Überall stehen kleine Bilderrahmen mit Familienfotos, die ich noch betrachten werde. Leider hatte ich bisher keine Gelegenheit dazu. Der Raum verfügt über drei deckenhohe Fenster, die den Blick auf den umwerfenden Garten freigeben, alles wirkt liebevoll gepflegt. Plötzlich spüre ich einen Fuß an meiner Wade. Erschrocken richte ich mein Augenmerk wieder auf meine Tischgesellschaft. Max lächelt verschmitzt, und ich spüre, wie mir die Röte in die Wangen schießt. Nehme einen kleinen Schluck von meinem Wein. Ginevras erwartungsvoller Blick ruht auf mir, und mir schwant, ich habe einen Teil der Konversation verpasst. »Verzeihung. Ich war ganz vertieft in dieses wunderschöne Ambiente.«

Sie lächelt mich verständnisvoll an. »Ja, man kann sich diesem Haus nicht entziehen. Nicht wahr, Massimo?« Max schnaubt, schiebt sich seine Gabel in den Mund. Womöglich, um nicht mehr antworten zu müssen. Meine Mundwinkel ziehen sich unweigerlich nach oben. Ginevra legt ihre Hand über meine, die den Fuß meines Weinglases umfasst. »Mein Enkel erwähnte gerade, dass du ein Brautmodengeschäft führst. Das stelle ich mir aufregend vor.«

»Aufregend?« *Das wäre ganz neu …*

»Ja, selbstverständlich! Erwartungsvolle Bräute, strahlende Gesichter, wundervolle Stoffe, schöne Kleider. Glück.« Sie schließt genießerisch die Augen. *»Amor che move il sole e l'altre stelle.«*

»Das klingt schön. Was bedeutet es?«

»Die Liebe bewegt die Sonne und all die anderen Sterne.« Max übersetzt es mir. »Nonna ist eine hoffnungslose Romantikerin.« Er schmunzelt.

»Ein wenig mehr Romantik würde diese Welt direkt lebenswerter machen, ignorante.« Sie zieht ihre Stirn kraus und bedenkt ihn mit einem mahnenden Blick.

Max erhebt sich, küsst seine Großmutter auf die Wange. »Oh, ich stecke voller Romantik, Nonna. Und jetzt werden Franziska und ich unser Gepäck aus dem Auto holen und nach oben bringen.« Er greift nach meiner Hand. »Komm, wir gehen.« Ich schaffe es gerade noch, meine Serviette auf den Tisch zu legen, ehe er mich aus meinem Stuhl zieht. »Ladies, wir sehen uns morgen früh.«

Damit ist das Abendessen für mich beendet.

»Das war extrem unfreundlich.«

»Nein, das war Selbstschutz! Warte ab, am Ende der Woche wirst du wissen, wovon ich rede.«

»Aber möchtest du nicht wenigstens auf deinen Vater warten?« Immerhin ist er der Grund, warum wir überhaupt hier sind. Oder habe ich da etwas falsch verstanden?

»Nein, möchte ich nicht. Er hat sich wohl bereits zurückgezogen. Und ich habe kein Verlangen danach, ihn heute schon zu sehen. Er hätte schließlich warten können, bis wir angekommen waren. Oder etwa nicht?« Wie ein kleiner, beleidigter Junge, der sich nicht an der Schokolade bedienen darf. Ich muss gegen den Ernst dieser eigentlich traurigen Situation grinsen. Max dreht sich zu mir um, und ehe ich mich versehe, presst er mich mit seinem Gewicht gegen die Wand, seine Hände neben meinem Kopf abgestützt. Erstaunt halte ich den Atem an.

»Machst du dich lustig über mich?« Leise haucht er mir die Worte gegen mein Ohr. Ein Schauer erfasst mich, ich schließe irritiert die Augen. Nicht ganz sicher, wie ich mit dieser Situation umgehen soll. Plötzlich wird mir klar, dass ich ihm hier nahezu schutzlos ausgeliefert bin. Der Gedanke sollte mir Angst machen, aber er erregt mich maßlos. Was mir dann doch ein wenig Angst macht.

Ich habe nicht vor, mich auf diesen Mann einzulassen. Im Gegenteil. Denn die von ihm bezahlte Rechnung ist noch immer nicht akzeptabel. Gut, wir haben uns geküsst. Was zugegebenermaßen mehr als einfach nur heiß war. Ja, aber macht uns das direkt zu einem potentiellen Paar?

Ich muss zugeben, von dem anmaßenden, selbstgefälligen und hochmütigen Kerl, der meine Nichte über den Haufen gefahren hat, ist tatsächlich nicht mehr viel vorhanden. Zumindest wenn ich den letzten Tagen ein wenig mehr Vertrauen schenken darf. Manchmal muss man vielleicht einen zweiten Blick riskieren. Und ein wenig toleranter sein. *Das ist genau das, was mir Suse ständig vorwirft. Dass ich zu spießig bin. Oder etwa nicht?*

»Antworte mir, Francesca.« Sinnlich. Absolut gefährlich. Sein Zeigefinger hebt mein Kinn. Ich öffne meine Lider, nur um seinem fast tiefschwarzen Blick zu begegnen. Der unnachgiebig auf mir haftet. Mich taxiert. Und keinen Zweifel daran lässt, was er mit mir vorhat. Sein Duft steigt mir in die Nase, vernebelt mir das Hirn. Zumindest den rational arbeitenden Teil davon. *Oh ja, ich bin mehr als gewillt, mich darauf einzulassen.* Wie ein Faustschlag trifft mich diese Erkenntnis mitten vor den Brustkorb. Mein Puls erhöht sich. Ich hungere nach dieser Art der Nähe. Ich möchte von ihm begehrt werden. Ich bin auch nur eine Frau. Und dass er nicht ganz abgeneigt ist, sich auf ein Abenteuer einzulassen, hat er mir bereits sehr eindrucksvoll vermittelt.

Dieses Spiel spielt sich besser zu zweit. Und zum Glück ist es wie Fahrradfahren … man verlernt es nicht. Der vorzügliche Wein, den ich zum Essen genießen durfte, verleiht mir letztendlich den Mut mitzuspielen.

Mit meinem Daumen fahre ich über seine Unterlippe und lehne mich vor, bis ich seinen Atem fast auf meiner Haut spüren kann. »Was war doch gleich die Frage, Massimo?«

Kapitel 18

Er kann den Auslöser nicht genau benennen. Ob es ihr leises Kichern war, als er die Frage nach seinem Vater beantwortet hat, oder aber das übermütige Flackern in ihrem Blick, als er sich nach ihr umgedreht hat. Das Bedürfnis, sie zu küssen, war mit einem Mal übermächtig.

Um sich ihr nicht aufzudrängen – aber wahrscheinlicher ist wohl, dass er sich selbst die Chance einräumen wollte, diesem Umstand einigermaßen moderat zu entkommen, drückt er sie lediglich gegen die Wand. Unterdrückt den Wunsch, seine Lippen auf ihre zu pressen. Ihren Arsch zu umfassen und sie einfach die Treppe hinaufzutragen, sie auf irgendein Bett zu werfen und sie um den Verstand zu vögeln. Seine Eier beginnen zu pochen, und er spürt den Ständer, der sich hart und rücksichtslos gegen den Reißverschluss seiner Jeans zwängt. Heilige Scheiße. *Wie stehen wir zwei denn zueinander, Franziska?* Diese Frage würde er sich nur allzu gern selbst beantworten.

Sie gehört auf keinen Fall zu der Kategorie Frau, die man eben *nur zum Spaß* vögelt.

Nein, Franziska hat Klasse. Daran gibt es nichts zu rütteln. Dennoch ist er sich nicht sicher, wie er damit umzugehen gedenkt. Er begehrt sie, mit einer Kraft, die ihn schwindelig werden lässt. Keine andere Frau vor ihr hat ihn derart atemlos zurückgelassen. Er ist nicht Herr seiner Sinne, wenn sie in seiner Nähe ist. Ihr Geruch, ihre Art, sich zu bewegen, ihn anzusehen.

Sie bietet ihm die Stirn, himmelt ihn nicht an. Alles an ihr macht ihn unsagbar an.

Und sie trägt ihr eigenes Schicksal mit Würde und Demut. Etwas, das ihm völlig abhandengekommen ist. Und doch fühlt er sich ihr verbundener als jedem anderen Wesen, dem er je begegnet ist.

Und nicht nur das. Die sexuelle Spannung ist fast greifbar. Er betrachtet voller Genugtuung die Gänsehaut in ihrem Nacken, verbietet sich, die zarte Haut unter ihrem Ohr zu küssen. Ehe er weiß, wie ihm geschieht, fährt ihr Daumen über seine Unterlippe.

»Was war doch gleich die Frage, Massimo?« Sie zieht ihre eigene Unterlippe zwischen die Zähne, sieht ihn auffordernd an. Das Leuchten ihrer Augen vertieft sich. Sein Schwanz zuckt, erinnert ihn an seine Prioritäten. Und er besinnt sich darauf. *Santo cielo!* … Er ist auch nur ein Mann.

Ein Mann, dem sich das Blut eindeutig in zu tiefen Regionen sammelt, um die Umstände nüchtern betrachten zu können.

* * *

Er macht sich erst gar nicht die Mühe, auf meine Frage zu antworten. Ehe ich auch nur realisieren kann, was hier gerade mit mir geschieht – worauf ich mich eingelassen habe –, küsst er mich auch schon. Ich keuche auf, als seine Hände sich auf meinen Po legen. Seine Erregung drückt ungeduldig gegen meinen Bauch, während seine Hände forschend meinen Körper entlangwandern.

Seine Zunge fordert mich heraus. Es ist ein sinnliches Spiel. Ich öffne meine Lippen, gebe mich seinem Fordern hin. Habe nur darauf gewartet. *Suse wäre unsagbar stolz auf mich!* Dieser Gedanke animiert mich dazu, mein Bein frivol um seine Hüften zu legen. Mit einem leisen Knurren lässt er von mir ab. »Franziska, ich kann nicht vernünftig denken, wenn du tust, was du tust.«

Erneut sammelt sich ein Kichern tief in meinem Bauch. »Was tue ich denn, Massimo?« Die italienische Variante seines Namens ist wirklich sexy!

Er umfasst mein Kinn mit einer Hand, die andere legt sich auf die Wade, welche noch immer irgendwie um seine Mitte liegt. »Genau das, Francesca. Wie soll ich nicht an das riesige Bett denken, das unweit von uns nur darauf wartet, dass ich dich glücklich mache?«

»Könntest du das? … Mich glücklich machen?« Ich stelle es in Frage. Mit gelungenem Augenaufschlag, wie ich finde.

»Accidempoli! … Weib.« Und dann sagt er nichts mehr. Er hebt mich an, als wäre ich ein Leichtgewicht. Ungeachtet der Tatsache, dass es noch früher Abend ist, sich unser Gepäck noch immer im Kofferraum seines Autos befindet. Ungeachtet der vielen Personen im Haus, die uns in flagranti erwischen könnten.

Max trägt mich die Treppe hoch. Ohne seine Lippen von meinen zu nehmen. Oder seine Hände von meinem Hintern.

Tatsächlich findet er ein Zimmer. Mit dem Ellbogen drückt er die Klinke herunter, nur um sie mit der Hacke wieder zu schließen, nachdem wir eingetreten sind … er ist eingetreten. Meine Füße schweben noch immer in der Luft.

Er fuchtelt an dem Schlüssel herum, schließt hinter uns ab. Ich bin ihm außerordentlich dankbar für diese kleine Vorsichtsmaßnahme. So kann ich mich ganz auf ihn konzentrieren.

Mein ausgehungertes Ich kann das. *Himmel, Fanziska, woher kommt nur diese Gier …?* Mein Herz stolpert, als er mich auf dem Bett ablegt, nur um mich eingehend zu betrachten.

Ich befeuchte meine Lippen. Er sieht es. Beobachtet es. Fährt sich durch die Haare. »Franziska, das hier entwickelt sich keinesfalls so, wie ich es mir vorgestellt habe …«

Schlagartig kriecht Beklommenheit durch meine Glieder, staut sich in meiner Magengegend. *Er will mich nicht!* Ich setzte mich aufrecht hin. Verschränke die Arme vor meiner Brust, sehe auf meine Füße. Sofort nimmt er meine Hände. »Nein, nicht so, wie du denkst.« Er legt meine Finger auf die sichtbare Beule seiner Hose. »Ich will dich. Mehr als ich sagen kann …« Er schluckt. Atmet tief ein.

»Jetzt kommt ein dickes Aber …«, versuche ich ihm auf die Sprünge zu helfen.

Er steht wieder auf, geht auf Abstand. »Oh man, ich hatte keine Ahnung, dass es derart verworren sein könnte …«, weicht er mir aus. Er sucht offenbar nach den richtigen Worten.

Ich stehe auf, mache zwei Schritte auf ihn zu. »Es ist nicht verworren, Max. Im Gegenteil … es ist sogar verflucht einfach.« Meine Arme legen sich um seinen Hals. Ich stelle mich auf die Zehenspitzen, damit ich ihn küssen kann. Für mich gibt es kein Zurück. Selbst wenn wir uns morgen nicht mehr in die Augen sehen können, heute will ich ihn anschauen. Und fühlen. Und berühren. Meine Finger finden einen Weg über seinen Rücken. »Schenk mir diesen Moment. Bitte.« Ich flüstere gegen seinen Mund. Bemerke seinen inneren Kampf, spüre die Anspannung in seinem Körper.

»Du sollst wissen, dass ich das nicht geplant habe. Ich habe dich nicht hierhergebracht, um dich flachzulegen.« Seine Augen suchen die meinen.

»Diese Situation hatten wir bereits … vor einigen Tagen. Mitten in meinem Wohnzimmer. Das hattest du auch nicht geplant.« Meine Mundwinkel ziehen sich synchron zu meinen Augenbrauen nach oben. »Wer sagt dir, dass das hier nicht genau der Grund war, warum in mitgefahren bin?« *Holla, Ziska. Jetzt gehen die Pferde mit dir durch.* Wenn mir jemand vorher hätte erzählen wollen, dass ich diesen Mann verführen werde, den hätte ich für nicht ganz dicht gehalten. Franziska Mölling … die normalerweise unter sexueller Appetitlosigkeit leidet …

Er schenkt mir ein Lächeln. »Da ist wohl eine höhere Macht im Spiel, wie mir scheint.«

Max lässt seine Hände unter meine Bluse wandern, die schon ziemlich lange nicht mehr korrekt sitzt. Die Berührung seiner Hände auf meiner nackten Haut lässt mich zischend durch die Zähne einatmen. Er spreizt die Finger, erhöht den Druck auf meinen Körper. Legt seine Stirn gegen meine.

»Wenn du jetzt nichts sagst, kann ich nicht mehr aufhören. So sehr ich auch wollte … ich könnte es nicht.«

»Das sollst du auch nicht. Ich habe fast vergessen, wie es ist …« Ich presse kurz meine Lippen aufeinander, »… wie es sich anfühlt. Erinnere mich daran.«

Noch ehe ich den Satz zu Ende gesprochen habe, findet meine Bluse den Weg über meinen Kopf auf den Boden des Schlafzimmers. Mein Zopf löst sich langsam in Wohlgefallen auf, was Max anscheinend dazu ermuntert, ihn mir zu lösen. Eine wilde Flut an Haaren fällt mir über den Rücken, beschert mir eine Gänsehaut. Er lässt seine Finger hindurchgleiten, beobachtet die Locken, die sich mir über die Schulter legen, meine Brust bedecken. Dann beugt er sich hinab, küsst die Haut entlang meines Schlüsselbeins, und ich lege den Kopf in den Nacken. Mit hängenden Armen, um ihn bloß nicht zu behindern.

Er streichelt meine Wirbelsäule entlang, öffnet meinen BH, der ohne Umwege meiner Bluse auf dem Boden Gesellschaft leistet. Meine Brüste richten sich auf, als seine Finger zwischen ihnen entlangstreichen, meine Knospen umrunden.

Seine Zähne beginnen, an mir zu knabbern, und ich spüre, wie meine Knie nachgeben. Max fängt mich auf, drängt mich zurück zum Bett. »Leg dich hin.« Ein sachter Befehl, den er nachdrücklich einfordert, indem er sich mit seinem Körper über meinen legt. Meine Arme über meinem Kopf mit seinen Händen fixiert.

* * *

Da liegt sie nun. Sein Herzschlag beschleunigt sich, und er kann nur hoffen, dass sie es sich nicht anders überlegt. Gott weiß, er hat dagegen angekämpft. Gegen sein Verlangen. Ihr Brustkorb hebt und senkt sich, ihre Lippen sind leicht geschwollen und halb geöffnet. Das Grün ihrer Augen hat sich verdunkelt. Ihre Haut schimmert fast durchsichtig, ihre Brüste sind feste kleine Äpfel. Warten nur darauf, dass er sie endlich umfasst. Sie liebkost.

Sie ist das schönste Geschöpf, das er jemals gesehen hat. Und sie ist hier mit ihm. Will das Gleiche wie er. Und er ist tatsächlich nervös. Max von Rothenburg hat Lampenfieber! Seine Fingerspitzen streichen über die Innenseiten ihrer Arme, ihrer Achselhöhle, den Ansatz ihrer Brüste. Sie stöhnt leise, als er ihren Bauchnabel umrundet.

»Schon als ich dich das erste Mal gesehen habe, habe ich mir dich vorgestellt. Wie du unter mir liegst. Wie ich das hier mit dir mache …« Er senkt den Kopf, nimmt einen ihrer festen Nippel zwischen die Zähne. Knabbert daran. Sie biegt den Rücken durch, schließt ihre Augen. Umfängt ihn mit ihren Schenkeln, zwingt ihn noch näher an sich. Er muss schmunzeln, pustet gegen ihre erhitzte Haut. »Soll ich weitermachen?«

»Ja …«

»Ja … was?«

»Ja, bitte. Mach weiter!« Ihre Füße verstärken den Druck auf sein Gesäß. Sie versucht, ihre Hände aus seinem Griff zu befreien.

Er hindert sie daran. »Lass die Hände oben, Prinzessin.« Sie leckt sich über die Lippen. Sein Daumen fährt über die feuchte Spur, die sie hinterlassen hat. »Lass sie einfach oben, okay?«

Sie nickt, krallt ihre Nägel in die Bettdecke. Max befreit sich aus ihrer Umklammerung und öffnet ihre Hose, um sie ihr auszuziehen.

* * *

Seine Hände sind überall und nirgends. Ich würde ihn nur zu gern berühren, begnüge mich jedoch damit, das Laken festzuhalten. Das hindert mich daran, die Kontrolle zu verlieren. Womöglich in Flammen aufzugehen.

Es ist himmlisch … er ist himmlisch. Hauchzart und fordernd. Neugierig, und doch weiß er ganz offensichtlich, was er tut. Ehe ich mich versehe, liege ich nackt vor ihm. Ein letzter Gedanke gilt meiner Unterwäsche … die neugekaufte, sündhaft teure, sexy aussehende schlummert einsatzbereit in meinem Koffer, und meinen schwarzen Baumwollslip hat er nicht eines Blickes gewürdigt. Suse weiß eben manchmal nicht, wovon sie redet.

Seine Zunge fährt um meinen Bauchnabel, wandert abwärts, und ich zerfließe. Gebe mich dem Feuer hin, das durch meine Adern strömt. Er bewegt sich immer tiefer zwischen meine Schenkel, und ich bekomme eine ungefähre Ahnung, was er als Nächstes vorhat. Reflexartig spanne ich meine Muskeln an, versuche es zu verhindern.

Himmel, es ist zu lange her, dass mich ein Mann nackt gesehen hat … geschweige denn …

»Entspanne dich, Prinzessin.« Seine Stimme ist wie Honig. »Ich werde nichts tun, was du nicht möchtest. Wir haben alle Zeit der Welt.«

Ich nicke. Und plötzlich ist er wieder bei mir. Küsst mich. Langsam. Mein Herz quillt über. Endlich kann ich ihn berühren. Umfasse seinen Nacken, sein Gesicht. Er hört nicht auf, mich zu streicheln, und das Verlangen nach ihm lässt meinen Unterleib vibrieren. Ich schiebe meine Hand unter sein Shirt, ertaste die festen Muskeln, seine harte Brust. Er löst sich kurz von mir, entledigt sich des störenden Stoffes. Ich beobachte die Bewegung seiner Brust, seiner Schultern, setzte mich auf. Lege meine Lippen auf seinen Brustkorb. Sein Geruch findet den Weg in mein Bewusstsein, und ich weiß bereits jetzt, dass ich ihn nie wieder vergessen kann. Inhaliere ihn tief. Er gibt mir die Zeit, die ich brauche, um seinen Körper zu erforschen. Ihn anzufassen. Ich genieße seine Gänsehaut, als ich ihm über die Haut streiche. Er ist wunderbar warm und fest. Weich und hart zugleich. Ich spüre seinen Herzschlag und muss lächeln. Auch seines stolpert ein wenig. Mit dem Zeigefinger folge ich dem schmalen Streifen Haar, der sich in seine Hose verjüngt. Er spannt die Bauchdecke an.

»Du bist kitzelig.« Ich nehme denselben Weg wieder hinauf

zu seinem Bauchnabel. Er zuckt zurück, hält meine Hand fest. Ich lache leise auf.

»Allerdings. Und damit ist nicht zu spaßen!« So sehr er auch den nötigen Ernst in seine Stimmlage bringen möchte, seine Augen beginnen zu lachen. Ich ziehe sein Gesicht zu mir, küsse ihn erneut. Vielleicht auch, um meine eigene Unsicherheit zu überspielen. Meine alkoholgeschwängerte Courage ist längst verflogen, und ich bin hinreichend flatterig.

Himmel, ich bin keine Jungfrau mehr … eigentlich wäre ich bereits seit Jahren verheiratet. Aber mit Max ist es fast, als wäre es mein allerserstes Mal. Gut, es ist UNSER erstes Mal. Und ich möchte auf keinen Fall irgendetwas falsch machen. Der Druck seiner Lippen verstärkt sich, seine Zunge verlangt Einlass in meinen Mund, den ich ihr nur zu gern gewähre. Seine Hände auf meinem Gesicht, drückt er mich vorsichtig zurück auf die Matratze.

Mein Atem geht schneller, als er meine Brust umfasst. Sie leicht knetet, befühlt, meine Knospe zwischen Daumen und Zeigefinger dreht. An ihr zupft. Ein Keuchen entfährt mir, ich spüre seine Härte an meinem Oberschenkel, lasse meine Hand wandern, um sie zu erreichen. Ich kann seine Zurückhaltung nur erahnen. Er hält die Luft an, während ich sie durch den Stoff seiner Jeans berühre. Sie in meiner Handinnenfläche massiere. Auch ich werde zunehmend ungeduldiger, öffne seine Hose und befreie ihn aus ihrer Enge. »Zieh sie aus!«, fordere ich ihn auf.

Er lässt sich nicht zweimal bitten. Stolz und hart wippt mir sein Penis entgegen. Zischend atme ich ein, bemerke seinen Blick auf mir. Seine fast schwarzen Augen mustern mich. »Bist du sicher, dass du …?«

Mein Zeigefinger schnellt in die Höhe, verbietet ihm, weiterzusprechen. Ich nehme die samtige Haut in meine Faust. Jetzt ist es an ihm zu stöhnen. Ich muss von ihm kosten, küsse die Spitze, lasse ihn in meinen Mund gleiten.

Seine Hände krallen sich in mein Haar, ziehen meinen Kopf

ein wenig zurück. »Mach langsam, Prinzessin. Ich kann sonst für nichts garantieren …« Er kniet sich vor mich, streicht über die Innenseite meiner Schenkel, während er sie für sich spreizt. Und dieses Mal gebiete ich ihm keinen Einhalt. Seine Bartstoppeln kratzen leicht über meine Haut, während er sich von meinen Waden nach oben küsst, seine Hände elektrisierende Stöße in meinen Unterleib senden. Seine Zunge findet meinen empfindlichsten Punkt, und ich keuche auf, grabe meine Hände von ganz allein in die Kissen. Er schmeckt, leckt, saugt, und ich höre auf zu denken. Gebe mich dem Verlangen hin. Mit einem Aufstöhnen biege ich mich ihm unbewusst entgegen. Die Rückseiten seiner Finger streichen über meine Spalte, ehe er sie in meiner Nässe versenkt. Hitze durchfährt meinen Körper in süßen Wellen, und ich verliere mich im Rausch meiner Ekstase. Sein Daumen umkreist meine Perle. Erst langsam, vorsichtig. Er erhöht den Druck auf mein Lustzentrum, und mein Herzschlag setzt aus. Mit der Zungenspitze umzeichnet er meinen Bauchnabel, pustet gegen meine überreizte Haut, eine harte Knospe verschwindet zwischen seinen Lippen. Er saugt und knabbert, und ich beginne, mich aufzulösen. Hitze durchfährt meinen Körper. Ich schließe meine Lider – *Genau so muss es sich anfühlen. Heilige Mutter Gottes* –, beginne unkontrolliert um seine Finger zu zucken. Meinen Schrei fängt er mit einem leidenschaftlichen Kuss auf. Ich schlinge meine Beine um seine Hüfte, nicht bereit, mich von ihm zu lösen.

Kapitel 19

Wenn sie noch ein wenig mehr Kraft in ihren Beinen hätte, wäre sie eine Gefahr für seine Rippen. Vorsichtig löst er ihre Schenkel, legt sich neben sie und zieht sie an sich. Ihr Kopf ruht auf seinem Brustkorb. Der Duft ihrer Haare ist betörend. Er schließt die Augen, noch nicht gewillt, den Moment einfach ziehen zu lassen. Ihre Hand streichelt über seine Brust. Sie spreizt ihre Finger, wandert tiefer.

Er konzentriert sich darauf, an die letzte Steuererklärung zu denken, um sich von ihrer elektrisierenden Berührung abzulenken.

Sein Schwanz zuckt unwillig, absolut nicht bereit, es dabei zu belassen. Max hat gespürt, dass Franziska lange nicht mehr mit einem Mann zusammen war, und egal, wie heroisch ihm der Gedanke auch im ersten Moment erschien, ihr so viel Zeit zu lassen, wie sie braucht – dieses Gefühl, jeden Moment zu explodieren, ist weder befriedigend noch sonderlich angenehm.

Er ignoriert das schmerzhafte Ziehen seiner Hoden heldenhaft.

Wenn dieses Weib seine Finger nur noch ein kleines Stückchen tiefer wandern lässt, dann müsste er doch über sie herfallen. Er hält ihre Hand auf, ehe es zum Äußersten kommt. »Prinzessin, wenn auch nur noch ein einziger Tropfen Blut unter meiner Gürtellinie ankommt, mutiere ich zu einem Neandertaler, der dich an den Haaren in seine Höhle schleift.«

Sie sieht zu ihm auf. »Sag mir, was du gern hättest.«

Er stutzt. »Was ich gern …? Was meinst du?« Er wagt es

nicht, auch nur ansatzweise daran zu denken, was er jetzt gern hätte. Wie er sie gern hätte … *Am liebsten gegen die Wand, sein Schwanz bis zum Anschlag in ihr vergraben.* Sofort meldet sich sein bestes Stück. Er schluckt schwer.

Ihre Mundwinkel ziehen sich nach oben, als sie ihren Körper verlagert. Auf ihm zum Sitzen kommt. Ihre Brustwarzen recken sich frech vor. Sein kleiner großer Freund reagiert prompt auf diesen Anblick, was auch Franziska nicht entgeht. Sinnlich beugt sie sich ein Stück nach vorn, reibt sich an ihm. »Ich bin keine Jungfrau mehr, Max. Auch wenn ich vielleicht diesen Anschein erwecke … Du brauchst mich also nicht zu schonen.« Ihre Nässe liegt über seinem Glied. Seine Spitze stößt bereits gefährlich gegen ihren Eingang. Nur eine kleine Bewegung … ein klitzekleines Stück … und er wäre in ihr … tief … befreiend. Er schließt die Augen, als sie sich bewegt. Vor und zurück … vor und zurück … ihre Lippen auf seiner Haut. Kleine sinnliche Bisse. Das Kratzen ihrer Fingernägel über seinem Brustkorb. »Wer sagt denn, dass ich bereits aufhören möchte? … Wo sind die Kondome?«

Eine simple Frage … und eine durchaus berechtigte dazu. *Verdammt! In seiner Reisetasche …*

Max schnellt hoch, ehe ein Unglück geschieht. »Im Auto.«

Franziskas Schultern beginnen zu beben. Sie beißt sich in die Finger ihrer geballten Faust. »Wer von uns beiden ist jetzt der Anfänger?« Dann findet das Lachen seinen Weg, und ihm bleibt nichts anderes übrig, als darin einzustimmen.

»Die Dusche ist hinter dieser Tür, wenn mich nicht alles täuscht.« Sie rutscht von seinem Schoß und deutet auf das Bad, welches unverkennbar mit diesem Zimmer verbunden ist.

»Jaja, spotte nur.« Er lässt sich zurückfallen, fährt sich durchs Gesicht.

»Du solltest unsere Taschen holen, Massimo.« Sie lässt ihren Blick schweifen, wickelt ihren nackten Körper in eine Wolldecke, die auf dem Sessel gegenüber vom Bett liegt.

Er sieht es mit Bedauern.

»Vielleicht könnte ich in diesem Zimmer bleiben. Es ist hübsch, und das Bett ist auch ganz in Ordnung.« Wieder ein Kichern. Ihre gelöste Art gefällt ihm, und auch, dass er einen Anteil daran zu haben scheint. Er steht auf, zieht sie zu sich. »Sicher, denn meines liegt direkt nebenan. Und das Bad hat sogar eine Verbindungstür.«

Seine Augenbrauen tanzen anzüglich durch das Gesicht, was sie erneut lachen lässt. Er streicht zärtlich eine Haarsträhne aus ihrem Gesicht, küsst ihre Nasenspitze. »Ich hole dann mal das Gepäck.«

Sie nickt, hält krampfhaft die Decke vor ihrer Brust zusammen.

* * *

Ich beobachte ihn dabei, wie er sich wieder anzieht, ehe er das Zimmer verlässt und die Taschen aus dem Auto holt. Mit einem tiefen Seufzer lasse ich mich aufs Bett fallen, stecke meine Nase in das Kopfkissen, auf dem er gelegen hat. Mein Herz beginnt unverzüglich wild zu klopfen, und mein Unterleib zieht sich sehnsüchtig zusammen. *Oh Gott, Franziska, du verliebst dich doch wohl nicht in diesen arroganten, selbstverliebten Schnösel?* Ich muss lächeln, streiche über das zerknitterte Leinen. Doch, allerdings. *Ich bin auf dem besten Weg …* Und es fühlt sich gut an. Immerhin hat er es bereits geschafft, mich davon zu überzeugen, dass der erste Eindruck nicht immer der richtige sein muss.

Er war tatsächlich gewillt, auf sein Vergnügen zu verzichten, nur um mir die nötige Zeit zu geben, mich an ihn zu gewöhnen. Es gibt sicherlich nicht viele Männer, die das getan hätten. Jeder andere hätte die Situation ausgenutzt. Aber Max hat das nicht getan.

Es ist das erste Mal seit Tagen, dass ich an Paul denken muss. Und es ist das erste Mal, dass es keinen schalen Beigeschmack hinterlässt, ihn mir mit einer anderen Frau vorzustellen. Oder Wut darüber zu empfinden, dass er mich hat sitzen lassen.

An Männern habe ich seitdem wenig Interesse gehabt. Bis jetzt …

Ich betrete das Bad, welches tatsächlich eine Verbindungstür besitzt. Den ersten Impuls, einen Blick hinter diese Tür zu werfen, verwerfe ich unverzüglich wieder. Ich werde sicher noch früh genug einen Blick in sein Zimmer werfen können, auch ohne zu spionieren. Hitze steigt mir in die Wangen, als ich über die Zweckmäßigkeit eines gemeinsamen Bades nachdenke.

Handtücher liegen bereit. Kleine Fläschchen mit Duschgel und Shampoo sind hübsch darauf drapiert. Sogar eine noch verpackte Zahnbürste. Man hat also tatsächlich mit meinem Besuch gerechnet.

Es gibt eine ebenerdige Dusche und eine Wanne, die tatsächlich auf großen goldenen Tatzen steht. Man könnte glauben, wir befänden uns mitten in Italien. Die Hand seiner Nonna ist überall in diesem Haus zu sehen, aber vielleicht ist es auch der Geist seiner Mutter, der einen durch dieses Haus begleitet. Ich bin sehr gespannt darauf, was mich in den nächsten Tagen erwartet. Und auch wenn Max es vielleicht nicht gern hört, ich brenne darauf, seinen Vater kennenzulernen. Ob Max sein Aussehen wohl von ihm geerbt hat? Dann ist er sicherlich ein sehr attraktiver älterer Herr. Ich muss schmunzeln.

Ohne groß darüber nachzudenken, lasse ich die Wolldecke fallen, knote meine Haare im Nacken zusammen und steige in die Dusche. Das Duschgel duftet nach Orangen und Sommer, und ich schließe meine Augen, genieße die Wärme des Wassers und die kribbelnde Vorfreude auf meine gemeinsame Zeit mit Max.

Meine Haut beginnt zu prickeln, als ein Luftzug mich streift. Ich stehe mit dem Rücken zur Tür, und doch weiß ich, dass Max wieder da ist. Ich höre ihm dabei zu, wie er sich seiner Klamotten entledigt – bereits zum zweiten Mal an diesem Tag. Ein wohliger Schauer erfasst mich allein bei der Vorstellung, seine Hände gleich auf meinem Körper zu spüren. Ich wage einen Blick über die Schulter, nur um festzustellen, dass er bereits hinter mir steht und seine Hände von hinten über meine Brüste legt, meine Brustwarzen zwischen Zeige- und Ringfinger schiebt.

»Irgendwann werde ich all deine Sommersprossen zählen.« Er haucht in mein Ohr, und ich lasse mich gegen seinen Körper fallen, gebe mich seinen Berührungen hin.

»Hmmh ...« Meine Stimme versagt. Aber jetzt ist auch nicht die Zeit zu reden. Sein erigierter Penis drückt sich mir formvollendet in den Rücken, und mit einem gekonnten Griff dreht er mich, hebt mich an und versenkt sich ohne Vorwarnung in mir. Ich keuche überrascht auf, und er hält kurz inne, um sich zu vergewissern, dass es mir gutgeht. Ich presse meine Lippen als Antwort auf die ungestellte Frage nach meinem Befinden auf seinen Mund. Gierig erwidert er meinen Kuss, beginnt sich in mir zu bewegen. Erst langsam, dann in einem Rhythmus, der mir schier den Verstand raubt. Ich verschränke meine Füße in seinem Rücken, meine Fersen an seinem Po. Er stützt sich an den Fliesen hinter mir ab und stößt unablässig in mich. Unsere Körper klatschen gegeneinander, ich spüre die Hitze, die mich durchfährt, und es dauert nicht lang, bis sie sich in meiner Mitte entlädt. Zum zweiten Mal an diesem Tag.

Mein Kopf kippt nach hinten, meine Haare lösen sich, und meine Fingernägel hinterlassen mit Sicherheit ihre Spuren auf Max' Schultern. Mit einem tiefen Stöhnen beißt er mir in den Hals, als er kommt. Das warme Wasser prasselt auf uns hernieder, während Max nach Atem ringend in meine wirren Haare greift. Die Stelle küsst, die er soeben noch gebissen hat. Vorsichtig setzt er mich ab. »Ich habe die Kondome gefunden.«

»Tatsächlich?« Meine Mundwinkel verziehen sich zu einem glücklichen Lächeln. »Da bin ich aber froh.« Ich kraule ihm über den Rücken, sehe zu ihm auf.

»Das sehe ich.« Sein Grübchen ist einfach hinreißend. *Er hat dich so was von im Sack, Franziska Mölling!*

Aber der Gedanke erschreckt mich nicht mehr. Ich lasse all diese Schmetterlinge bedenkenlos durch meinen Körper flattern. Sie sind mir willkommen. So leicht und unbeschwert habe ich mich schon lange nicht mehr gefühlt. Definitiv zu lange …

»Ich sollte dieses hier langsam entsorgen. Es gibt einen Fernseher in meinem Zimmer. Was meinst du?«

»Das klingt sehr verlockend, aber jetzt muss ich meine Haare erst waschen, sonst beginnt morgen ein Vogel darin zu nisten.«

Er beugt sich zu mir, küsst mich zärtlich. »Lass dir Zeit. Ich räume mal mein Zimmer auf, immerhin erwarte ich Damenbesuch.« Mit einem Zwinkern lässt er mich unter der Dusche allein, greift nach einem Handtuch und wirft das gebrauchte Kondom in einen kleinen Mülleimer neben der Toilette.

Und ich schäume mir glückselig die zauseligen Locken ein.

* * *

Lediglich in ein Handtuch gewickelt, suche ich mir frische Wäsche, Schlafshirt und Shorts aus dem Trolley. Die Verbindungstüren stehen auf, so dass ich Max hören kann, der seinen eigenen Koffer ausräumt. »Hast du alles, was du brauchst, Prinzessin?«

Ein Honigkuchenpferd muss sich ähnlich fühlen wie ich. Wahrscheinlich sind meine Gesichtszüge morgen völlig verschoben durch dieses Dauergegrinse. Aber was soll's? »Ja, danke. Ich ziehe mir nur schnell etwas über.«

Er steht im Türrahmen. »Ach, lass das an … ich finde es extrem praktisch.«

Ich schüttele den Kopf. »Das könnte dir so passen. Pack mich gefälligst aus, das wäre ja wohl das Mindestmaß an Anstand.«

Er lacht lauthals und widmet sich wieder seinen eigenen Kramereien. »Ich habe uns eine Flasche Wein besorgt. Hast du Lust?«

»Klar, mach mich ruhig betrunken. Dir gefällt wohl meine hemmungslose Seite, wie?« Meine Ohren werden erneut ganz warm, wenn ich an den Moment vorhin denke, in dem ich mich ihm förmlich an den Hals geschmissen habe.

»Diese … und jede andere auch.« Ich habe ihn nicht kommen hören. Er berührt meine nackten Schultern. Ich lege den Kopf schief, verschaffe ihm Zugang zu meinem Hals. Seine Nasenspitze streicht über meine Haut, sein Atem kitzelt mich. Er entknotet mein Handtuch. »Das ist wirklich praktisch …«

Kapitel 20

Er kann nicht mehr schlafen. Die Gedanken in seinem Kopf überschlagen sich. Dieses Haus, dieser Ort birgt so viel schlechte Erinnerung, dass er Angst hat, daran zu ersticken. Auch Franziskas schlafwarmer, nackter Körper kann daran nichts ändern. Lächelnd schält er sich aus ihrer Umarmung und drückt seine Lippen hauchzart auf ihre Stirn. Mit einem kleinen, zufriedenen Seufzer dreht sie sich um. Schläft weiter.

Sie weckt Empfindungen in ihm, an die er nicht mehr geglaubt hat. Alles in ihm sehnt sich nach ihrer Nähe, und nur das Ahnen, dass es ihr ganz ähnlich geht, macht es für ihn überhaupt erträglich, hier zu sein.

Leise schleicht er durch den Raum, auf der Suche nach seinen Laufsachen. Er hat sie gestern Abend absichtlich nicht in den Schrank geräumt, da er bereits vorausgesehen hat, dass diese Nacht nicht allzu lang andauern wird. Im diffusen Licht des erwachenden Tages hinterlässt er ihr eine kurze Nachricht, die er auf seinem Kopfkissen platziert, ehe er das Badezimmer betritt, um sich die Zähne zu putzen und anzuziehen.

Er steckt sich die Kopfhörer seines mp3-Players in die Ohren und verlässt das nachtschlafende Haus. Die Dämmerung hat gerade erst begonnen über die Weinberge zu klettern. Er atmet tief ein und erinnert sich an vergangene Zeiten. Als er hier noch glücklich war.

Depeche Mode schlagen die ersten Takte von *Strangelove* an, und er beginnt zu laufen. All die Wege seiner Kindheit und Jugend. Und mit jedem zurückgelegten Kilometer, mit dem er sich weiter vom Haus entfernt, löst sich auch der Knoten in seiner Brust.

* * *

Meine Hand greift ins Leere. Die Kälte des Bettes verrät mir, dass Max bereits länger nicht mehr neben mir liegt. Ich setze mich auf und versuche meiner Enttäuschung darüber nicht allzu viel Wert beizumessen. Dann entdecke ich den Zettel auf seinem Kissen.

Ich bin laufen. Schlaf dich aus.

Kuss auf deine Lieblingsstelle

Mit einem Lächeln entspanne ich mich noch einmal. Kneife mir selbst in die Wangen, als ich mich dabei erwische. *Du erinnerst sehr stark an die Grinsekatze, meine liebe Franziska …*

Es ist kurz vor sieben, und an Schlaf ist nicht mehr zu denken. Also verlasse ich diesen warmen und doch gerade sehr einsamen Ort, um mich zu duschen und irgendwie menschenwürdig wieder herzurichten. Das leichte Ziehen zwischen meinen Beinen erinnert an die lebhafte Nacht, und erneut wandern meine Mundwinkel in Richtung meiner Ohren. *Das muss wirklich aufhören, Frau Mölling …*

Gerade als ich darüber nachdenke, ob ich mich auf die Suche nach weiteren Lebewesen in diesem riesigen Haus machen soll, klopft es leise an der Tür zu meinem Zimmer.

Sarah steckt ihren Kopf durch die Tür. »Du bist ja schon wach!« Ihr wunderhübsches Gesicht beginnt zu strahlen, und sie tritt ein. Ich denke kurz verschämt darüber nach, ob ihr wohl auffällt, dass mein eigenes Bett unbenutzt ist, aber sie beachtet es gar nicht.

»Eigentlich hätte ich nicht geklopft, aber Nonna hat darauf bestanden, dass ich wenigstens nachsehe, ob du nicht vielleicht mit uns frühstücken möchtest.«

»Sehr gern. Ich wollte eh gerade runterkommen.«

Gemeinsam begeben wir uns ins Esszimmer, das ich ja bereits kenne. Suchend blicke ich mich um.

»Wenn Sie meinen Sohn suchen, der hat wohl Besseres zu tun, als sich mit uns abzugeben.« Die Bitterkeit, mit der diese Worte gesprochen werden, lässt mich unmerklich zusammenzucken. Niemand anderes als Max' Vater sitzt mir gegenüber.

Auch wenn er seinen Kindern nicht sonderlich ähnelt, lässt er keinen Zweifel daran, wer hier vor mir sitzt. Er ist dennoch ein gutaussehender Mann, aber seine Haare sind hell, wohingegen Sarah und Max die dunklen Haare ihrer Mutter geerbt zu haben scheinen. Seine eisblauen Augen mustern mich skeptisch. »Es tut mir leid, ich wollte Sie nicht erschrecken.« Seine Lippen deuten ein Lächeln an, das ich ziemlich verunsichert erwidere.

»Setzen Sie sich bitte.« Er deutet auf den Platz unmittelbar neben seinem Rollstuhl, und ich möchte nicht unhöflich erscheinen, also nehme ich sein Angebot an. Wenn auch mit einem ziemlich mulmigen Gefühl in der Magengegend. »Ich habe mich Ihnen noch gar nicht vorgestellt. Wo sind nur meine Manieren.« Er hält mir seine Hand entgegen. »Richard von Rothenburg.« Sein Händedruck ist warm und fest.

»Franziska Mölling«, bestätige ich seinen Gruß. »Sie haben wirklich ein wunderschönes Haus.«

Er nickt, nimmt einen Schluck aus seiner Kaffeetasse. »Ich würde Ihnen gern alles zeigen, aber die Damen des Hauses bestehen auf dieses mehr als hinderliche Gefährt.« Er lässt den Rollstuhl ein Stück zurückfahren, damit ich ihn besser sehen kann.

»Übertreibe nicht, Richard. Du würdest keine zehn Schritte laufen, ehe du kraftlos zusammenbrichst.« Nonna wedelt ihre Hände durch die Luft.

Max' Vater schnaubt abfällig. »Es wird Zeit, dass du jemand anderen findest, dem du auf die Nerven gehen kannst, Ginevra.«

Ich unterdrücke ein Kichern. Auch Sarahs Augen funkeln. Plötzlich steht Max' Großmutter neben mir, drückt mir einen

Kuss auf die Wange und füllt meine Tasse mit lebensrettendem Koffein.

»Ich hoffe, du hast gut geschlafen, cara mia.« Ihre Hand drückt meine Schulter, und ich lege meine Finger kurz über die ihren.

»Wie ein Baby. Es ist so unglaublich ruhig hier.«

»Ja, Lärm gibt es nur im Herbst, während der Lese.« Sie umrundet den Tisch, setzt sich wieder auf ihren Stuhl. »Bitte bediene dich. Es ist hoffentlich etwas dabei, was du magst.«

Erst jetzt nehme ich den zum Bersten gefüllten Frühstückstisch wahr und greife nach einem Croissant, das ich mit Marmelade bestreiche.

»Sie ist eine Süße, ich habe es gewusst.« Max' Vater zwinkert mir zu, und ich grinse mit vollem Mund zurück. Auf mich macht er einen sympathischen Eindruck, und es fällt mir schwer, zu glauben, dass Max den Kontakt zu ihm meidet.

Ich wünschte, er hätte mir den Grund dafür verraten.

Die Tür fliegt auf, und ein etwa achtjähriger blonder Junge stürmt das Esszimmer, greift sich ein Brötchen, um direkt herzhaft hineinzubeißen.

»Kannst du dich nicht vernünftig an den Tisch setzen, junger Mann?« Richard von Rothenburg zieht die Stirn kraus, aber der Junge ist wenig beeindruckt von dieser Drohgebärde.

»Nein, ich habe verschlafen. Mama fährt mich direkt zur Schule.« Kauend läuft er um den Tisch, küsst Nonna und Sarah jeweils auf die Wange und umarmt den Herrn des Hauses inbrünstig. Vor mir bleibt er kurz stehen und überlegt anscheinend, ob er mich schon mal gesehen hat. Das Brötchen landet in seiner Hosentasche, und er hält mir seine Hand entgegen. »Justus von Rothenburg. Sehr erfreut, Sie kennenzulernen.«

Ich presse kurz meine Lippen aufeinander, um nicht laut zu lachen. »Franziska Mölling, ich bin auch sehr erfreut, Justus von Rothenburg.« Er küsst tatsächlich meine Hand und zwinkert mir zu. *Da bleibt mir glatt die Spucke weg …*

Dann verlässt er den Raum ebenso schnell, wie er erschienen

ist, und mir bleibt nichts als ihm sprachlos hinterherzusehen. *Hat man so was schon erlebt?*

Sarah beobachtet mich einige Zeit, ehe sie zu lachen beginnt. »Schade, dass ich das nicht auf einem Foto festhalten konnte. Dein Gesicht ist einfach zu schön.«

Ich sehe sie verwundert an, und sie klärt mich auf. »Das war unser kleiner Bruder Justus. Ein Charmeur, wie er im Buche steht. Ich habe keine Ahnung, von wem er das hat.« Sie trinkt einen Schluck Orangensaft, blickt mich über den Rand des Glases hinweg an. »Ich fürchte, du hast einen Verehrer mehr.«

»Wer hat einen Verehrer?« Max steht plötzlich im Raum und fährt sich durch die schweißnassen Haare. Sein Shirt klebt ihm am Körper, und meine Libido erwacht unmittelbar zum Leben. Ich rutsche auf meinem Stuhl hin und her.

»Guten Morgen, carissimo. Setze dich zu uns.«

»Nein danke, Nonna, ich muss erst duschen.« Er schenkt ihr sein Zahnpastalächeln, ehe er meinen Blick einfängt. Als er sieht, neben wem ich sitze, verhärtet sich sein Gesichtsausdruck, und er verlässt ohne ein weiteres Wort den Raum.

Entschuldigend blicke ich in die Runde. Nonna nickt mir zustimmend zu, und ich erhebe mich, um ihm zu folgen.

Max ist bereits in seinem Zimmer angekommen, als ich ihn endlich einhole. Nach seinem Oberarm greife. »Hey, ist alles in Ordnung mit dir?«

Er versteift sich. »Ja, sicher. Geh nur wieder runter und frühstücke zu Ende.«

Ich lasse ihn los, streiche meine Handinnenfläche über meine Jeans. »Ich bin bereits fertig.« Er verunsichert mich durch seine abweisende Art. Ich ziehe meine Unterlippe zwischen die Zähne.

Er sieht mich an, atmet tief ein. »Entschuldige. Es war nicht so gemeint.« Legt seine Stirn gegen meine. »Ich gehe eben duschen, und dann kann ich dir ein wenig die Gegend zeigen, wenn du magst?«

Ich nicke, ohne ihn anzusehen. Er legt seinen Zeigefinger

unter mein Kinn, hebt meinen Kopf. Seine tiefbrauen Augen studieren mein Gesicht. »Prinzessin, es tut mir leid. Das hier ist nicht so einfach. Hab einfach ein wenig Geduld mit mir, ja?«

»Okay.« Er küsst mich, und sein Geruch hüllt mich ein. Ein wenig rustikaler als gewohnt. Ich rümpfe die Nase. »Geh duschen, du stinkst.«

»Du bist so erfrischend ehrlich, das muss ich dir lassen.« Mit einem Grinsen lässt er mich stehen. Ich höre das Wasser plätschern und lasse mich aufs Bett fallen.

Vielleicht war es doch keine so gute Idee, ihn hierher zu begleiten. Wie kann ich erwarten, dass er sich auf mich konzentriert, wenn er erstmal mit seiner Familie ins Reine kommen muss? Das war womöglich der denkbar ungünstigste Moment, mich in diesen Mann zu verlieben.

* * *

Er kann einem Aufeinandertreffen mit seinem Vater nicht mehr lange aus dem Weg gehen.

Max spürt die ständig warnenden Blicke seiner Großmutter durchaus und sieht die gerunzelte Stirn seiner Schwester.

Und er fühlt Franziskas Unbehagen, Zeuge seiner Abneigung zu werden. Sie, die keinen Bezug zu seiner Familie hat, begegnet allen Menschen neutral und freundlich.

Er macht es ihr nicht sonderlich einfach, wenn er sich wie ein Hornochse aufführt. Er kneift die Augen zusammen, als könnte er die Erinnerung an gerade eben damit aus seinem Kopf vertreiben. Max fährt sich durch die nassen Haare, äußerst unzufrieden mit sich und damit, wie sich die Dinge hier entwickeln. Erneut stellt er sich die Frage, was er eigentlich erwartet hat. Je länger er darüber nachdenkt, desto unsinniger erscheint ihm seine Entscheidung, überhaupt herzukommen. Was will er noch hier? Er hat hier nichts mehr verloren. Den kindlichen Wunsch seiner Schwester, dass er sich mit seinem Vater wieder versöhnt, wird er ihr nicht erfüllen können. Er kann ihm nicht verzeihen. Das Bild seiner Mutter, die mit Tränen in den Augen nach ihm Ausschau hält, obwohl sie im Inneren ihres Herzens bereits wusste, dass er nicht mehr kommen wird. Dass er es nicht mehr schaffen wird, sich von seiner sterbenden Frau zu verabschieden, weil er lieber eine andere Frau vögelt. Wütend schlägt er mit der Faust gegen die Fliesen der Dusche.

Er wird heute noch mit ihm sprechen. Und ein für alle Mal klären, dass das Weingut für ihn Geschichte ist.

Kapitel 21

Ich bin unruhig und kann nicht im Zimmer darauf warten, dass er mit dem Duschen fertig wird. Also gehe ich wieder hinunter, nur um festzustellen, dass sich die Frühstücksgesellschaft bereits aufgelöst hat.

Sarah fängt mich im Flur ab. »So allein?«

Ich zucke mit den Schultern. »Max ist noch im Bad.«

Sie lächelt. »Ja, das kann dauern. Wenn du magst … Ich wollte auf den Hang. Du könntest mich begleiten.« Sie sieht an mir herab. »Ich habe noch ein paar Gummistiefel, die müssten dir passen.«

Erfreut, endlich eine Aufgabe zu haben, willige ich ein, und sie hilft mir mit einem Paar lila Stiefel aus, die mit riesigen Sonnenblumen bedruckt sind. Ich schlappe eine wenig darin herum, aber für unseren Ausflug werden sie reichen.

»Ich gebe Nonna nur Bescheid, falls Max dich suchen sollte.«

Und schon machen wir uns auf den Weg über den hübschen Burghof.

»Dieses Haus ist wirklich beeindruckend!« Erneut wandern meine Augen die Fassade entlang.

»Ja, das ist es. Im Gegensatz zu meinem Bruder könnte ich mir nicht vorstellen, dass ich jemals woanders leben möchte.« Ich höre den traurigen Unterton, weiß nicht, was ich darauf sagen soll. Also schweige ich lieber. Sarah trägt eine Arbeitshose und Boots. Ihr langes dunkles Haar hat sie zu einem Zopf geflochten, der ihr über die Schulter fällt. Nichts erinnert mehr an die elegante junge Frau, die ich in Max' Büro zum ersten Mal gesehen habe. Wir laufen ein Stück, und schon beginnen die beeindruckenden Hänge mit ihren Weinreben ins Tal abzufallen.

»Bitte sei nur vorsichtig. Es kann ganz schön rutschig werden, wenn du dich vertrittst.«

»Ich passe auf, danke.« Was sich mit den etwas zu großen Stiefeln als leichter gesagt als getan herausstellt. Langsam versuche ich ihr zu folgen, jedoch ist es nicht zu verkennen, wer von uns beiden hier aufgewachsen ist. *Du bist eben eine Stadtpflanze …*

Mit prüfendem Blick läuft sie durch die angelegten Wege zwischen den Pflanzen, zieht eine kleine Art Heckenschere aus der hinteren Tasche ihrer Hose, reicht sie mir.

Ich sehe sie verdutzt an.

»Du kannst mir helfen, wenn du schon mal hier bist.« Mit einem Grinsen in ihrem Gesicht deutet sie auf eine Rebe direkt vor uns. »Sie müssen kultiviert werden.«

»Aha.« Ich nehme ihr die Schere aus der Hand. »Wo soll ich ihn abschneiden? Direkt über dem Stamm?« Jetzt ist es an mir zu grinsen.

Sie beginnt zu lachen. »Klar, versuch es … mit dieser Schere hast du ihn bis heute Abend durch. Nein, selbstverständlich nicht.«

Sie beginnt mir zu erklären, was ich zu tun habe. »Im Frühjahr werden die Trauben, die später Triebe tragen, eingebunden. Siehst du diesen Drahtrahmen hier?«

Ich folge der Geste ihrer Hand mit den Augen und nicke.

»Wenn die Triebe also lang genug sind, einfach daran befestigen. Wenn du solche Triebe siehst wie diesen hier«, sie entfernt ein großes Blatt, hinter dem sich bereits kleine Fruchtansätze befinden, »schneidest du sie frei, damit sie genügend Sonne bekommen. Alles klar so weit?«

So schwer kann das ja nicht sein. »Ich denke schon.« Zweifelnd sehe ich mich um. Dieser Hang ist riesig. Und wir sind nur zu zweit.

Sie scheint meine Gedanken zu lesen. »Keine Angst, wir bekommen gleich Hilfe. Aber es ist noch so früh, und ich wollte das Wetter ausnutzen.«

Schweigend beginnen wir mit der Arbeit. Und es macht mir tatsächlich Spaß. Hin und wieder wirft Sarah einen prüfenden Blick auf mein Tun, aber im Großen und Ganzen ist sie wohl ziemlich zufrieden mit mir, da sie sehr wenig zu bemängeln hat. Wir kommen rasch vorwärts, und nach und nach treffen noch einige fleißige Helferlein ein, die sich auf diesem und den anliegenden Hängen verteilen.

Ein Rufen von oben weckt Sarahs Interesse. Sie winkt mich zu sich.

»Es ist Mittagszeit. Hast du Hunger?«

Ist es wirklich schon so spät? Ich versuche, mir die Enttäuschung darüber zu verbieten, dass Max mich anscheinend nicht vermisst, und konzentriere mich stattdessen auf mein leichtes Magenknurren.

»Dann komm, Caroline hat bestimmt ein hübsches Picknick dabei.« Sie nimmt meine Hand und hilft mir, den steilen Berg unbeschadet wieder hochzukommen. Caroline entpuppt sich als Justus' Mutter und somit auch Richard von Rothenburgs Ehefrau. Ich schätze sie auf Mitte vierzig. Ihr blondes Haar hat sie, bis auf einige vorwitzige Strähnen, unter einem Kopftuch verborgen. Auch sie trägt Arbeitskleidung. Neugierig betrachtet sie mich, bietet mir lächelnd ein Lunchpaket an. »Sie sind also Maximilians Freundin.«

»Und Sie also seine Stiefmutter.«

Sie beginnt zu lachen. Ein sympathisches Lachen. »Wenn Sie so wollen. Aber lassen Sie es ihn lieber nicht hören.« Dann fällt ein Schatten über ihr Gesicht. »Ich fürchte, ich bin der Stein des Anstoßes. Aber diese Geschichte sollten Sie nicht aus meinem Mund hören.«

»Ich bin mir nicht mehr sicher, ob ich diese Geschichte überhaupt noch hören will.« Hungrig beiße ich in das vorbereitete Brötchen, bemerke ihren nachdenklichen Blick. »Ich bin übrigens Caroline.« Sie bietet mir das vertrauliche Du an, und ich nehme es gern an. »Ich freue mich sehr, dass ihr hier seid. Es bedeutet Richard sehr viel.« Die Hoffnung, die in diesen Worten mitschwingt, ist nicht zu überhören, und ich stelle meine Anwesenheit an diesem wirklich hübschen, friedvollen Ort immer mehr in Frage. Die bösen Drachen, die diese Burg zu bedrohen scheinen, sind mir leider – oder Gott sei Dank – noch nicht begegnet. Jeder hier ist um den anderen besorgt. Ich spüre die Liebe, mit der hier gelebt und gearbeitet wird. Und das, obwohl ich erst einige Stunden hier bin.

* * *

Seine Großmutter hat ihm verraten, wo er sie finden kann. Franziska steht mitten im Hang und prüft konzentriert den Blätterstand der Reben. Sie zuppelt hier ein wenig herum, schneidet dort ein wenig ab. Er muss lächeln. Sie wirkt so zufrieden. Ganz im Gegensatz zu ihm selbst.

»Wie lange hast du noch vor, mir aus dem Weg zu gehen?«

Er war derart vertieft in Franziskas Anblick, dass er seinen Vater nicht kommen gehört hat. Auf einen Stock gestützt steht er unmittelbar neben ihm, folgt seinem eigenen Blick in den Hang.

»Ich dachte, ich schaffe es, bis wir wieder fahren.« Er gibt sich Mühe, seine Stimme tonlos klingen zu lassen. Er ist nicht gewillt, jedwede Emotion zuzulassen.

»Warum bist du dann überhaupt gekommen?«

Er sieht seinen alten Herrn kurz an. »Man hat behauptet, du lägest im Sterben. Ich wollte mich nur selbst davon überzeugen.«

»Das hast du hiermit getan. Ich kann dir mitteilen, dass ich noch nicht vorhabe, das Zeitliche zu segnen.«

»Dann war mein Kommen wohl überflüssig.« Er spürt den eisblauen Blick seines Vaters auf ihm ruhen, ignoriert ihn.

»Wie lange willst du es mir noch nachtragen, Maximilian? Sie ist seit fast zehn Jahren tot. Aber unser Leben geht weiter. Du bist ein Teil dieser Familie. Ob es dir nun gefällt oder nicht. Ich weiß, ich habe mich nicht immer korrekt verhalten … hätte dir ein besserer Vater sein können …«

Max ballt seine Hände zu Fäusten, unterdrückt die brennende Wut, die sich in seinem Magen zusammenbraut. »Du hättest ihr ein besserer Ehemann sein sollen.« Durch zusammengebissene Zähne zischt er diese Worte, um zu verhindern, dass er schreit.

Sein Vater seufzt und legt eine Hand über seinen Mund. Max bemerkt aus dem Augenwinkel, wie er sich schwer auf seinen Stock stützt. Aber er bietet ihm keine Hilfe an. Er hat ihn nicht gebeten, ihm hier aufzulauern.

»Du hättest an ihrer Stelle sterben sollen. Das hätte uns eine Menge Leid erspart.« Mit diesen Worten lässt Max ihn stehen und geht zurück zum Haus, ohne sich noch einmal umzusehen.

* * *

Es dämmert bereits, als ich müde von der Arbeit die Gummistiefel abstreife. Es bleibt noch Zeit für eine heiße Dusche, und dann trifft sich die Familie zum gemeinsamen Abendessen. An dem heute auch Caroline und Justus teilnehmen werden. Max' Vater hat sich bereits zurückgezogen. Es ging ihm nicht gut. Aber Nonna konnte Sarah direkt wieder beruhigen, die sofort einen Arzt kommen lassen wollte.

Von Max fehlt noch immer jede Spur, und langsam beginne ich mich zu fragen, ob ich meine Zeit hier allein verbringen muss. Allein … mit seiner Familie, die ich immer mehr in mein Herz schließe.

Gerade als ich die Treppe nach oben nehmen möchte, vernehme ich vertraute Töne aus einem der hinteren Zimmer. Ohne groß darüber nachzudenken, folge ich den Pianoklängen, mit denen ich in der Vergangenheit unendlich viele Stunden verbracht habe. Wie in einem Automatismus tanze ich die Schrittfolge in Gedanken und bekomme urplötzlich Heimweh. Max' verschlossene Art macht mir mehr zu schaffen, als ich mir eingestehen will.

Die Tür ist nur angelehnt und ich erkenne Richard von Rothenburgs Hinterkopf, der mit dem Rücken zu mir in einem schweren Herrensessel sitzt, vertieft in seine eigenen Gedanken.

Ich klopfe leise an und bedauere es sofort, da ich sehe, dass er erschrocken zusammenfährt.

»Es tut mir leid, ich wollte Sie nicht erschrecken.«

Er sieht über seine Schulter, und ein Lächeln huscht über sein Gesicht. »Sie sind mir willkommen. Setzen Sie sich einen Augenblick, sofern Sie die Musik nicht langweilt.«

»Tschaikowsky ist niemals langweilig.«

»Sie kennen sich mit klassischer Musik aus?« Seine Augen funkeln wohlwollend.

»Ja, sie ist … war ein Teil meines Berufes.« Ich setze mich in einen der freien Sessel neben dem seinen.

»Braucht man Tschaikowsky, um Brautkleider zu verkaufen?« Er hat sich also bereits über mich informiert.

Ich lächle ihn an. »Eigentlich bin ich Tänzerin.«

»Warum verkaufen Sie dann Brautkleider? Oder hat man mir mit dieser Information einen Bären aufgebunden?« Interessiert stellt er die Musik ein wenig leiser. Hält die Fernbedienung fest in den Händen, als er seinen Körper in meine Richtung dreht, um mich besser sehen zu können.

Er sieht blass aus, und tiefe Furchen in seinem Gesicht verraten mir, dass es das Leben auch mit ihm nicht immer gut gemeint hat.

Ich erzähle ihm von der Krankheit meiner Schwester und dass ich den Laden nach ihrem Tod weiterführe. Von Suse und Marie und ihrem Vorhaben, Musical zu studieren, und von meiner beendeten Tanzkarriere. Er hängt an meinen Lippen, unterbricht mich nicht, außer um mir konkrete Fragen zu meinem Leben zu stellen. Letztendlich erzähle ich sogar von Paul, und das, obwohl ich ihn noch nicht mal gegenüber Max erwähnt habe.

»Und wie haben Sie meinen Sohn kennengelernt? Sicher nicht im Ballett.«

Ich muss schmunzeln. »Nein, nicht im Ballett. Er hat Marie an einer roten Ampel übersehen.« Richards Augen weiten sich, und ich hebe abwehrend die Hände. »Keine Angst, ihr ist nichts passiert. Aber Max hat es keine Ruhe gelassen, also hat er sich ständig nach ihrem Befinden erkundigt. Tja … und da wären wir also.«

Er schweigt einige Zeit, und wir lauschen gemeinsam Chopin, der Tschaikowsky mittlerweile abgelöst hat.

»Er ist so ein ernster Mann geworden.« Er spricht so leise, dass ich im ersten Moment denke, ich bilde mir seine Stimme nur ein. »Ich habe viel falsch gemacht, und ich würde es ihn gerne wissen lassen. Nur fürchte ich, er wird mir nicht zuhören. Egal was ich auch sage, es wird nicht reichen, damit er mir verzeiht.«

Mit leerem Blick fixiert er einen Punkt an der Wand hinter mir. Aus einem Impuls heraus lege ich meine Hand auf seine. Er kommt zu sich, sieht mich an. »Sie scheinen eine kluge junge Frau zu sein. Vielleicht gelingt es Ihnen, ihn wieder glücklich werden zu lassen.« Er drückt meine Finger. »Auch wenn er es nicht hören will … ich habe seine Mutter über alles auf der Welt geliebt. Es hat mich zerrissen, sie so sehen zu müssen. So hilflos. So krank und schwach. Und zu wissen, dass nichts und niemand sie retten kann …« Er schnäuzt sich vernehmlich, »… dass ich sie nicht retten kann …«. Er spricht den Satz nicht zu Ende. Wischt sich verstohlen über die Augen. »Ich habe wirklich schlimme Fehler gemacht, mich an meinen Kindern versündigt … und auch an meiner sterbenden Frau. Ich würde wirklich alles dafür tun, wenn ich die Zeit noch einmal zurückdrehen könnte. Aber das kann ich leider nicht …«

Ich weiß nichts darauf zu sagen. Diese Geschichte ist mir neu, und ich kann nur vermuten, dass Richards Verhalten im Zusammenhang mit Sofias Tod eine große Rolle dabei spielt, dass sein Sohn dem Weingut den Rücken gekehrt hat.

Auch wenn ich die Enttäuschung nicht zulassen möchte, bin ich tief getroffen, dass mir Max diesen wichtigen Teil seines Lebens verschwiegen hat. Hat er etwa befürchtet, ich würde ihn verurteilen? Oder dass ich ihn nicht verstehen könnte? Was auch immer seine Beweggründe sind, ich komme nicht dahinter. Womöglich ist er auch einfach nicht bereit, mich so weit in sein Leben zu lassen. Aber warum, in Gottes Namen, hat er mich dann hierhergebracht?

Richard hat mich berührt mit seinen offenen Worten, in denen so viel Trauer mitschwang, dass es mich unmittelbar an meinen eigenen Verlust erinnert. Ich schließe meine Lider, und in friedlichem Einklang sitzen wir einfach stumm nebeneinander. Er hält noch immer meine Hand, und ich finde die nötige Ruhe in dieser väterlichen Geste, um mein aufgewühltes Inneres ein wenig zu beruhigen.

Kapitel 22

Auch wenn die anderen bestimmt schon am Tisch sitzen, verlasse ich Richard, um zu duschen. Ich habe keinen sonderlichen Appetit und hoffe, dass man es mir nachsehen wird, dass ich nicht am gemeinsamen Abendessen teilnehmen werde.

Ich entschließe mich lieber dazu, ein wenig die Gegend zu erkunden, ich habe das Bedürfnis, allein zu sein. Was du irgendwie sowieso schon den ganzen Tag bist. Ich schaffe es nicht, diese Stimme in mir zum Schweigen zu bringen, die mich ständig daran erinnert, dass Max mich vernachlässigt. Ich sollte Suse anrufen und mich dringend bei Marie melden, verschiebe es aber auf morgen früh. Suse hat mir erst heute Morgen kurz per SMS mitgeteilt, dass zu Hause alles in Ordnung ist und dass ich es nicht wagen soll, auch nur einen Gedanken an sie oder das Geschäft zu verschwenden, sondern lieber die Zeit mit der Sahneschnitte genießen soll. Das würde ich ja wirklich gern, meine liebe Suse …

Ich kicke einen Kiesel, der vor meinen Füßen liegt. Symbolisch für meine Emotionen, die auch irgendwie mit den Füßen getreten werden.

An einer Lichtung lehne ich mich gegen eine alte Eiche, zerrupfe irgendwelches Grünzeug, das ich auf meinem Weg von einem Busch gerissen habe. Ich möchte nicht weinen, aber ich kann auch nichts gegen die Tränen tun, die sich ihren Weg bahnen.

Verdammter Mist. Wütend wische ich mir über Gesicht und Nase. Selbstmitleid soll ja manchmal dabei helfen, wieder einen klaren Kopf zu bekommen. Dabei bin ich nicht der Typ, der sich selbst bemitleidet. Bin es nie gewesen. Allerdings habe ich mich auch selten so verlassen gefühlt wie in diesem Moment. *Aber was hast du erwartet, du dusselige Kuh? Was??*

Ich kann mir diese Frage nicht beantworten. Die gestrige Nacht war wie ein Versprechen … und ich habe mich darauf eingelassen. Nur um heute hier zu stehen und nichts als Wehmut darüber zu empfinden, dass ich mich dieser Illusion einfach hingegeben habe.

Dann sehe ich ihn. Wie er in meine Richtung läuft. Kurz überlege ich, ob ich mich einfach verstecken soll, doch Max hat mich bereits gesehen, denn er lächelt zu mir hoch.

Lächeln? Wieso ist ihm nach Lächeln zumute? Ich hoffe, dass er mir meine vergossenen Tränen nicht ansieht, denn ich möchte sie ihm nicht erklären.

»Ich habe dich überall gesucht.«

»Jetzt hast du mich ja gefunden.« Ich sehe wieder hinunter ins Tal, um ihn nicht ansehen zu müssen. Mein Herz klopft wie wild vor Freude, ungeachtet der Tatsache, dass ich eigentlich wütend auf ihn sein sollte.

»Ich habe dich vorhin beobachtet. Wie du in den viel zu großen Gummistiefeln meiner Schwester auf dem Hang gestanden hast, um die Reben zu beschneiden.«

Das erstaunt mich jetzt aber. Verwundert sehe ich ihn an und begegne seinen Schokoladenaugen, die mich unverzüglich in ihren Bann zu ziehen vermögen.

»Warum hast du nichts gesagt? Du hättest zu mir kommen können.«

»Du sahst so … so vertieft aus. Ich wollte nicht stören.« Er lächelt sanft. Fast schüchtern.

»Max … wo warst du den ganzen Tag?«

Er stellt sich vor mich. Lehnt eine Hand gegen den Baumstamm, an dem ich stehe. »Ich war den ganzen Tag in deiner Nähe, Prinzessin. Ich habe dich nicht eine Minute aus den Augen gelassen.«

Ich schließe meine Lider, lege meinen Kopf gegen die Rinde der Eiche. »Warum bin ich hier?«

Statt mir zu antworten, küsst er mich. Hart, verhungernd. Ich habe nicht die Kraft, ihn von mir zu stoßen. Ihm zu sagen, dass er aufhören soll. Viel zu sehr wünsche ich mir diesen Kuss. Diesen Kuss und noch viel mehr.

Und er hat vor, mir mehr zu geben.

Ehe ich mich versehe, liege ich im moosigen Gras. Ohne Hose und ohne den Willen, ihn aufzuhalten.

* * *

Es ist bereits stockdunkel, als wir zum Haus zurückgehen. Max hält meine Hand, als wäre es das Selbstverständlichste der Welt. »Du hast bestimmt Hunger.«

»Sogar einen Bärenhunger.« Außer dem Frühstück und dem Lunchpaket von Caroline habe ich noch nichts gegessen. Er zieht mich in die Küche, die ich zum ersten Mal sehe. Sie ist riesengroß. Eine alte Bauernküche mit mattweißen Fronten und goldenen Griffen an den Schränken. Sicher hätte der Esstisch auch noch hier unten Platz. Es gibt einen alten Holztisch sowie eine Eckbank, auf die ich mich setze, ehe er den Kühlschrank öffnet.

»Also … wir hätten parmigiano, prosciutto … pane und natürlich vino.« Er nimmt den Käse, den Schinken und den Weißwein aus dem Kühlschrank, ehe er das Brot schneidet und seine Schätze vor mir auf den Tisch stellt.

Er füllt zwei Gläser großzügig mit der fruchtigen Flüssigkeit und stellt mir meinen Anteil zwinkernd vor die Nase.

»Was ist mit deiner Mutter geschehen?« Jetzt wird er mir ja wohl antworten. Er muss es einfach tun.

Er hält in der Bewegung inne, in der er die Flasche mit einem Korken wieder verschließen wollte. »Sie ist gestorben.«

»Das habe ich mir bereits gedacht.« Ich bedenke ihn mit einem fragenden Blick, ehe ich weiter nachhake. »Dein Vater hat es mir vorhin erzählt. Dass sie sehr krank war.«

»So? Das hat er dir erzählt, ja?« Aufgebracht schiebt er seinen Teller wieder von sich. »Hat er dir denn auch erzählt, dass er sie im Stich gelassen hat? Dass ich es war, die ihre Hand gehalten hat, als sie starb? Während er Caroline gevögelt hat?«

Die Verachtung, mit der er Carolines Namen ausspricht, verdirbt auch mir den Appetit.

»Nein, das hat er nicht erwähnt. Aber er hat eingeräumt, dass er Fehler gemacht hat und dass er die Zeit gern wieder zurückdrehen würde, wenn er könnte. Und dass er sich dir gern erklären würde.« Ich weiß nicht, warum ich seinen Vater in Schutz nehme. Vielleicht weil ich Max' Verhalten als ungerecht empfinde. Oder weil ich ihn ein wenig um diese wundervolle Familie beneide, die er einfach von sich stößt. Vielleicht aber auch nur, weil sein Vater bereit war, mir dieses tragische Geständnis zu machen, und Max nicht ein Wort darüber verloren hat. Dennoch zwinge ich mich, ruhig zu klingen. Nicht auf seine Wut einzugehen.

»Stellst du dich etwa auf seine Seite?« Der kalte Blick, mit dem er mich bedenkt, schnürt mir die Kehle zu. Ich unterdrücke die Tränen, die hinter meinen Augen aufsteigen.

»Welche Seite ist denn die richtige, Max? Gewünscht hätte ich mir, dass du es mir erzählst … genug Vertrauen in mich und meinen gesunden Menschenverstand hast, um mir ein klärendes Wort zu gönnen. Aber nein, du hüllst dich lieber in Schweigen … versinkst in deinem Selbstmitleid. Lässt mich den ganzen Tag links liegen und stänkerst herum, wenn ich es wage, dich darauf anzusprechen?«

Das ist mehr, als ich verkraften kann. Er schleppt mich hierher und lässt mich in einem Schwebezustand zurück, der mich mehr als nur ein bisschen verwirrt. Er hat ein Gefühlschaos in mir heraufbeschworen, und ich bin sehenden Auges in mein Verderben gelaufen.

»Max, es reicht. Ich musste erst von deinem Vater erfahren, dass es bei eurem Streit um deine Mutter geht.« Mein Puls ist zu schnell, und das Blut rauscht in einem Affenzahn durch meine Blutbahn. Mein Gesicht wird heiß vor wütender Erregung. Am liebsten würde ich ihn schütteln … oder mit irgendetwas bewerfen.

»Fein. Dann hat er ja genau die Richtige gefunden, um sich auszuheulen. Und? Womit hat er dich rumgekriegt? Mit seiner ach so großen Liebe zu seiner armen kranken Frau? Oder war es das Unverständnis über seinen missratenen Sohn?«

Max' Faust schlägt auf den Tisch, und ich zucke zusammen. Mit allem habe ich gerechnet, aber nicht mit dieser kalten und abweisenden Reaktion auf eine für mich völlig natürliche Frage nach den näheren Umständen über diesen Streit. Seine Augen verengen sich, und die schneidende Ablehnung, mit der er mir begegnet, lässt mich innerlich erstarren. »Hast du ihn wenigstens getröstet? Diesen armen, bemitleidenswerten Mann?«

»Wie hätte ich deiner Meinung nach reagieren sollen? Hätte ich ihm mit der gleichen Feindseligkeit begegnen sollen, wie du es tust, seitdem wir hier sind?« Meine Stimme beginnt zu zittern, und ich zwinkere gegen die aufsteigenden Tränen an.

»Bitte, Franziska, rede nicht über Dinge, von denen du keine Ahnung hast.« Ein eisiger Wind weht über den Tisch zu mir herüber. Ich schlucke hart.

»Du hast absolut recht! Ich habe keine Ahnung. Meine Schwester ist einfach gestorben, meine Eltern leben irgendwo auf den Kanaren, und ich? Ich habe meine Hochzeit platzen lassen, um meiner Nichte die Mutter zu ersetzen! ICH habe von Familie tatsächlich keine Ahnung!«

Ich zwänge mich aus der Bank und flüchte die Treppe hinauf. Ich versperre die Türen in meinem Zimmer, werfe meine Klamotten in den Trolley und wähle Suses Nummer.

»Du sollst dich nicht melden. Hier ist alles gut, Ziska.«

»Hier aber nicht …« Ich beginne hemmungslos zu schluchzen.

»Was hat er getan? Soll ich dich abholen?«

Es klopft an meiner Tür. Ich zucke zusammen, versuche nicht darauf zu hören. »Ich nehme den nächsten Zug. Kann ich dich dann anrufen?« Fahrig streiche ich durch meine Haare und suche den verflixten zweiten Schuh unter meinem Bett.

»Was ist das denn das für eine Frage? Selbstverständlich. Ich kann dich auch vor Ort einsammeln.«

»Sei nicht albern. Das sind über vier Stunden Autofahrt ...«

»Für dich mache ich es. Gib mir die Adresse.«

Ich sage sie ihr und lege auf. Dann gehe ich in die Knie, weil meine Beine mich einfach nicht mehr tragen wollen.

»Franziska, öffne die Türe ... sofort.«

Ich verberge mein Gesicht in meinen Armen und schüttele den Kopf. »Geh ... lass mich in Ruhe!«

»Bitte, lass mich rein ...« Er klingt wirklich verzweifelt, aber ich bin nicht fähig, mich zu bewegen.

»Verschwinde einfach ...« Diese Worte sage ich mehr zu mir selbst als zu ihm.

»Es tut mir leid, Prinzessin ... bitte ... öffne diese verdammte Tür!«

Wie in Trance wippe ich hin und her. Mein Blick ist auf die Uhr gerichtet, die an der Wand hängt. *Noch ungefähr vier Stunden ...*

* * *

Er weiß nicht, wie lange er schon vor ihrer Tür steht. Mittlerweile sitzt er davor. Hört ihr Weinen. Das heißt, auch das ist bereits verstummt. Das Verlangen, sie in seine Arme zu ziehen, ihr zu sagen, dass er ein dämlicher Idiot ist, ist einfach übermächtig. Doch sie hat ihn ausgeschlossen. *So wie er es den ganzen Tag mit ihr getan hat.* Nicht, dass er das nicht verdient hätte. Er hat sich genauso aufgeführt wie das Arschloch, für das sie ihn von Anfang an gehalten hat.

Immer wieder klopft sein Hinterkopf leicht gegen die Wand.

Wie konnte er nur? Ihm ist zum Heulen zumute. Die Wut auf sich selbst steigt ins Unermessliche. Er rauft sich die Haare, reibt sich über seine müden Augen. Warum nur, hat er nicht einfach mit ihr geredet? Ihr nicht von all dem Mist erzählt, der ihn bewegt?

Weil er es nicht gewohnt ist, über seine Gefühle zu sprechen. Weil er sie nicht damit belasten wollte.

Er lauscht in die Stille. Wahrscheinlich ist sie längst eingeschlafen.

Franziska bedeutet ihm alles. Wie ein Schlag ins Gesicht trifft ihn diese Erkenntnis. Ein komisches Gefühl, und doch so klar und rein, dass es keinen Zweifel offenlässt.

Und er hat nichts Besseres zu tun, als sie derart tief zu verletzen.

Tja, darüber hätte er sich wohl früher Gedanken machen sollen. Jetzt sitzt er vor ihrer Tür und hadert mit sich, weil sie ihm nicht mehr die Möglichkeit gibt, sich für sein absolut hirnloses Verhalten zu entschuldigen. Ihr alles aus seiner Sicht zu erzählen. Er seufzt tief. *Selbst schuld! Wie viele Chancen brauchst du denn noch, um es zu versauen, Maximilian von Rothenburg?*

Langsam erhebt er sich. Es hat wohl keinen Sinn, die ganze Nacht hier zu verbringen. Morgen ist auch noch ein Tag. Er kann nur hoffen, dass sie ihm zuhören wird und ihn noch nicht aus ihrem Herzen ausgeschlossen hat …

* * *

Ich muss vor Erschöpfung eingenickt sein, denn mein vibrierendes Handy lässt mich erschrocken hochfahren. Es ist mitten in der Nacht, als ich Suses Anruf entgegennehme.

»Hey, ich bin da. Soll ich dich rausholen, oder kommst du runter?« Meine süße, liebe Suse. Wie ein Berserker würde sie hier einfallen, um mich zu retten.

»Nein, bleib, wo du bist, hier schläft alles. Ich komme runter.«

Mit angehaltenem Atem und wild klopfendem Herzen schleiche ich die Treppe hinunter. *Bitte, lieber Gott, mach, dass er hier nirgendwo steht …*

Der liebe Gott ist mir gnädig gestimmt, und ein letztes Schluchzen erfasst mich, als die schwere Haustür hinter mir ins Schloss fällt. Ich atme tief durch und schließe kurz meine Lider. *Es hat einfach nicht sollen sein …*

Die Scheinwerfer von Suses Polo leuchten mir den Weg, und nachdem ich den Trolley auf die Rückbank geschmissen habe, lasse ich mich auf den Beifahrersitz fallen. Ich fühle mich leer und ausgelaugt. Und unendlich traurig.

»Schnall dich an. Wir haben ein Stück zu fahren.«

Ich nicke wortlos, und sie fragt nicht näher nach. Legt einfach den Gang ein und bringt mich endlich nach Hause. Zurück zu meiner Familie. Die ich über alles liebe.

Im Radio spielen *Foreigner*, und Tränen laufen mir über die Wangen. *Selbst diese Erinnerung hat er mir genommen.* Ich suche einen anderen Sender und erwidere Suses mitleidigen Blick. »Wir sprechen später, ja?«

»Sicher werden wir das.« Sie drückt kurz meinen Oberschenkel, dann konzentriert sie sich wieder auf den Verkehr.

Kapitel 23

Sie geht nicht an ihr Telefon. Weder Mobil noch Festnetz. Der kalte Schweiß bricht ihm erneut aus, als er sich an die geöffnete Zimmertür erinnert, die leeren Schränke, die er vorgefunden hat, als er in aller Herrgottsfrühe nach ihr sehen wollte. Um mit ihr zu sprechen und sich zu entschuldigen.

Verdammt! Wütend schlägt er auf das Lenkrad seines Lexus ein. Er hätte damit rechnen müssen, dass sie geht. Marie hat ihm letztendlich kurz und knapp via SMS bestätigt, dass Franziska wieder zu Hause ist. Zumindest ist sie sicher angekommen.

Noch zwei Stunden, und er ist ebenfalls wieder in Hamburg. Es wird Zeit, sich den Tatsachen zu stellen. Er hat es vermasselt. Und zwar gründlich!

* * *

»Jetzt iss wenigstens das Müsli.«

Ich schüttele angewidert den Kopf und würdige den Teller vor mir lediglich eines kurzen Blickes. Suse ist rührend darin, mich zu bemuttern. Aber ich kann einfach nichts essen. Mir ist kotzübel, mein Magen ist wie zugeschnürt.

Sie hat mich, kaum dass wir zu Hause angekommen sind, einfach in mein Bett gesteckt und eine Wärmflasche unter meine Eisfüße. Meine Zähne wollten gar nicht aufhören zu klappern, so sehr habe ich gezittert. Am Ende hat sie die Nacht, oder zumindest das, was davon noch übrig war, ebenfalls in meinem Bett verbracht. Mich in ihre Arme gebettet, und endlich konnte ich weinen. Wie ein kleines Kind. Und sie war einfach nur für mich da. Ohne überflüssige Fragen zu stellen.

Irgendwann bin ich wohl eingeschlafen, denn mein Bett war leer, als ich versucht habe, meine verquollenen Augen aufzubekommen.

Ich habe das fremd wirkende Gesicht im Spiegel betrachtet, das sich meiner Zahnbürste bediente. Aber es hat nicht mehr viel Ähnlichkeit mit Franziska Mölling. Dort, wo man Augenlider vermuten würde, ist alles dick geschwollen. Tränensäcke, von denen ich noch nicht mal wusste, dass ich sie besitze. Hektische rote Flecken auf den Wangen und am Hals. Die Nase ist wund geputzt, und selbst die Sommersprossen scheinen an Anzahl und Größe zugenommen zu haben.

Für eine Dusche sehe ich keinen Anlass. Ebenso wenig darin, meinen Pyjama gegen ein alltagstaugliches Gewand zu tauschen. Ich werde mir nur einen Kaffee holen und dann wieder in die tröstlichen vier Wände meines Zimmers entschwinden.

Heute ist ein guter Tag, um mich selbst zu bedauern. Vielleicht das erste Mal in meinem Leben. Aber es gibt immer ein erstes Mal.

Erneut beginnen meine Nasenflügel zu kitzeln und mein Kinn zu beben. Ich atme tief durch. Versuche meine Luftröhre wieder zu lockern, die sich gefährlich verengt hat. *Warte noch mit dem Heulen, bis du endlich allein bist.*

Aber Suse will einfach nicht gehen. Und mich gehen lassen will sie ebenso wenig. Also sitze ich wie ein kleines Häufchen Elend in meinem graukarierten Flanellpyjama am Küchentisch. Ignoriere ihr liebevoll zubereitetes Omelett und kämpfe gegen den Würgereiz an, als sie mir die Müslischüssel vor die Nase stellt.

»Ich möchte nur einen Kaffee und wieder ins Bett. Bitte …« Zumindest kann sie sich meinem Flehen nicht vollends entziehen und erfüllt mir den innigen Wunsch nach Koffein.

»Wie soll es denn jetzt mit euch weitergehen?« Sie ergibt sich und räumt den Tisch ab.

»Gar nicht. Es ist vorbei, noch ehe es überhaupt begonnen hat. Mir geht es gut, wirklich.«

Sie dreht sich zu mir, bedenkt mich mit einem spöttischen Blick. »Ja, das glaubt dir jeder, der dich hier sitzen sieht.«

»Mich sieht ja keiner.« Ich ziehe eine Schnute, schlürfe meinen Kaffee.

»Also machst du dir lieber selbst etwas vor, als dass du einen seiner unzähligen Anrufe entgegennimmst und einfach mal mit ihm darüber sprichst?«

Ich denke, diese Frage ist rhetorisch, also mache ich mir erst gar nicht die Mühe zu antworten.

Meine beste Freundin nimmt mir gegenüber Platz und studiert mein Gesicht. »Ich hatte die Hoffnung, dass er es schafft, dich aus deinem Schneckenhaus zu holen. Es tut mir weh zu sehen, wie sehr du leidest. Ich an deiner Stelle hätte ihm wahrscheinlich die Eier abgerissen und sie hübsch frittiert, ehe ich sie ihm in seinen Rachen geschoben hätte.« Sie greift nach meiner Hand, ohne mich aus den Augen zu lassen. »Aber du bist nicht ich, und ich hasse ihn dafür, dass er dir so weh getan hat. Dass er nach so kurzer Zeit schon die Kraft dazu hatte. Und mich, weil ich es nicht vorhergesehen habe. Dich sogar noch ermuntert habe, ihn zu begleiten.« Erneut brennen Tränen in meinen Augen. »Wenn du also möchtest, dass ich ihm seinen Schwanz abschneide … ich bin bereit, das für dich zu erledigen.«

Ich wische mir fahrig über die Lider. »Nein, ehrlich, Suse. Es geht mir gut. Ich bin ja selbst schuld an diesem Dilemma. Ich hätte mich nicht auf ihn einlassen sollen. Meinen ersten Instinkten vertrauen sollen. Lass mich einfach noch ein wenig hier sitzen, und ab morgen komme ich wieder in den Laden.« Ich versuche mich an einem Lächeln.

Sie erhebt sich und küsst meine Wange. »Behaupte niemals wieder, die Schuld daran zu tragen, hörst du? Wir Frauen tragen zu keinem Zeitpunkt die Schuld. Nie!«

Ich nicke zustimmend, wenn auch wenig überzeugt, und sie lässt mich endlich allein.

* * *

Irgendwann an diesem Tag war ich dann doch duschen und habe auch meinen Trolley wieder ausgepackt. Als mir die hübsche neue Wäsche in die Hände fällt, ruft sie Bilder in mir hervor, an die ich nicht mehr denken möchte. Max … Ich fürchte, ich habe tatsächlich Liebeskummer. Aber ich will nicht … ich möchte dieses Gefühl nicht zulassen. Er soll keine Macht über mich besitzen.

Ich pfeffere sie in die hinterste Ecke meines Kleiderschrankes. Ich habe diese Wäsche nicht gebraucht, um mich ihm hinzugeben. Oh Gott, ich habe mich ihm ja fast an den Hals geschmissen.

Meine Lippen beginnen zu zittern, und mein Unterleib zieht sich sehnsüchtig zusammen. *Das ist absolut lächerlich, Franziska!* Noch nicht mal Paul hat das geschafft.

Ich stecke mein noch immer feuchtes Haar hoch. Es ist höchste Zeit zu tanzen!

* * *

Ich verausgabe mich völlig. Das Wickeltop klebt mir am Körper, und die Shorts über der Strumpfhose sind ebenfalls schweißnass. Aber mir geht es besser. Zumindest für den Moment. Das Handtuch um meinen Hals gewickelt, schlüpfe ich in die Filzschlappen, ohne vorher meine Spitzenschuhe auszuziehen.

Marie kommt mir bereits auf der Treppe entgegen. Sie trägt eine grobe schwarze Netzstrumpfhose zu ihren Doc Martens. Ihre Hotpants ist um einiges knapper als meine, und ich verenge not amused die Augen zu Schlitzen. »Wo willst du denn hin, in dem Aufzug?«

»Willst du jetzt wirklich den Moralapostel raushängen lassen,

Franzi? Ich gehe ins Kino und wollte dir eigentlich nur vorher Bescheid geben, dass du Besuch hast.«

»Besuch? Ich wollte jetzt unter die Dusche …«

Meine Nichte stemmt die Fäuste in ihre Mitte. »Du solltest vielleicht noch einen Augenblick damit warten. Er sieht so aus, als wollte er dir etwas Wichtiges sagen.«

Er … Mein Herz macht einen unkontrollierten Hüpfer, und Marie nutzt meine augenblickliche Unpässlichkeit, um sich schnell aus dem Staub zu machen. »Warte«, rufe ich ihr hinterher, aber es verhallt ungehört im Flur. Ich atme tief durch, versuche meine Haare zu richten … soweit es möglich ist. *Du solltest ihm lieber eine verpassen, du bescheuerte Kuh!*

Ich bin verschwitzt, überhitzt und alles andere als in der Verfassung, Max unter die Augen zu treten. Und dass es sich nur um Max handeln kann, der dort oben auf mich wartet, ist so sicher wie das Amen in der Kirche.

Wo ist nur Suse, wenn ich sie brauche … sie könnte ihm vielleicht doch den Schwanz …

»Hey.« Seine Stimme fährt mir unverzüglich in die Glieder. Ich blicke auf und sehe ihn am Treppenabsatz stehen. Er trägt Jeans und ein schwarzes Hemd, das seinen Oberkörper ekelhaft präsentabel zur Geltung bringt. Er kratzt sich über das unrasierte Kinn, sein eigentlich zu langes Haar fällt ihm verwegen in die Stirn. Und ich drohe dahinzuschmelzen. Nicht darauf vorbereitet, ihn so schnell wiederzusehen. Wie soll man seinem Herzen nur begreiflich machen, dass der Kopf gewinnen muss? Wie mache ich es mir selbst begreiflich, wenn er mir so nah ist … wir völlig allein sind in diesem riesigen Haus?

Ich nehme die Stufen, betont langsam, eine nach der anderen.

Der Duft seines Aftershaves findet langsam den Weg zu mir. Ich atme ihn ein. Die Sehnsucht nach ihm trifft mich unvermittelt, aber dafür umso intensiver. Ich versuche, die letzten Meter dazu zu nutzen, um mich zu wappnen. Gegen die Versuchung, die er darstellt. *Du darfst ihr nicht nachgeben! Nicht jetzt.*

»Hey.« Erwidere ich seinen Gruß. *Äußerst geistreich, Franziska.*

»Können wir reden?« Er windet sich förmlich. Seine Schuhspitze kratzt über den Boden. Ich finde in seiner Unsicherheit das nötige Selbstbewusstsein, um ihm endlich gegenüberzutreten.

»Ich wüsste nicht, worüber. Es ist alles Wichtige gesagt, Max.« Ich stehe unmittelbar vor ihm, verschließe mein Herz vor seinem Schokoladenblick.

Er massiert sich den Nacken. »Ich habe großen Mist gebaut, Prinzessin …«

Ich muss schlucken. *Oh bitte, nenn mich nicht so.* »Ja, das hast du«, bestätige ich ihm und bin selbst überrascht, dass meine Stimme so fest klingt. »Es gibt nichts mehr zu besprechen. Bitte geh jetzt.« Mein Hals schnürt sich zu. Um wie vieles einfacher wäre es, ihm zu verzeihen … ihn in meine Arme zu ziehen und zu küssen.

»Ich möchte es wiedergutmachen.« Er fährt mir über die Wange. Ich drehe abweisend den Kopf. Wenn er mich noch einmal berührt, werde ich weich. Spüre bereits jetzt, wie mein Widerstand zu bröckeln beginnt.

Seine Finger verharren einen Augenblick in der Luft, ehe er sie tief in seine Hosentaschen gräbt. Ich sehe ihm seine Verzweiflung an. Sie jagt mir einen Schauer über die Haut. »Du bist mir sehr wichtig, Franziska Mölling. Verdammt, es kann nicht einfach vorbei sein.« Ich sehe die Faust, die er ballt. Durch den Stoff seiner Hose.

»Ich brauche Zeit, Max.« Dieses Mal berühre ich seinen Unterarm. Ziehe meine Hand schnell wieder zurück. »Es tut mir leid.«

»Nein, dir muss nichts leidtun … ich hätte mit dir reden müssen.« Er sieht mir fest ins Gesicht.

»Ja, das hättest du. Dann könnte ich vielleicht verstehen, warum du dein Glück mit Füßen trittst. Du warst so beschäftigt damit, die Wut auf deinen Vater auszuleben, dass du deine Augen vor dem Offensichtlichen verschließt.«

Er atmet tief ein. »Und was ist deiner Meinung nach so offensichtlich?«

»Muss ich dir das wirklich sagen? Deine Familie ist wundervoll. Deine Nonna, deine Schwester. Und Caroline ist so unglaublich nett zu mir gewesen.« Er presst die Lippen fest aufeinander, senkt den Blick. Ich ahne, dass er das nicht hören möchte. Aber er hat mich danach gefragt. »Nicht nur, dass du mich völlig ausgeschlossen hast. Ich würde auch wetten, dass du dich noch nicht mal darum bemüht hast, Justus besser kennenzulernen.« Sein Gesichtsausdruck verrät mir, dass ich richtig liege mit meiner Vermutung. »Er ist ein wirklich toller kleiner Kerl. Ja, sogar dein Vater, von dem ich letztendlich erfahren musste, warum es *kompliziert* ist, ist nicht so schlimm, wie du denkst.« Ich schüttele den Kopf und schlurfe an ihm vorbei. Kämpfe um meine heldenhaft aufrechterhaltene Selbstbeherrschung. Lange stehe ich das nicht mehr durch.

»Familie ist ein Privileg, Maximilian von Rothenburg. Keine Bürde. Und schon gar nicht, wenn sie so liebevoll miteinander umgeht. Sich umeinander sorgt. Ich konnte keine Verachtung spüren, wenn dein Name fiel. Im Gegenteil. Ich sollte dein Katalysator sein. Jetzt fühle ich mich wie dein Fußabtreter.« Meine Hände krallen sich in die Arbeitsplatte unserer Küche, in die er mir gefolgt ist.

Er dreht mich in seine Arme, presst seine Lippen hart und fordernd auf meine. Ich erwidere seinen Kuss. Giere absolut danach. Umfasse seinen Nacken. Seine Hände wandern über die Außenseite meiner Arme. Das Verlangen, das mich erfasst, droht mir den Boden unter den Füßen wegzuziehen. Hitze macht sich in meinem ganzen Körper breit, und seine Erregung drückt sich in meinen Bauch.

Dann lässt er von mir ab. Streicht mit dem Daumen über meine Unterlippe. »Ich gebe nicht auf, Franziska.« Er hebt mein

Kinn, zwingt mich, ihn anzusehen. »Du hast irgendwas mit mir angestellt … und ich bin nicht bereit, das einfach wieder aufzugeben. Ich habe Mist gebaut, und ich entschuldige mich für mein Verhalten. Das war nicht in Ordnung. Auch nicht, dass ich dich den ganzen Tag über allein gelassen habe. Aber meine Schwester hat dich derart in Beschlag genommen, und ich dachte, du würdest dich wohl fühlen.« Ich möchte etwas erwidern, er verhindert es aber, indem er einen Finger über meine Lippen legt und fortfährt. »Das sollte keine Entschuldigung dafür sein, dass ich nicht bei dir war. Lediglich eine Erklärung.« Er betrachtet mein fassungsloses Gesicht. Schmunzelt.

»Was meine Familie angeht … Das löst sich nicht von heute auf morgen. Dafür ist zu viel geschehen. Ich achte und bewundere dich dafür, dass du Partei ergreifst und versuchst, mir den Kopf zu waschen. Ich weiß nicht, was an dem Abend in mich gefahren ist, als ich dir unterstellt habe, von all diesen Dingen keine Ahnung zu haben. Die Ereignisse haben mich einfach überrannt. Ich habe keine Übung darin, mich jemandem großartig anzuvertrauen, und habe meine Unsicherheit an dir ausgelassen. Ich hätte mit dir sprechen müssen, das ist mir klargeworden. Und viele der angesprochenen Punkte werde ich mir durch den Kopf gehen lassen, allen voran mein Umgang mit Justus. Aber ich lebe jetzt hier in Hamburg, habe einen gut funktionierenden Freundeskreis … ein sehr gutes Äquivalent zur Familie. Wie du ja sicher selbst weißt. Immerhin wohnst du auch mit deiner besten Freundin unter einem Dach und nicht auf den Kanaren, bei deinen Eltern.« Er küsst mich noch einmal, und mir wird ganz schwindelig. Sowohl von seinen Worten als auch von seiner Präsenz.

»Ich werde jetzt gehen, Prinzessin … aber ich komme wieder.« Er haucht es gegen mein Ohr, berührt zart die empfindliche Haut an meinem Schlüsselbein mit seinem Mund.

Und damit lässt er mich völlig erotisiert und verwirrt in der Küche stehen.

Kapitel 24

Heute ist so ein Tag, den man ruhigen Gewissens aus dem Kalender streichen könnte. Eine Kleiderlieferung musste ich komplett wieder zurückgehen lassen, da die Verpackung beschädigt war und somit auch der Stoff Schaden genommen hat. Eine Kundin macht mich dafür verantwortlich, dass sie seit der letzten Anprobe zwei Kilo zugenommen hat und nun nicht mehr in die Meerjungfrau zu quetschen ist. Suse verliert sich in Trübsal, weil Hannes sich mal wieder nicht meldet, und ich unterdrücke meine aufsteigende Wut über Marie, die mir für heute fest zugesagt hat, mich im Geschäft abzulösen, damit ich endlich mal zum Frisör komme. Was soll's, verschiebe ich es halt um eine weitere Woche.

Etwas zu heftig nehme ich die Vase mit den angewelkten Rosen von der Theke. Einer der Sträuße, die mir Woche für Woche von einem Blumenladen ins Geschäft geliefert werden. Kleine Kärtchen mit liebevollen Nachrichten in seiner Handschrift verraten mir, dass Max sie selbst aussucht. Wir haben uns noch zwei Mal gesehen seit unserem letzten Aufeinandertreffen bei mir zu Hause. Harmlose Treffen. Kino, Restaurant. Immer genügend Menschen um uns herum.

Er hat mich anschließend brav wieder zu Hause abgesetzt, mit einem keuschen Abschiedskuss auf meine Wange. Ich genieße die Stunden, die wir miteinander verbringen, und doch vermisse ich ihn fürchterlich. Seine Nähe, seine Küsse. Seine Hände auf meinem Körper. Ich spüre, dass es ihm ebenso geht wie mir, doch er gibt mir die Zeit, um die ich ihn gebeten habe. Und ich?

Ich habe Angst davor, mich erneut völlig auf ihn einzulassen. Angst, dass er mich wieder verletzt.

Ach verdammt, ich bin so schrecklich in ihn verliebt. Suse verliert langsam die Geduld mit mir und schimpft mich kindisch. Damit hat sie nicht ganz unrecht. Aber ich kann nicht über meinen Schatten springen. *Noch nicht.*

Zweifelhaft riechendes Wasser läuft mir über die Hände, versaut meine Bluse. »Mist, was ist denn heute nur für ein Scheißtag.« Ich pfeffere den Strauß in den Müll, obwohl ich ihn hätte einfach nur anders arrangieren müssen. Einige Blumen hätten sicherlich noch hübsch ausgesehen. Aber für heute habe ich die Nase gestrichen voll. Und zu allem Überfluss ramme ich mir einen besonders spitzen Dorn in den Daumen. »Das kann doch alles nicht wahr sein.«

Mit einem feuchten Lappen versuche ich der Schweinerei Herr zu werden, die ich selbst verursacht habe. Mit mäßigem Erfolg, da sich das Blut aus der kleinen Wunde nicht stoppen lässt. Entmutigt lasse ich mich auf das Sofa fallen, lege den Kopf über die Rückenlehne und betrachte meine Decke. Hier könnte auch mal wieder gestrichen werden. *Aber nicht mehr heute.* Ein Blick auf die Uhr, und mein Entschluss steht fest: Ich werde einfach ein wenig früher schließen. Im Frühjahr und Sommer geht es im Brautmodengeschäft eher um Abendgarderobe. Vor dem weißen Sonntag bevölkern sogar neun- bis zehnjährige Mädchen mit ihren Müttern den Laden, um sich für ihre anstehende Kommunion einzukleiden. Und heute waren lediglich zwei Kundinnen hier. Ja, auch ich kämpfe gegen das Onlinegeschäft. Wie viele herkommen, um *nur zu schauen* und sich dann ein ähnliches Kleid aus dem Internet zu besorgen, kann ich gar nicht sagen. Manchmal ist es zum Haareraufen, aber für heute habe ich genug davon. Ich brauche eine Pause.

Ich muss noch einige Einkäufe tätigen, und so ein Nachmittag auf dem Sofa ist genau das Richtige für meine angeschlagene Laune. Zumindest hoffe ich das.

Ohne groß weiter darüber nachzudenken, lösche ich das Licht und schließe die Tür hinter mir. Meine Jacke bedeckt nur ansatzweise den mittlerweile zwar getrockneten, doch eher gelblich schimmernden Fleck des Blumenwassers auf meiner vormals schneeweißen Bluse. In diesem Outfit könnte ich eh keine Braut mehr beraten. Das schreit nach Jogginghose und Kuschelpulli.

Ziemlich genau eine Stunde später stehe in unserer merkwürdigerweise aufgeräumten Küche und verstaue meine Einkäufe in die Schränke.

»Du bist schon zu Hause?« Suse steht verschwitzt mit Putzlappen und Handschuh bewaffnet in der Küchentür und betrachtet das Chaos, das ausnahmsweise ich in unsere Wohnung bringe.

»Ja, ich hatte keine Lust mehr. Aber ich will dich auf keinen Fall aufhalten. Wenn du schon mal deinem menstruationsbedingten Putzwahn verfällst, verschwinde ich in mein Zimmer.«

»Menstruationsbedingt? Pah, dass ich nicht lache. Ich bin überfällig, und der Scheißtyp meldet sich nicht bei mir.« Sie lässt sich auf einen der Küchenstühle fallen, stützt die Ellbogen auf den Tisch und legt ihr Gesicht in die Handinnenflächen. Ich kann die Milch gerade noch in den Kühlschrank stellen, ehe mir die Verpackung aus der Hand gleitet. Setze mich neben sie. »Was genau meinst du, wenn du sagst, du seiest überfällig?« Ich ahne es, muss es jedoch genau wissen.

»Ich glaube, ich bin schwanger, Ziska.« Sie nuschelt in die Handschuhe, und ich umfasse ihre Handgelenke, drücke sie auf den Tisch.

»Schwanger? Habe ich dich richtig verstanden?«

Sie nickt, und alles Elend der Welt scheint sich in ihren grauen Augen widerzuspiegeln.

Ich atme tief durch. *Jetzt bloß einen klaren Kopf behalten und nichts Falsches sagen.* »Das ist doch toll, oder?« Selbst ich höre den unterschwelligen Vorwurf in meiner Stimme, schließe kurz die Lider und nehme sie in den Arm. »Entschuldige. Das ist natürlich Blödsinn. Aber wie konnte das denn passieren?«

Ich spüre ihr Zittern, als sie sich von mir löst. »Das ist doch nicht dein Ernst, oder?« Schniefend streicht Suse ihr wirres Haar hinters Ohr und funkelt mich an.

Ungehalten stehe ich auf. »Selbstverständlich weiß ich, wie das passieren konnte, aber habt ihr denn nicht aufgepasst?«

»Anscheinend ja wohl nicht. Vielen Dank für deinen Zuspruch.« Beleidigt schiebt sie den Stuhl zurück, auf dem sie sitzt.

Zerknirscht hebe ich die Hände hoch. »Bitte, warte. Hast du schon einen Test gemacht?«

Suse entspannt sich wieder, schüttelt den Kopf und sieht zu mir hoch. »Ich wollte es nicht alleine machen. Würdest du …?«

Mein Nachmittag auf dem Sofa löst sich soeben in Wohlgefallen auf. »Selbstverständlich würde ich. Hast du denn einen gekauft?«

Wieder schüttelt sie verneinend den Kopf.

Ich greife nach meiner Tasche. »Ich bin dann also noch mal unterwegs, einen Schwangerschaftstest besorgen. Und du bleibst brav hier sitzen, verstanden?«

Sie nickt und presst ihre Lippen fest aufeinander.

* * *

Ich schlendere durch die Gänge des Drogeriemarktes, bis ich endlich das richtige Regal finde. Das Sortiment an unterschiedlichsten Produkten zur Schwangerschaftsverhütung und denen, die dir dann wohl verraten sollen, dass du das mit der Verhütung irgendwie falsch gemacht hast. Ich wähle einen Test, der mir zumindest aus der Werbung suggeriert, zuverlässig zu sein, und gehe zur Kasse. Vor mir in der Schlange steht eine junge Frau, der ich im vergangenen Jahr ein Kleid verkauft habe. Sie lächelt mich freundlich an, studiert höchst interessiert meinen Einkauf auf dem Warenband. Unter anderen Umständen hätte ich sie vielleicht darüber aufgeklärt, dass der Test nicht für mich bestimmt ist, aber heute steht mir nicht der Sinn nach Erklärungen, also beschränke ich mich darauf, zurückzulächeln. Zahle den geforderten Preis und verabschiede mich.

Beim Bäcker besorge ich zwei extra große Stücke Sahnetorte. Sie wird den Zucker auf jeden Fall brauchen, völlig egal, wie der Test ausfällt.

Suse sitzt tatsächlich noch in der Küche und starrt Löcher in die Decke, als ich wieder zu Hause ankomme. Ich lege die Tüte aus der Drogerie auf den Tisch, und den Kuchen verstecke ich noch im Kühlschrank. »Ich würde eine Flasche Wein aufmachen, aber das könnte genau das Falsche sein, wenn er positiv ausfällt.«

Entsetzen flackert in ihrem Blick auf. »Sag doch so was nicht, Ziska. Was soll ich nur mit einem Kind anfangen?«

Ich spüre die Panik in ihr aufsteigen und lege ihr eine Hand auf die Schulter. »Mach dich nicht verrückt. Den kleinen Keksfresser kriegen wir auch noch groß. Marie ist doch auch ganz gut geraten.«

Mein Versuch, lustig zu sein, geht in die Hose. »Sie war doch schon fertig. Sie konnte sprechen, sich die Schuhe binden und sich alleine den Hintern abwischen.« Ihr Kinn fällt auf die Tischkante, und eine Hand zuppelt an der Tüte, ohne dass sie überhaupt hineinsehen würde.

»Komm, wir bringen es hinter uns. Vielleicht kommen wir ja doch noch zu unserem Wein.« Ich nehme ihr den Einkauf aus der Hand und schütte den Inhalt der kleinen weißen Plastiktasche auf unseren Küchentisch.

»Du hast ja zwei gekauft.« Überrascht sieht sie mich an.

»Selbstverständlich!«, erwidere ich im überzeugten Brustton der Beste-Freundinnen-Moral. »Das machen wir gemeinsam. Vielleicht ist es dann etwas leichter.«

Sie sieht mich an. »Ach, Ziska. Was würde ich nur ohne dich machen?«

»Na, zunächst mal auf deinen Teststreifen pinkeln. Ich nehme das Gästeklo.« Damit greife ich die mir zugedachte Verpackung und ziehe mich auf das stille Örtchen neben dem Eingang zurück. Es ist schon merkwürdig, welche Art von Nervosität einen überkommt, wenn man auf ein solches Stäbchen pinkelt. Obwohl ich ja bereits vorher schon weiß, dass mein Test negativ ausfallen wird.

Ich kichere vor mich hin, als ich mit dem Test wieder in die Küche komme, ihn auf die Arbeitsplatte lege und den Kaffee zum Kuchen aufsetze, der bereits im Kühlschrank darauf wartet, von uns gelobt und gehuldigt zu werden.

Suse ist ein wenig blass um die Nase, blinzelt ständig abwechselnd auf die Uhr und auf ihr Stäbchen, bis sich ein breites Grinsen auf ihrem Gesicht ausbreitet, das regelrecht ihre Ohren berührt.

»Negativ! Mach den Wein auf!«

Ich lache und lege meinen Test neben ihren, ohne ihn auch nur noch eines Blickes zu würdigen. Um Platz zu schaffen für die Gläser, die es zu füllen gilt.

»Ziska?«

»Mh-mh.« Ich strecke mich und erwische mit den Fingern den schlanken Fuß eines Weißweinglases im Schrank.

»Lass die Flasche lieber zu … deiner ist positiv.«

»Sehr witzig, Suse. Ich lache dann später. Könntest du die Dinger jetzt entsorgen, ehe Marie sie entdeckt?«

»Sieh mich an, Ziska.« Der strenge Ton in ihrer Stimme zwingt mich dazu, dass ich mich zu ihr umdrehe. Ihre Stirn ist sorgenvoll gerunzelt, die Lippen lediglich ein Strich über ihrem Kinn.

»Ich meine es ernst. Du bist schwanger.« Damit dreht sie mein Stäbchen um, und ich starre auf die zwei parallel zueinander verlaufenden Striche in der Mitte des Sichtfensters.

Das Glas zerbricht in meinen Händen, und mir wird schwarz vor Augen.

Kapitel 25

»Sag mal, triffst du dich nicht mit der Kleinen aus dem Brautgeschäft?« Philipp steht vor seinem Schreibtisch und durchsucht irgendwelche Ordner nach irgendwelchen Unterlagen. Sicher wäre es einfacher, Max nach deren Inhalt zu fragen, und er geht davon aus, dass Philipp irgendetwas gehörig unter den Nägeln brennt und sein Partner die Ordner nur als Alibifunktion missbraucht. Er kennt ihn einfach schon zu lange.

Grinsend nickt Max. »Ja, wir treffen uns noch.«

»Also kann ich davon ausgehen, dass es dir ernst ist mit dem Rotschopf? Oder hast du noch andere Frauen, mit denen du dich vergnügst?« Es raschelt, während er die Seiten verschlägt, ohne überhaupt einen Blick hineinzuwerfen.

Max runzelt die Stirn, schiebt sein MacBook von sich. »Ja, mir ist es sogar verdammt ernst mit Franziska Mölling. Und nein, ich treffe schon lange keine andere Frauen mehr.«

»Das ist gut.« Philipps Blick senkt sich wieder in die Listen des Ordners. Er blättert wieder zurück.

»Worauf willst du überhaupt hinaus?«

»Auf nichts. Ich frage nur interessehalber.«

»Weil du nachts nicht schlafen kannst, wenn du dir um mein Liebesleben Gedanken machst?«

Philipp schielt zu ihm herüber und schlägt den Ordner zu. »Ja, auch das. Es kommt nicht oft vor, dass du eine einzige Frau bevorzugst.«

»Ich habe sogar vor, mich NUR NOCH auf diese Frau einzulassen.«

»Sehr gut. Und wann seht ihr euch wieder?« Er nuschelt in seine Faust, die er konzentriert um sein Kinn gelegt hat, während er nach einem weiteren Ordner sucht.

»Sag mal … möchtest du mir irgendetwas sagen? Ich werde das komische Gefühl nicht los, dass du um den heißen Brei herumredest.«

Philipp sieht ihn an, überlegt ganz offensichtlich, wie er sagen soll, was ihm auf dem Herzen liegt.

»Hanna hat deine Franziska Mölling vor einigen Tagen im Drogeriemarkt getroffen.« Eine bedeutungsschwangere Pause.

Max wird langsam ungeduldig. »Ja … und?«

»Hast du immer aufgepasst? Ich meine, wenn ihr gevögelt habt? Ihr habt doch gevögelt, oder?« Kurz scheint er darüber nachzudenken, ob er seine Information überhaupt an den richtigen Mann bringt.

»Sag mal, geht es dir nicht gut?« Max kommt um seinen Schreibtisch herum und baut sich vor Philipp auf. Langsam geht er ihm gehörig auf die Nerven mit seinen merkwürdigen Andeutungen.

»Doch, mir geht es gut. Scheiße Mann, sie hat wohl einen Schwangerschaftstest gekauft!« Jetzt ist es raus.

Max hat plötzlich das dringende Bedürfnis, sich wieder zu setzen. Was seinen Freund nicht davon abhält, die Geschichte um dieses Wissen weiter auszukleiden. »Hanna hat es mir gestern völlig wertfrei erzählt. Wie sehr sie sich freut, dass Frau Mölling nach dem ganzen Scheiß, den sie wohl erlebt hat, endlich glücklich ist, und das übliche Blabla einer Frau, die bei dem Wort Baby und schwanger schon in Verzückung gerät. Sie weiß nicht, dass du derjenige bist, der die Frau glücklich gemacht hat.«

Max hört nicht mehr zu. Alles in seinem Kopf beginnt sich zu drehen. *Wann ist …? Wie konnte das …?*

»Ich muss los.« Ohne weiter auf Philipp zu achten, verlässt er das Büro. Ein Schwangerschaftstest …

Es muss passiert sein, als die Kondome noch im Auto waren. Er war mehr als willig, sich in ihr zu versenken, und sein Schwanz anscheinend auch. Er hat versucht, sich im Zaum zu halten, aber für den einen oder anderen Lusttropfen möchte er sich nicht verbürgen. Sie hat auf ihm gesessen. Mehr als einmal ist sie über ihn geglitten und er in sie … *Verdammt! Verdammt! Verdammte Scheiße …* Sein Puls rast. Er hätte besser aufpassen müssen. Wie ein blutiger Anfänger! Aber warum redet sie nicht mit ihm?

Der Verkehr an diesem Nachmittag ist die Hölle. Er hat das Gefühl, dass er schon seit Stunden auf der Stelle steht. Angespannt klopfen seine Daumen auf das Lenkrad. Himmel, er hätte laufen sollen. Endlich sieht er das Haus, nimmt schräg eine eigentlich viel zu kleine Parklücke.

Das Tor zum Vorgarten ist geschlossen. Er springt darüber, hämmert gegen die Haustür.

Suse öffnet ihm und verengt die Augen. »Du hättest durchaus klingeln können.«

»Wo ist sie?« Max drängelt sich an ihr vorbei.

»Komm doch rein.« Mit einem zynischen Unterton in der Stimme schließt Franziskas Freundin die Tür. Er dreht sich zu ihr um. »Also? Wo ist sie?«

»Nicht da. Aber du kannst gerne warten.« Sie deutet auf das Wohnzimmer und macht Anstalten, die Treppe hinauf zu entschwinden.

Er schnappt nach ihrem Oberarm und hält sie auf. »Suse, wo ist Franziska?«

Sie seufzt. Er lässt sie los. »Sie ist beim Arzt. Müsste aber jeden Moment wieder hier sein.«

Er gibt sich nicht damit zufrieden. »Wo ist der Arzt?«

»Max, beruhige dich. Was ist denn los mit dir?« Suses graue Augen mustern ihn irritiert.

»Ich weiß es. Verdammt, Suse ich weiß es … also? Wo ist der beschissene Arzt?«

Mit aufforderndem Blick kommt sie ihm näher. »So … und was genau meinst du zu wissen? Dass sie sich Nacht für Nacht wegen dir die Augen ausweint? Dass sie so unglaublich in dich verliebt ist, dass sie sogar bereit ist, dafür eine Riesendummheit zu begehen? Dass du ein Arsch bist? Was genau meinst du zu wissen, Rothenburg?«

Er atmet tief durch die Nase ein und wieder aus. Kratzt sich über den Hinterkopf. »Wo ist der Arzt, Suse?«

»In der Stadt. Aber wie gesagt, sie müsste jeden Moment wieder hier sein.«

»Sag mir den Namen.« Seine Kiefermuskeln mahlen, und er muss sich wirklich beherrschen, sie nicht zu schütteln.

»Dr. Braunschweiger. Der Gynäkologe …« Sie nennt ihm die Adresse, und er verlässt unverzüglich wieder das Haus und läuft im Stechschritt zu seinem Auto.

Dann sieht er sie. Sie blickt auf irgendwas, das sie in den Händen hält. Ihr Haar ist ungekämmt, ihre Augen sind verweint, und er könnte sich selbst ohrfeigen, dass er sie in eine solche Situation gebracht hat.

Leise schließt er die Wagentür wieder und geht auf sie zu. Sein Herz klopft ihm bis zum Hals.

* * *

Ich kann es einfach nur anstarren. Jetzt habe ich es also schwarz auf weiß. Mit Schwangerschaftswochenberechnung und meinem Namen links oben in der Ecke. Ich bin noch immer wie vor den Kopf gestoßen. Es ist so … aberwitzig. Ich bekomme ein Kind. *Sein Kind.*

Dr. Braunschweiger hat mir meine Unsicherheit angemerkt und mich vorsichtig über die Möglichkeit einer Abtreibung in Kenntnis gesetzt. Ich habe ihm zugehört, ohne den Sinn seiner Worte zu verstehen. Abtreiben? Ich seufze. Das hatte ich gar nicht in Erwägung gezogen.

Was mache ich nur mit Max? Ich kann es ihm nicht sagen. Er wird sich mir gegenüber verpflichtet fühlen – *oder dir ebenfalls die Abtreibung nahelegen …* Diese kleine Stimme in meinem Kopf macht mich ganz verrückt. Es ist schrecklich, nicht einschätzen zu können, wie er wohl reagieren wird.

Erneut beginne ich zu weinen ob dieser schier ausweglosen Situation. Ich muss an Sina denken und bekomme eine ungefähre Ahnung davon, wie sie sich gefühlt haben muss, als sie erfahren hat, dass Marie unterwegs ist. Sie hat sich auch für das Kind entschieden. Ich werde es nicht anders halten. Ebenfalls ohne Vater. Max darf es nicht erfahren. Wir kennen uns noch nicht lange genug, und es wäre überaus naiv zu glauben, dass er mehr für mich empfindet als eine gewisse Anziehung, die womöglich ebenso schnell wieder verfliegt, wie sie aufgekommen ist. Vielleicht hält er mich auch für eine Goldgräberin. Denkt, ich hätte ihm das Kind untergeschoben, um an sein Geld zu kommen.

Alles in mir sträubt sich gegen diese Annahme. Und tief in meinem Inneren weiß ich, dass er das niemals über mich denken würde. Aber dieser kleine Zweifel bleibt … bohrt sich in meine Eingeweide und verhakt sich in meinem Herzen.

Eine andere Möglichkeit ist, dass er sich nur aus einer lächerlich ritterlichen Verantwortung heraus an mich bindet. Damit könnte ich noch weniger leben. Wir hatten so wenig Zeit. So wenig Möglichkeiten, um eine Basis zu schaffen für ein gemeinsames Leben. Und auch wenn ich in ihn verliebt bin … und vielleicht auch schon ein wenig mehr … *mit Sicherheit ein wenig mehr, du dummes Huhn …* heißt das noch lange nicht, dass er es auch in mich ist. Blumen schicken, mich nett ausführen … das verpflichtet schließlich zu nichts.

Aber ein Kind?

Ein Schluchzen löst sich aus meiner Kehle, und das Ultraschallbild verschwimmt vor meinen Augen. Schlussendlich bedeutet das wohl, dass ich es beenden muss. Ihm sagen muss, dass ich mir eine gemeinsame Zukunft mit ihm nicht vorstellen kann. Wie soll ich das nur tun, ohne dass es mir das Herz bricht?

Es wird brechen … so oder so …

Ich schnäuze mich, schiebe meine Haare hinter die Ohren. Ich habe sie nach dem Duschen nachlässig gekämmt und an der Luft trocknen lassen. Jetzt flattern sie mir ständig vor den Augen herum oder landen in meiner Nase.

»Prinzessin?«

Mein Herz setzt aus, und ein Schwindel erfasst mich, als er plötzlich vor mir auftaucht. Mit allem hätte ich gerechnet, aber nicht damit. Dann erinnere ich mich an das verräterische Ultraschallbild in meinen Händen und versuche es hinter meinem Rücken zu verstecken.

Aber zu spät. Er greift nach meinem Arm und zieht meine Hand wieder hervor.

»Es ist nicht so, wie du denkst.« Meine Stimme zittert. So hilflos habe ich mich noch niemals vorher gefühlt.

»Was denke ich denn?« Er ist so ruhig, sein Tonfall voller Zärtlichkeit, und für einen klitzekleinen Augenblick möchte ich mich dem Irrglauben hingeben, dass alles gut ist. Aber das ist nur Wunschdenken.

»Bitte, Max, geh, es ist nichts. Nichts, was für dich wichtig wäre.«

Er nimmt mir das Ultraschallbild aus der Hand, betrachtet es andächtig. Ein kleines Lächeln umspielt seinen sinnlichen Mund. Der Wind fährt durch seine Haare, weht sie ihm in die Stirn. Aber es kümmert ihn nicht. Sein Augenmerk liegt auf dem Bild. Dann auf mir. Ich schließe die Lider, kann seinen durchdringenden Blick nicht ertragen.

»Wolltest du es mir nicht sagen?«

Ich schüttele den Kopf, unfähig zu sprechen.

»Und warum wolltest du es mir nicht sagen, Prinzessin?«

Noch immer dieser liebevolle Unterton. Ich kann dem nicht mehr standhalten und beginne hemmungslos zu weinen.

»Weil … weil … ich dir doch kein Kind unterschieben will.« Immer wieder lassen mich Schluchzer erbeben.

Er reißt mich in seine Arme, und ich fühle mich so wahnsinnig geborgen. Umschlinge seine Mitte, presse mein Gesicht gegen seinen Brustkorb. Er wiegt mich. Sachte. Murmelt irgendwelche unsinnigen Worte. Aber ich kann mich einfach nicht beruhigen.

Schließlich hebt er mich hoch, trägt mich zum Haus. Dass Suse die Tür öffnet, bekomme ich nur schemenhaft mit. Er bringt mich die Treppe hoch in mein Zimmer und legt mich aufs Bett. Dann setzt er sich neben mich, ohne seine Arme von mir zu nehmen. Und ich lasse all dem Schmerz und meiner Verzweiflung der letzten Tage freien Lauf. Bis ich keine Tränen mehr habe und zu erschöpft bin, um zu zittern oder zu schluchzen. Bis mich das seichte Ziehen meines Bewusstseins in den Schlaf trägt. Mich ummantelt mit seinem so dringend benötigten Frieden.

* * *

Als ich erwache, trage ich nichts außer meiner Unterwäsche. Eingewickelt in meine Decke, umgeben von den wirren Locken meiner Haare. Der Platz neben mir ist leer, und ich frage mich, ob ich vielleicht nur geträumt habe. Dann entdecke ich seine Schuhe neben dem Bett und lasse mich zurück in mein Kissen fallen, das seinen Geruch angenommen hat.

Mein Herz zieht sich schmerzlich zusammen. *Was mache ich denn jetzt nur?*

Dann steht er in der Tür. Eine Tasse in seiner Hand. Als sein Blick auf mich fällt, schenkt er mir das Lächeln, das ich so sehr liebe. Eines, welches sein Grübchen hervorhebt. Eines, das ihn so unglaublich … sexy aussehen lässt.

Oh ja, er wird ein sexy Daddy. Eine Faust legt sich um meinen Brustkorb, quetscht ihn zusammen. *Ja, verdammt, ich liebe diesen Mann.*

»Ich habe dir einen Kaffee besorgt, Prinzessin. Suse meint, du wärst erst fähig zu denken, wenn du Koffein intus hättest.«

Ich versuche mich an einem schiefen Grinsen. »Das stimmt leider. Obwohl ich vielleicht besser auf Tee umsteigen sollte.«

So etwas wie Erleichterung spiegelt sich auf seinem Gesicht wider. »Du wirst es behalten.«

»Ja, eine Abtreibung kommt nicht in Frage.« Ich schlürfe an meinem Kaffee. »Auch nicht, sollte es dein Wunsch sein.« *Da sind sie ja auch schon … Mutterinstinkte.* »Du musst nichts mit dem Kind zu tun haben, wenn du nicht möchtest.«

Er fährt sich durch die Haare, schließt kurz die Augen. »Prinzessin, wie kannst du auch nur annehmen, dass ich nichts damit zu tun haben möchte?« Er wirkt zutiefst verletzt, und ich setze mich auf.

»Weil ich genau weiß, wie das für dich aussehen muss. Und ich hatte nicht vor, es dir zu erzählen. Gut, jetzt hast du es selbst herausgefunden …« Ich stutze. »Wie überhaupt? Woher wusstest du davon?« Kurz überlege ich, ob Suse ihm vielleicht etwas verraten hat.

Er widerlegt diese Vermutung direkt. »Hanna hat dich in der Drogerie gesehen. Sie ist die Frau meines Partners und hat ihr Brautkleid bei dir gekauft.«

Ich erinnere mich vage an die Szene an der Kasse. An die blonde Frau hinter mir in der Schlange und dass sie mir bekannt vorkam. Ich atme tief ein. »Wie dem auch sei … du musst dich zu nichts verpflichtet fühlen. Ich habe …«

Max fährt mir über den Mund, und dieses Mal trifft mich seine Wut unmittelbar. »Franziska, dieses Gespräch ist absolut überflüssig. Es gibt überhaupt keine Diskussionsgrundlage. Du hast dich für das Kind entschieden, und ich werde für euch da sein. Immer.«

Ich balle meine Hände zu Fäusten und steige aus dem Bett. Um einen größeren Abstand zwischen uns zu bringen, entscheide ich mich für die gegenüberliegende Seite. Ich bin noch immer eingehüllt in meine Bettdecke. Ich kann es nicht ertragen, zu wissen, dass er nur des Kindes wegen hier ist.

»Genau das möchte ich nicht. Du sollst nicht bei mir bleiben, weil ich ein Kind von dir erwarte und dein beschissenes Pflichtgefühl dir sagt, dass du für uns da sein musst. Du musst überhaupt nichts. Ich schaffe das auch ohne dich. Dein Name muss nirgendwo erscheinen. Niemals!« Ich beginne am ganzen Körper zu zittern, während ich ihn anbrülle. »Kannst du das nicht verstehen? Ich will nicht schuld daran sein, wenn du dich irgendwann fragen musst, ob das alles war, was das Leben für dich bereithält. Geh, Max. Ich brauche dich nicht … wir brauchen dich nicht!«

Er macht plötzlich einen Satz auf meine Seite des Zimmers und gräbt seine Hände fast schmerzhaft in meine nackten Oberarme. »Franziska, weißt du überhaupt, was du da sagst? Was du von mir verlangst?« Er lässt mich los, umrahmt stattdessen mein Gesicht. Sucht meinen Blick. »Ich liebe dich, verdammt noch mal. Hast du das noch immer nicht begriffen? Das Kind ist eine Überraschung, das gebe ich zu. Aber das ändert doch nichts an meinen Gefühlen für dich.«

Er senkt den Kopf und hebt mein Kinn, damit ich ihn ansehe.

»Sag es noch mal«, bitte ich ihn leise. Ich studiere sein Gesicht. Seine wunderschönen Grübchen. Seine Schokoladenaugen, in denen ich abzutauchen drohe. Seinen Mundwinkel, der sich langsam nach oben verzieht.

»Was genau? Dass ich immer für dich da bin?«

»Du weißt genau, was ich hören will …« Ich steche meinen Zeigefinger in seinen Brustkorb.

Er fängt ihn ab. Küsst mich zart. »Ich liebe dich.« Er haucht es gegen meine Lippen. Mein Herz zerspringt vor Freude und Aufregung.

»Ich liebe dich, Franziska Mölling. Und ich bin ein Idiot, wie er im Buche steht. Also mache es dir zur Lebensaufgabe, mich auf den rechten Weg zu bringen.«

Meine Bettdecke rutscht über meinen Körper nach unten und drapiert sich auf dem Boden. Zwischen unseren Füßen.

»Ich liebe dich auch, du verdammter Scheißkerl.« Und mit diesen Worten fange ich schon wieder an zu heulen. *Scheiß Hormone …*

Epilog

»Rothenburg …« Ich rüttele an dem schlafenden Körper neben mir. »Max, du musst wach werden.« Er brummt leise, dreht sich auf den Rücken. Ich verdrehe schmunzelnd die Augen. Dann erfasst mich erneut eine Wehe, und ich atme ihr entgegen, zähle langsam bis drei.

Noch ist der Schmerz auszuhalten, aber wenn wir jetzt nicht ins Krankenhaus fahren, kann ich für nichts mehr garantieren.

Wie ein Walross auf dem Trockenen rutsche ich an den Rand des Bettes und stelle meine geschwollenen Füße auf den Boden. Dann drücke ich meinen schmerzenden Rücken durch. Ein Blick auf den Mann neben mir lässt mich lächeln. Wenn er gleich realisiert, dass unser kleiner Hosenscheißer jetzt zu kommen wünscht, wird er sich förmlich überschlagen. Er wird einen Nervenzusammenbruch bekommen und mich vor lauter Aufregung womöglich im Flur sitzen lassen, während er mit meiner Tasche ins Krankenhaus fährt.

Ich schlurfe ins Badezimmer, um meine Zähne zu putzen. So viel Zeit wird wohl noch sein.

Mein mittlerweile ziemlich rundes Gesicht strahlt mir im Spiegel entgegen. Die letzten Monate sind wie im Flug vergangen.

Max ist ebenfalls in Suses Haus gezogen. Übergangsweise, wie er betont. Seine eigene Wohnung ist für uns alle zu klein, und ein Haus haben wir noch nicht gefunden. Aber ich weiß auch, dass er es mir zuliebe getan hat. Ich möchte Suse nicht allein lassen, und das Haus ist wirklich groß genug für uns alle. Direkt nebenan haben wir sogar ein Kinderzimmer eingerichtet.

Wieder erfasst mich eine Wehe, und ich setze mich auf die Klobrille. *Atmen, Franziska … Atme den Schmerz weg …*

Wir waren im Herbst noch einmal auf dem Weingut. Mitten während der Lese. Ich war keine sonderliche Hilfe mehr, aber Max ist regelrecht aufgeblüht bei der Arbeit. Er hat Zeit mit seinem kleinen Bruder verbracht, ist mit ihm durch die Weinberge geschritten. Hat ihm Dinge erklärt, von denen ich jedoch ausgehe, dass Justus sie sowieso schon wusste. Aber der Junge hat an den Lippen seines großen Bruders gehangen und jedes Wort richtiggehend in sich aufgesogen.

Die Beziehung zu seinem Vater ist noch immer ein wenig angespannt. Aber sie begegnen sich freundlich, was mich froh stimmt. Immerhin ist Richard der Großvater unseres Kindes. Und Caroline wird eine wundervolle Großmutter sein.

Sarah hat mich mit ihrem Dank überschüttet. Es war gar nicht so einfach, ihr begreiflich zu machen, dass ich damit herzlich wenig zu tun hatte.

Es wird wohl das Baby selbst sein, das Max weicher werden lässt. Prioritäten verschieben sich plötzlich, vieles erscheint einem mit einem Mal so unglaublich banal.

Ich kämme mir durch die Locken und binde mir einen Pferdeschwanz. Es wird wirklich langsam Zeit, ins Krankenhaus zu fahren …

Ende

Danke,
an euch, die ihr meine Bücher lest. Ohne euch würde die ganze Schreiberei keinen richtigen Sinn machen.

Toll, dass es euch gibt!

Und wenn ihr Spaß hattet, dann hat es sich gleich doppelt gelohnt.

Wie immer dürft ihr mich kritisieren, gerne auch loben unter nicoles.valentin@aol.de

Alle Mails werden selbstverständlich von mir beantwortet.

Wenn euch *Champagner für die Braut* gefallen hat, freue ich mich über eine positive Rezension, denn damit helft ihr auch den Unentschlossenen, sich für mein Buch zu entscheiden.

Und sollte dies das erste Buch von mir gewesen sein, welches ihr gelesen habt, so schaut euch doch auch meine weiteren Veröffentlichungen an.

Ich hoffe, wir lesen uns wieder!

Eure
Nicole S. Valentin